GW01326480

FOLIO POLICIER

Chuck Palahniuk

Monstres invisibles

*Traduit de l'américain
par Freddy Michalski*

Gallimard

Titre original :

INVISIBLE MONSTERS

Chuck Palahniuk est diplômé de l'université de l'Oregon. Il est l'auteur de *Fight Club*, roman culte récompensé en 1999 par la Pacific Northwest Booksellers Association et adapté au cinéma. Son deuxième roman, *Survivant*, lui aussi publié dans la collection La Noire par Gallimard, l'a confirmé comme l'un des écrivains de fiction les plus originaux du moment. Son univers bien singulier a valeur de fable moderne et son humour sauvage, parfois glacé, fait de ses romans des livres totalement imprévisibles et inoubliables. En témoignent *Monstres invisibles, Berceuse, Journal intime* disponibles chez Gallimard ainsi que *À l'estomac* et *Le Festival de la couille et autres histoires vraies* publiés par les Éditions Denoël.

Pour Geoff, qui a dit :
   Ça, c'est la manière de voler des
   médicaments.
Et Ina, qui a dit :
   Ça, c'est du crayon à lèvres.
Et Janet, qui a dit :
   Ça, c'est du crêpe de Chine.
Et ma directrice littéraire, Patricia,
   qui n'a cessé de répéter :
   Ça, ce n'est pas assez bon.

CHAPITRE 1

Là où vous êtes censés vous trouver, c'est au beau milieu de quelque grande réception de mariage de West Hills dans un vaste manoir résidentiel, avec dispositions florales et champignons farcis à travers toute la maison. On appelle ça plan de situation et de décor : l'emplacement de chacun, qui est vivant, qui est mort. Et c'est le grand moment de la réception de mariage d'Evie Cottrell. Evie est debout, à mi-chemin de l'énorme escalier dans le hall d'entrée du manoir, nue à l'intérieur de ce qui reste de sa robe de mariée, le fusil toujours à la main.

Moi, je suis debout au bas des escaliers, mais il n'y a que mon corps qui fasse acte de présence. Mon esprit est je ne sais pas où.

Personne n'est encore totalement tout à fait mort, mais disons que les secondes s'égrènent. Ça risque de ne pas durer.

Non que quiconque dans le grand drame qui se joue soit d'ailleurs vraiment complètement vivant non plus. À voir l'allure d'Evie Cottrell, on peut faire remonter son look à quelque publicité télévisée pour shampooing d'origine naturelle, sauf qu'en cet instant la robe de mariée d'Evie Cottrell a complètement brûlé et ne restent d'elle que les cerceaux métalliques en orbite autour de ses hanches et rien plus que les petits squelettes en fil de fer de toutes les fleurs en soie qu'elle avait dans les cheveux. Et la chevelure blonde d'Evie, son énorme choucroute toute crêpée coiffée en arrière, arc-en-ciel nuancier de toutes les variantes de blond possibles gonflé et tenu à la laque, eh bien, la chevelure d'Evie, elle aussi, a brûlé.

L'autre personnage présent en ce lieu est Brandy Alexander[1], qui s'étale, blessée par un coup de fusil, au bas des escaliers, en train de saigner à mort.

Ce que je me dis à moi-même, c'est que le jet de rouge qui pulse au sortir de l'orifice de la balle reçue par Brandy ressemble moins à du sang qu'il n'est un outil socio-politique. Cette idée qu'on est clonés à partir de toutes ces publicités pour shampooing, eh bien, ça vaut pour moi et pour Brandy Alexander aussi. Abattre quelqu'un d'un coup de fusil dans cette pièce serait l'équivalent moral de tuer une voiture, un aspirateur, une poupée Barbie. Effacer un disque d'ordinateur. Brûler un livre. Probablement que ça vaut pour le meurtre de n'importe qui sur terre. Nous sommes tous de tels produits.

Brandy Alexander, la reine-fleur à longue tige, aussi mode et moussue que le *latte*, la diva su-

---

1. Nom de cocktail, crème de cacao, gin ou brandy et crème. *(Toutes les notes sont du traducteur.)*

prême des filles-spectacles haut de gamme incontournables, Brandy est en train de se vider de ses intérieurs par un orifice de balle dans sa veste de tailleur par ailleurs absolument stupéfiante. Un tailleur blanc, copie d'un modèle de Bob Mackie, et Brandy l'a acheté à Seattle avec jupe entravée moulante qui lui resserre le cul en forme parfaite de gros cœur. Vous ne croiriez pas combien ce tailleur a coûté. La marge bénéficiaire est d'environ un billiard de pour cent. La veste du tailleur a de petites basques en jupette péplum avec larges revers et épaules marquées. La coupe droite est symétrique, à l'exception du trou qui crache son sang en pulsations.

Et c'est alors qu'Evie se met à sangloter, debout qu'elle est là sur l'escalier. Evie, ce virus mortel de l'instant qui nous tient. C'est le signal pour que tous nos regards se portent sur la pauvre Evie, la pauvre, triste Evie, sans plus un poil sur le caillou et vêtue de plus rien que des cendres, encerclée par la cage en fils métalliques de sa robe à cerceaux complètement consumée. Et c'est alors qu'Evie lâche le fusil. Son visage sale entre ses mains sales, elle s'assied et commence ses bou-hou-bou, comme si les pleurs allaient résoudre quoi que ce soit. Le fusil — c'est une carabine chargée au trente-zéro —, il dégringole les marches avec fracas et s'en vient déraper jusqu'au milieu du hall d'entrée, en tournoyant sur le plat de la crosse, pour se pointer sur moi, pour se pointer sur Brandy, pour se pointer sur Evie, en pleurs.

Ce n'est pas que je sois une sorte d'animal de

labo complètement détaché des réalités, uniquement conditionné pour ignorer la violence, mais mon premier instinct est que peut-être il n'est pas encore trop tard pour tapoter la tache de sang d'eau de Seltz.

Jusqu'à présent, la majeure partie de ma vie d'adulte s'est passée debout sur du papier sans joints pour une tapée de biftons de l'heure, portant vêtements et chaussures, impeccablement coiffée, avec un célèbre photographe de mode me disant comment je dois me sentir.

Lui qui me hurle : fais-moi ça désir et sexe, poupée.

Éclair du flash.

Fais-moi ça malveillante.

Éclair du flash.

Fais-moi ça ennui existentialiste détaché.

Éclair du flash.

Fais-moi ça intellectualisme conquérant comme mécanisme de survie.

Éclair du flash.

Probable que c'est le choc de voir ma seule pire ennemie abattre mon autre pire ennemie, voilà ce que c'est. Boum, et ça devient une situation où on gagne à tous les coups. Ça, et le fait de traîner avec Brandy, et je suis devenue plutôt pas mal accro au dramatique.

Aussi, quand je me mets un mouchoir sous le voile, ce n'est qu'une illusion de larmes. En fait, c'est pour respirer. Pour filtrer l'air dans la mesure où il est devenu comme qui dirait presque impossible de respirer à cause de toute la fumée parce que le grand manoir résidentiel d'Evie est en train de brûler autour de nous.

Moi, agenouillée à côté de Brandy, suffirait que je glisse la main partout dans ma longue robe et j'y trouverais du Darvon[1], du Demerol[2] et du Darvocet 100[3]. C'est le signal pour que tous les regards se tournent vers moi. Ma robe est une copie, un imprimé du Linceul de Turin, marron et blanc pour l'essentiel, drapée, et taillée de manière que les boutons rouge brillant boutonnent au travers des emplacements des stigmates. Il faut dire aussi que j'ai la tête enveloppée de mètres et de mètres de mousseline organdi noire piquée de petites étoiles en cristal taillé autrichien. Côté figure, impossible de savoir l'air que j'ai, mais c'est là l'idée générale. L'allure est élégante et sacrilège et me fait me sentir sacrée et immorale.

Très haute couture, qui se fait de plus en plus haute.

Le feu approche doucement du papier peint du hall d'entrée. Ce que j'ai fait, pour compléter l'agencement du décor, c'est que c'est moi qui ai mis le feu. Les effets spéciaux, ça facilite les choses pour ranimer une atmosphère, et, après tout, ce n'est pas comme si on était dans une vraie maison. Ce qui est en train de brûler est une re-création d'une maison historique remise au goût du

1. DCI : Dénomination Commune Internationale : dextropropoxyphène, distribué en France sous le nom de Antalvic.
2. DCI : Péthidine ou mépéridine, distribué en France sous le nom de Dolosal.
3. Préparation contenant du Darvon.

jour d'après un modèle repris d'une copie d'une copie d'une copie d'un vaste pseudo-manoir de style Tudor. À des centaines de générations de distance de quoi que ce soit d'original, mais en vérité est-ce que ce n'est pas la même chose pour chacun d'entre nous, tous autant que nous sommes ?

Juste avant qu'une Evie hurlant à tue-tête ne descende l'escalier pour tirer sur Brandy Alexander, moi, ce que j'ai fait, c'est que j'ai versé au moins quatre litres de Chanel Numéro Cinq avant d'y coller un carton d'invitation au mariage enflammé, et boum, me voilà qui recycle.

C'est drôle, mais quand on y réfléchit bien, même le feu tragique le plus violent n'est rien de plus qu'une réaction chimique soutenue. L'oxydation de Jeanne d'Arc.

Au sol, toujours tournoyant, la carabine se pointe sur moi, se pointe sur Brandy.

Autre petit détail, c'est que, quelle que soit l'intensité de l'amour qu'on croit éprouver pour quelqu'un, on fait un pas en arrière quand la flaque de son sang commence à se rapprocher d'un peu trop près.

Hormis tout le côté grand drame de ce qui est en train de se jouer, la journée est vraiment très agréable. Une belle journée chaude et ensoleillée, avec la porte en façade ouverte sur le perron d'entrée et son avant-toit, et la pelouse au-dehors. Le feu à l'étage entraîne la chaude odeur de pelouse fraîchement tondue jusque dans le hall d'entrée, et on peut entendre tous les invités au mariage à l'extérieur. Tous les invités, ils ont pris les cadeaux qu'ils voulaient, et s'en sont allés attendre sur la pelouse que les pompiers et les ambulanciers fassent leur entrée.

Brandy, elle ouvre une de ses énormes mains emperlées de bagues et elle touche le trou qui déverse son sang à travers tout le marbre du sol.

Brandy, elle dit : « Merde. Il est hors de question que le Bon Marché me reprenne ce tailleur. »

Evie relève la figure, une figure comme un foutoir de peinture au doigt et à la suie, à la morve et aux larmes, et elle hurle : « Je déteste que ma vie soit aussi ennuyeuse ! »

Evie hurle à Brandy Alexander en contrebas : « Quand tu seras en enfer, garde-moi donc une table avec vue ! »

Les larmes délavent deux rigoles bien propres sur les joues d'Evie, et elle hurle : « Et ça se dit une amie ! Faudrait que tu me hurles dessus quelques gracieusetés, toi aussi, non ! »

Et comme si tout ceci n'était déjà pas du drame, du drame, du drame, Brandy relève les yeux vers moi, agenouillée à côté d'elle. Avec ses yeux aubergine qui se dilatent jusqu'à pleine floraison, elle dit : « Brandy Alexander va mourir maintenant ? »

Evie, Brandy et moi, tout ça n'est qu'une lutte de pouvoir pour être sous les feux des projecteurs. Rien que moi, moi, moi première, et pas une pour racheter l'autre. La meurtrière, la victime, le témoin, chacune de nous trois pense que son rôle est le premier rôle.

Probable que c'est vrai pour n'importe qui dans le vaste monde.

Tout ça, c'est *miroir, miroir, dis-moi*, parce que la beauté, c'est le pouvoir, de la même manière qu'une arme, c'est le pouvoir.

Aujourd'hui, quand je vois dans le journal la photo d'une vingt et quelques qui a été enlevée, sodomisée, volée et ensuite tuée, et qu'il y a en première page un cliché d'elle jeune et souriante, en lieu et place de moi en train de penser que c'est là un bien grand triste crime, la réaction qui me vient des tripes, c'est, wouah, elle serait vraiment canon si elle n'avait pas un tel tromblon à la place du nez. Ma deuxième réaction, c'est que je ferais bien d'avoir à portée de main, tout prêts, quelques bons tirages tête et épaules juste au cas où, enfin, vous me suivez, au cas où je me ferais moi aussi enlever et sodomiser à mort. Ma troisième réaction, c'est, bon, eh bien, ça en fait une de moins dans la compétition.

Et si ça ne suffit pas, mon lait hydratant que j'utilise est une émulsion de solides fœtaux inertes dans de l'huile hydrogénée. Ce que je veux préciser là, c'est que, en toute honnêteté, ma vie ne concerne que moi tout entière exclusivement.

À moins, dois-je le préciser, que le compteur s'égrène et qu'un photographe me hurle : Fais-moi ça empathie.

Ensuite éclair du flash strobo.

Fais-moi ça sympathie.

Éclair du flash.

Fais-moi ça honnêteté brutale.

Éclair du flash.

« Ne me laisse pas mourir ici, par terre », dit Brandy, et ses grandes mains se saisissent de moi. « Mes cheveux, dit-elle. Mes cheveux vont être tout raplatis derrière. »

Ce que je veux préciser là, c'est que je sais que Brandy va peut-être probablement mourir, mais moi, c'est juste que je n'arrive pas à entrer dans le jeu.

Evie sanglote même plus fort. Et, pour couronner le tout, les sirènes des pompiers, bien loin, là dehors, sont en train de me couronner reine de Migraine-Ville.

La carabine continue toujours à tournoyer au sol, mais de plus en plus lentement.

Brandy dit : « Ce n'est pas comme ça que Brandy Alexander voulait voir sa vie la quitter. Elle est censée être célèbre, d'abord. Tu sais, elle est censée passer à la télévision à la mi-temps du Super-Bowl, en train de boire un Coca allégé, nue, au ralenti, avant de mourir. »

La carabine cesse de tournoyer et se pointe sur personne.

Devant les sanglots d'Evie, Brandy hurle : « La ferme !

— La ferme, *toi-même* », lui retourne Evie en hurlant elle aussi.

Derrière elle, le feu commence à descendre en dévorant la moquette de l'escalier.

Les sirènes, on les entend qui vont, qui viennent et qui hurlent à travers toutes les West Hills. Les gens vont littéralement se bousculer pour composer le numéro des urgences et être le grand héros du jour. Personne ne paraît prêt pour l'équipe de télévision au grand complet qui va débarquer incessamment sous peu.

« C'est là ta dernière chance, chérie », dit Brandy, et son sang s'étale à travers tout. Elle dit : « Est-ce que tu m'aimes ? »

Et c'est quand on vous pose des questions comme ça que vous n'êtes plus sous le feu des projecteurs.

Et c'est comme ça qu'on vous piège pour ne faire de vous que le meilleur second rôle.

Encore plus énorme que cette maison en train de brûler, il y a ce gigantesque espoir que je vais avoir à dire les trois mots les plus galvaudés qui se puissent trouver dans n'importe quel script. Ces mots, et rien qu'eux, suffisent à me donner l'impression que je suis en train de me fourrer du doigt sans ménagement. Ce ne sont que des mots, c'est tout. Impuissants. Du vocabulaire. Du dialogue.

« Dis-moi, répète Brandy. Est-ce que c'est vrai ? Est-ce que c'est vrai que tu m'aimes ? »

C'est ça, la façon outrée et outrancière dont Brandy a interprété toute sa vie. Toujours un peu too much. Le grand théâtre continuellement non-stop de Brandy Alexander en chair et en os, mais avec de moins en moins de chair et d'os à chaque instant qui passe.

Rien que pour faire scène et pose, je prends la main de Brandy dans la mienne. Joli geste, mais alors ça me colle les boules, et je me sens qui disjoncte complètement à cause de ce sang porteur

20

de germes pathogènes, quand, boum, le plafond du salon dégringole, et des étincelles et des braises se précipitent sur nous depuis l'embrasure de la porte de la salle à manger.

« Mais même si tu ne peux pas m'aimer, raconte-moi au moins ma vie, dit Brandy. Une fille, ça ne peut pas mourir sans voir sa vie défiler en images devant ses yeux. »

Il n'y a pratiquement personne qui puisse se vanter de voir ses désirs émotionnels satisfaits.

Et c'est à ce moment que le feu qui dévore la moquette de l'escalier en arrive au cul nu d'Evie, et Evie se remet debout en hurlant avant de descendre les marches quatre à quatre sur ses hauts talons blancs complètement calcinés. Nue et sans un poil de cheveux sur la tête, vêtue de cendres et de fil de fer, Evie Cottrell sort au pas de course par la porte d'entrée vers un plus vaste public, les invités à sa réception de mariage, l'argenterie et les cristaux, et les camions de pompiers qui arrivent. C'est ça, le monde dans lequel nous vivons. Suffit que les conditions changent, et nous voilà en pleine mutation.

Et donc, naturellement, tout ceci ne traitera que de Brandy, avec votre serviteur comme animatrice du show, et quelques invités en la personne d'Evelyn Cottrell et du mortel virus du sida. Brandy, Brandy, Brandy. Pauvre triste Brandy allongée sur le dos, Brandy qui touche le trou qui déverse sa vie sur le sol en marbre et qui dit : « S'il te plaît. Raconte-moi ma vie. Raconte-moi comment nous en sommes arrivées là. »

Et donc, moi, je me retrouve assise là à bouffer de la fumée rien que pour étayer, pièces à l'appui, ce grand moment Brandy Alexander.

Fais-moi ça attentive.

Éclair du flash.

Fais-moi ça adoration.

Éclair du flash.

Fais-moi… eh, lâche-moi un peu, tu veux ?

Éclair du flash.

CHAPITRE 2

Ne vous attendez pas à trouver dans ce qui suit une variété de récit qui se déroule genre : et alors, et ensuite, et après.

Le déroulement des événements donnera plus une impression de magazine de mode, style chaos modèle *Vogue* ou *Glamour*, avec numéros de pages toutes les deuxième, cinquième, ou troisième pages. Avec des cartes-échantillons de parfum qui dégringolent quand on l'ouvre, et des femmes nues pleine page sortant de nulle part pour vous vendre des produits de maquillage.

Ne cherchez pas de sommaire, enterré modèle magazine vers la page vingt. Ne vous attendez pas à trouver quoi que ce soit tout de suite, là, immédiatement. Parce qu'il n'y a pas non plus de modèle à suivre. Des récits vont démarrer, et alors, trois paragraphes plus loin :

Saut à suivre page je sais plus quoi.

Et ensuite, saut arrière, à suivre.

Ce sera dix mille coordonnés-mode qui se mélangent, s'accordent et se désaccordent pour ne créer au·final que peut-être cinq ensembles de bon goût dignes de ce nom. Un million d'accessoires tendance, foulards et ceintures, chaussures, chapeaux et gants, et pas vraiment de vêtements avec lesquels les porter.

Et vraiment, mais alors vraiment, cette sensation-là, il faut vous y habituer, ici, sur l'autoroute, au boulot, dans votre mariage. C'est cela le monde dans lequel nous vivons. Continuez à suivre ce que vous souffle la machine.

Saut arrière, à suivre, de vingt ans, jusqu'à la maison blanche où j'ai grandi, avec mon père en train de nous filmer en super-huit, mon frère et moi, courant autour de la cour.

Saut à suivre jusqu'à l'instant présent, avec mes vieux assis sur des fauteuils de jardin le soir, en train de regarder ces mêmes films super-huit projetés sur le mur-pignon blanc de cette même maison blanche, vingt ans plus tard. La maison, rien de changé, le jardin, rien de changé, les fenêtres projetées dans le film alignées exactement au quart de poil avec les vraies fenêtres, l'herbe du film alignée sur la vraie herbe, et mon frère et moi, en projection filmée, deux marmots en train de courir comme des fous-fous pour la caméra.

Saut à suivre jusqu'à mon grand frère tout malheureux et mort du sida, cette peste monstrueuse.

Saut à suivre jusqu'à moi adulte et amoureuse d'un inspecteur de police, et qu'on éloigne pour que je devienne un célèbre super-modèle.

Souvenez-vous simplement, pareil que pour un numéro exceptionnel de *Vogue* magazine, souvenez-vous que vous aurez beau suivre au plus près les sauts de page :

À suivre page je sais plus quoi.

Vous aurez beau vous montrer précautionneux, viendra inévitablement le sentiment que vous aurez raté quelque chose, cette sensation d'effondrement viscérale que vous n'avez pas fait l'expérience de tout ce qu'il y avait à expérimenter. Cette sensation du cœur qui vous tombe dans les chaussures parce que vous vous êtes précipité, traversant bille en tête ces moments auxquels vous auriez dû prêter toute votre attention.

Eh bien, cette sensation-là, faut vous y habituer. Un jour, c'est comme ça que vous vous sentirez face à votre existence tout entière.

Tout ça, ce n'est que de l'entraînement. Rien de tout ça n'a d'importance. Nous n'en sommes qu'au stade de l'échauffement.

Saut à suivre jusqu'ici et maintenant, Brandy Alexander en train de saigner à mort sur le sol avec moi agenouillée à ses côtés qui lui fait le récit que voici, avant c'est nous que v'là, les ambulanciers.

Saut arrière, à suivre, rien que de quelques jours, jusqu'au salon d'une riche maison à Vancouver, Colombie britannique. La pièce est lambrissée d'acajou sculpté style sucre d'orge rococo avec plinthes en marbre et sol en marbre et une variété de cheminée en marbre sculpté tout tarabiscoté qui veut absolument se la jouer. Dans les riches maisons où vivent les gens riches, tout est exactement comme vous le penseriez.

Les lis rouges dans les vases émaillés sont vrais, ce n'est pas de la soie. Les rideaux couleur crème sont en soie, pas en coton lustré. L'acajou n'est pas du pin teinté pour ressembler à l'acajou. Pas de lustres en verre moulé qui friment en se prenant pour du cristal taillé. Le cuir n'est pas du vinyle.

Tout autour de nous il y a des tapées de fauteuil-canapé-fauteuil Louis XIV qui se la jouent coteries.

En face de nous se trouve une fois encore une agente immobilière tout innocente, et la main de Brandy sort : ses poignets épaissis d'os et de veines, la crête montagneuse de ses phalanges, ses doigts alanguis, ses bagues et leur brouillard de vert et de rouge taillé marquise, ses ongles porcelaine peints d'un rose pétillant, et elle dit : « Ravie, je vous assure. »

S'il vous faut commencer par un détail précis, il faut que ce soit les mains de Brandy. Emperlées de bagues pour les faire paraître encore plus grandes, les mains de Brandy sont énormes. Emperlées de bagues, comme si elles pouvaient être plus visibles encore qu'elles ne le sont, les mains sont la seule partie du corps de Brandy Alexander que les chirurgiens n'ont pu changer.

Et donc Brandy n'essaie même pas de les cacher, ses mains.

Ce genre de maison, nous en avons visité bien trop pour que je me souvienne du nombre, et l'agente immobilière que nous rencontrons sourit toujours. Celle-ci arbore l'uniforme standard, complet bleu marine avec foulard rouge, blanc et bleu autour du cou. Elle a ses talons bleus aux pieds, et le sac bleu est accroché au creux du coude.

Le regard de l'agente immobilière passe de la grande main de Brandy Alexander à Signore Alfa Romeo debout au côté de Brandy ; et les yeux bleu foncé impérieux d'Alfa se fixent et s'attachent ; ces yeux bleus que vous ne voyez jamais se fermer ou se détourner, à l'intérieur de ces yeux-là se trouvent le bébé ou le bouquet de fleurs, beau ou vulnérable, qui fait d'un homme beau quelqu'un qu'on peut aimer sans danger.

Alfa n'est que le tout dernier d'un cortège ramassé au fil d'une année passée sur les routes d'hommes obsédés par Brandy, et toute femme intelligente sait qu'un bel homme est son meilleur accessoire de mode. De la même manière qu'un mannequin vanterait les mérites d'un produit, une nouvelle voiture ou un grille-pain, la main de Brandy dessine une légère ligne dans les airs depuis son sourire et ses grosses doudounes jusqu'à Alfa : « Puis-je me permettre de vous présenter, dit Brandy, Signore Alfa Romeo, cavalier servant professionnel de sexe masculin de la princesse Brandy Alexander. »

De cette même manière, la main de Brandy balaie l'espace depuis ses cils tout battants et sa chevelure flamboyante en une ligne de mire invisible jusqu'à moi.

Tout ce que l'agente immobilière va voir, c'est mes voiles, mousseline et velours avec motifs en crevé, marron et vert, tulle tissé d'argent, tellement multicouches qu'on croirait qu'il n'y a personne à l'intérieur. Me concernant il n'y a rien à regarder, et donc la plupart des gens ne regardent pas. C'est un look qui dit :

Merci de ne pas partager.

« Puis-je me permettre de vous présenter, dit Brandy, Mlle Kay MacIsaac, secrétaire particulière de la princesse Brandy Alexander. »

L'agente immobilière dans son tailleur bleu à boutons de laiton Chanel, le foulard noué autour du cou pour masquer toutes ses bajoues flasques, elle sourit à Alfa.

Lorsque nul ne désire vous regarder, il devient possible de littéralement transpercer n'importe quel individu en le fixant des yeux assez longtemps. À relever tous les petits détails que sinon vous ne verriez jamais par manque de temps s'il lui venait, pour le plus petit des instants, de tout bonnement vous retourner votre regard, cela, c'est cela, votre revanche. Votre vengeance. Au travers de mes voiles, l'agente immobilière reluit de rouge et d'or, un peu floue sur les bords.

« Mlle MacIsaac », dit Brandy, sa grande main

toujours ouverte vers moi, « est muette et ne peut pas parler. »

L'agente immobilière avec son rouge à lèvres sur les dents, sa poudre et son fond de teint multicouches dans le papier crépon de ses cernes-valises, ses dents de prêt-à-porter et sa perruque lavable en machine, elle sourit à Brandy Alexander.

« Et voici… », la grande main emperlée de bagues de Brandy remonte en arrondi délicat pour toucher les seins en torpille de Brandy.

« Et voici… », la main de Brandy remonte en arrondi délicat pour toucher les perles à sa gorge.

« Et voici… », l'énorme main se lève pour toucher les volutes empilées de chevelure châtain.

« Et voici… », la main touche d'épaisses lèvres mouillées.

« Voici, dit Brandy, la princesse Brandy Alexander. »

L'agente immobilière fléchit un genou en un semblant de quelque chose entre une révérence et ce qu'on fait devant un autel. Une génuflexion. « C'est un tel honneur, dit-elle. Je suis tellement persuadée que cette maison est absolument faite pour vous. Cette maison, vous ne pourrez que l'adorer. »

Garce glaçon comme elle sait si bien le faire, Brandy se contente de hocher la tête avant de faire demi-tour, direction le hall d'entrée par lequel nous sommes arrivés.

« Son Altesse et Mlle MacIsaac aimeraient être seules pour visiter la maison, dit Alfa, pendant que vous et moi discuterons des détails. » Les petites mains d'Alfa se mettent à voleter pour les explications : « ... le transfert des fonds... l'échange de lires italiennes en dollars canadiens.

— Des barges », dit l'agente immobilière.

Brandy, moi, Alfa, nous voilà tous figés comme des statues, dans la seconde. Peut-être que cette femme a vu clair en nous. Peut-être qu'après les mois passés sur les routes et les dizaines de grandes maisons que nous nous sommes faites, peut-être que quelqu'un a finalement éventé notre arnaque.

« Des barges », dit la femme. À nouveau, elle fait une génuflexion. « Nous appelons nos dollars des "barges", dit-elle, et plonge la main dans son sac bleu. Je vais vous montrer. Ils portent une image d'oiseau, dit-elle. C'est un barge. »

Brandy et moi, nous virons glaçons à nouveau pour commencer à nous éloigner, retour vers le hall d'entrée. Retour au milieu des coteries de fauteuil-canapé-fauteuil, le long des marbres gravés. Nos reflets se barbouillent, s'assourdissent, se tortillent derrière une vie entière de fumée de cigare sur les lambris d'acajou. De retour vers le vestibule d'entrée, je suis la princesse Brandy Alexander pendant que la voix d'Alfa remplit toute l'attention entailleurée de bleu de l'agente immobilière par des questions sur l'angle sous lequel le soleil du matin entre dans la salle à manger, ou quant à savoir si le gouvernement de la province autorisera un héliport personnel derrière la piscine.

Se dirigeant vers les escaliers, il y a le dos exquis de la princesse Brandy, veste en renard argenté drapée sur les épaules de Brandy et mètres de foulard en brocart de soie noués autour des volutes empilées de la chevelure châtain de Brandy Alexander. La voix de la reine suprême et l'ombre de L'Air du Temps sont le cortège invisible derrière tout ce qui est le monde de Brandy Alexander.

La chevelure châtain en volutes empilées à l'intérieur de son écharpe en brocart de soie me fait penser à un muffin au son. Un gros petit cake à la cerise. Ça ressemble fort à un nuage en champignon châtain fraise qui se lève sur un atoll du Pacifique.

Les pieds de cette princesse sont prisonniers de deux variétés de pièges lamé or avec saisie de jambe munis de petites lanières or et chaînettes d'or. Ce sont ces pieds d'or là, piégés, empruntés, entalonnés haut, qui gravissent la première d'à peu près trois cents marches qui montent du hall d'entrée au premier étage. Ensuite elle gravit la marche suivante, et la suivante jusqu'à ce que sa personne dans son entier soit suffisamment loin au-dessus de moi pour qu'elle ose courir le risque de regarder en arrière. Et c'est à ce moment-là seulement qu'elle fera pivoter tout le gâteau-fraise de sa tête. Ces gros seins en torpille de Brandy Alexander en silhouette profil, la beauté indicible de cette bouche professionnelle en plein champ pleine face.

« La propriétaire de cette maison, dit Brandy,

est très vieille et se traite aux compléments hormonaux, et elle vit toujours ici. »

La moquette est tellement épaisse sous mes pieds que je pourrais aussi bien escalader dans la terre molle. Un pas après l'autre, molle, glissante et instable. Nous, Brandy, Alfa et moi, nous parlons l'anglais comme deuxième langue depuis si longtemps que nous l'avons oublié comme première langue.

Je n'ai pas de langue natale.

Nous sommes de niveau, à hauteur d'yeux, avec les pierres sales d'un lustre sombre. De l'autre côté de la rambarde, le sol en marbre gris de l'entrée nous donne l'impression d'avoir gravi un escalier qui aurait traversé les nuages. Pas après pas. Loin, très loin, le discours des exigences d'Alfa continue, traitant de caves à vin, de chenils pour les chiens-loups russes. L'accaparement constant de l'attention de l'agente immobilière par Alfa nous parvient aussi faiblement qu'un programme radio avec appels des auditeurs se réverbérant depuis l'espace sidéral.

« ... la princesse Brandy Alexander », les chaudes et sombres paroles d'Alfa s'en remontent flottant « elle est probable d'enlever ses vêtements et de hurler comme les chevaux sauvages dans même les restaurants bondés... »

La voix de la reine suprême et l'ombre de L'Air du Temps disent : « La prochaine maison, annoncent ses lèvres Plumbago[1], Alfa fera le muet.

---

1. Graphite et marque d'un très vieux rouge à lèvres.

— ... vos seins », est en train de
l'agente immobilière, « vous avez d
d'une jeune femme... »

Il ne reste pas une seule langue natale .
trois.

Saut à suivre jusqu'à nous au premier.

Saut à suivre jusqu'à maintenant tout et n'importe quoi est possible.

Après que l'agente immobilière est prise au
piège des yeux bleus de Signore Alfa Romeo,
saut à suivre jusqu'au moment où la véritable arnaque commence. La chambre à coucher principale se situera toujours au bout du couloir dans
la direction de la plus belle vue. Cette chambre à
coucher de maître-ci est lambrissée de miroirs
roses, tous les murs, même le plafond. La princesse Brandy et moi sommes partout, réfléchies
sur toutes les surfaces. On peut voir Brandy
assise sur le plateau rose d'un côté du meuble-
lavabo-coiffeuse, et moi assise de l'autre côté du
lavabo.

L'une de nous est assise de chaque côté de
tous les lavabos dans tous les miroirs. C'est juste
qu'il y a un trop grand nombre de Brandy
Alexander à compter, et elles sont toutes à jouer
les patronnes, avec moi aux ordres. Toutes elles
ouvrent leur sac-pochette en vélin blanc, et des
centaines de ces grosses mains Brandy Alexander emperlées de bagues en sortent des exemplaires tout neufs du *Physician's Desk Reference*,
notre Vidal, avec sa couverture rouge, aussi gros
qu'une Bible.

Toutes ses centaines d'yeux aux paupières ombrées de Burning Blueberry[1] me regardent depuis toutes les surfaces de la pièce.

« Tu connais le topo », ordonnent toutes ses centaines de bouches Plumbago. Ces grosses mains commencent à ouvrir tiroirs et portes de placards. « Souviens-toi de l'endroit où tu prends les choses, et remets-les exactement là où tu les as trouvées, dit la bouche. Nous allons nous occuper d'abord des médicaments, et ensuite des produits à maquillage. Commence la chasse. »

Je sors le premier flacon. C'est du Valium, et je tiens le flacon de manière que toutes les centaines de Brandy puissent lire l'étiquette.

« Prends-en autant que tu peux mais sans que cela se remarque, dit Brandy, et ensuite tu passes au flacon suivant. »

Je secoue quelques-unes des petites pilules bleues du flacon dans la poche de mon sac auprès des autres Valium. Le flacon suivant que je trouve, c'est du Darvon.

« Ma chérie, celles-là, c'est du paradis en bouche », toutes les Brandy relèvent les yeux pour scruter le flacon que je tiens. « Est-ce que ça paraît sans danger d'en prendre trop ? »

La date de péremption sur l'étiquette nous laisse encore un mois, et le flacon est pratiquement plein. Je pense que nous pouvons en prendre environ une moitié.

« Tiens », m'arrive une grosse main emperlée

1. Myrtille brûlante.

34

de bagues depuis toutes les directions. Cent grosses mains m'arrivent dessus, paume en l'air. « Donnes-en quelques-unes à Brandy. La princesse a de nouveau mal dans le bas du dos. »

Je secoue dix cachets du flacon, et cent mains balancent mille tranquillisants sur les moquettes rouges des langues de toutes ces bouches Plumbago. Une cargaison suicide de Darvon glisse dans l'intérieur sombre des continents qui forment tout un monde de Brandy Alexander.

À l'intérieur du flacon suivant, il y a les petits ovales violets dosés à 2,5 milligrammes de Premarin[1].

C'est un raccourci pour Pregnant Mare Urine, Urine de Jument Enceinte. C'est un raccourci pour des milliers de malheureux chevaux dans le Dakota du Nord et le Canada central, obligés de rester debout dans des stalles sombres et étroites avec un cathéter enfoncé en chacun d'eux afin de récupérer jusqu'à la dernière goutte d'urine, et seulement libres de ressortir au-dehors pour se faire à nouveau baiser. Ce qui est drôle, c'est que ça décrit plutôt pas mal n'importe quel séjour de longue durée dans un hôpital, mais cela n'a été que mon expérience personnelle.

« Ne me regarde pas comme ça, dit Brandy. Le fait que je ne prenne pas ces cachets ne ramènera aucun bébé poulain de chez les morts. »

Le flacon rond suivant contient de petits cachets ronds sécables couleur pêche d'Aldac-

1. Mélange d'œstrogènes isolés de l'urine de jument gravide, soluble dans l'eau. Non commercialisé en France.

tone[1] dosés à 100 milligrammes. Notre propriétaire doit être une vraie camée aux hormones
féminines.

Les antalgiques et les œstrogènes représentent
pratiquement les deux seules catégories alimentaires
de Brandy, et elle dit : « Donne, donne, donne. »

Elle s'offre un en-cas de petits Estinyl[2] enrobés
de rose. Elle s'avale quelques-unes des pilules
bleu turquoise Estrace. Elle est en train de se
crémer les mains au Premarin vaginal quand elle
dit : « Mlle Kay ? » Elle dit : « J'ai l'impression
que je n'ai plus assez de jus pour serrer le poing,
ma douce. Tu ne crois pas, peut-être que tu pourrais finir le travail pendant que je m'étends un
peu ? »

Les centaines de ma personne clonées dans les
miroirs roses de la salle de bains, nous passons l'ins-
pection des produits à maquillage pendant que la
princesse s'en va faire un petit somme dans le vieux
lit à baldaquin rose centfeuilles, gloire de la chambre
à coucher de maître. Je trouve des Darvocet, des
Percodan[3], des Compazine[4], Nembutai[5] et Percocet[6].
Œstrogènes oraux. Antiandrogènes. Progestons[7].
Patchs d'œstrogènes transdermiques. Je ne trouve
aucune des couleurs de Brandy, pas de fard à joues

1. DCI : potassium canrenoate, commercialisé sous le nom de Solu-
dactone.
2. DCI : éthynyl-estradiol, commercialisé sous le même nom.
3. DCI : oxycodone, commercialisé sous le nom de Eubine.
4. DCI : prochlorperazine, commercialisé sous le nom de Stémétil.
5. DCI : pentobarbital, commercialisé sous le nom de Doléthal, en
médecine vétérinaire.
6. DCI : oxycodone.
7. DCI : progestérone.

Rusty Rose[1]. Pas d'ombre à paupières Burning Blueberry. Je trouve un vibromasseur avec, à l'intérieur, des piles boursouflées qui suintent d'acide.

C'est une vieille femme, la propriétaire de cette maison, à mon avis. Ignorées, vieillissantes, droguées jusqu'aux yeux, les vieilles femmes, plus vieilles et plus invisibles aux yeux du monde à chaque minute qui passe, elles ne doivent pas porter beaucoup de maquillage. Sortir s'éclater dans les lieux branchés. Guincher jusqu'à s'en péter la sous-ventrière, l'écume aux lèvres. Mon haleine sent le chaud et l'aigre à l'intérieur de mes voiles, à l'intérieur des couches moites de soie, de voilette, de coton georgette que je soulève pour la toute première fois de cette journée ; et, dans les miroirs, je contemple le reflet rose de ce qui reste de mon visage.

Miroir, miroir, dis-moi, qui est la plus belle de toutes ?

La méchante reine a été stupide de se prêter au jeu de Blanche-Neige. Il y a un âge où une femme doit passer à un autre genre de pouvoir. L'argent, par exemple. Ou une arme à feu.

Je vis la vie que j'aime, me dis-je, et j'aime la vie que je vis.

Je me dis à moi-même : j'ai mérité ça.

C'est ça, exactement, ce que je voulais.

---

1. Rose rouillée.

CHAPITRE 3

Jusqu'à ma rencontre avec Brandy, tout ce que je désirais, c'est que quelqu'un m'interroge sur ce qui était arrivé à mon visage.

« Les oiseaux l'ont dévoré », voulais-je leur dire.

Des oiseaux m'ont dévoré le visage.

Mais personne ne voulait savoir. Mais il faut dire que ce personne n'inclut pas Brandy Alexander.

Ne pensez pas simplement qu'il ne s'est agi que d'une grosse et belle coïncidence. Il fallait que nos routes se croisent, à Brandy et à moi. Nous avions tant de choses en commun. En outre, la chose arrive vite pour certains, lentement pour d'autres, accidents ou gravité, mais nous finissons tous mutilés. La plupart des femmes connaissent ce sentiment de devenir chaque jour un peu plus invisibles. Brandy est restée des mois et des mois à l'hôpital, et moi aussi, et il n'existe qu'un nombre somme toute limité d'hôpitaux où se pratique la chirurgie esthétique et réparatrice majeure.

Saut à suivre jusqu'aux nonnes. Les nonnes ont été les pires dans le genre insistant, les nonnes qui étaient infirmières. Une nonne m'entretenait d'un patient à un autre étage qui était drôle et charmant. Il était avocat et capable de faire des tours de magie rien qu'avec les mains et une serviette en papier. Cette infirmière de jour-là, c'était le genre de nonne qui portait une version infirmerie toute blanche de son uniforme habituel de nonne, et elle avait parlé de moi à cet avocat. Ça, c'était Sœur Katherine. Elle lui avait raconté que j'étais drôle et intelligente, et elle a dit combien ce serait attendrissant si nous nous rencontrions tous les deux pour tomber follement amoureux l'un de l'autre.

Telles ont été ses paroles.

À mi-chemin de l'arête de son nez, elle me regardait au travers de lunettes à monture métallique, avec verres longs et carrés, un peu à la manière des porte-objets d'un microscope. De petites veinules éclatées lui gardaient le bout du nez bien rouge. Rosacée, elle appelait ça. Il aurait été plus facile de l'imaginer vivant dans une maison de pain d'épice que dans un couvent. Mariée au Père Noël plutôt qu'à Dieu. Le tablier amidonné qu'elle portait par-dessus son habit était d'un blanc si éclatant qu'à ma toute première arrivée, tout frais sortie de mon grand accident de voiture, je me suis rappelé à quel point toutes les taches de mon sang paraissaient noires.

On m'a donné un crayon et du papier pour que

je puisse communiquer. On m'a enveloppé la tête de pansements, des mètres de gaze serrée tenant en place des compresses de coton, avec petites agrafes papillon métalliques à travers tout pour garder l'ensemble bien maintenu afin que je ne puisse rien en défaire. Du bout des doigts, on m'a étalé une épaisse couche de gel antibiotique, claustrophobe et toxique, sous les compresses de coton.

Mes cheveux, on me les a tirés en arrière, oubliés et chauds sous la gaze là où je ne pouvais plus les atteindre. La femme invisible.

Lorsque Sœur Katherine a mentionné cet autre patient, je me suis demandé si je ne l'avais peut-être déjà pas rencontré, son avocat, le magicien mignon et drôle.

« Je n'ai pas dit qu'il était mignon », a-t-elle dit.

Sœur Katherine a dit : « Il est encore un peu timide. »

Sur le bloc de papier, j'ai écrit :

encore ?

« Depuis sa petite mésaventure », a-t-elle dit en souriant, les sourcils arqués et tous ses mentons renfoncés contre son cou. « Il ne portait pas sa ceinture de sécurité. »

Elle a dit : « Sa voiture a fait un tonneau avant de lui retomber dessus. »

Elle a dit : « C'est la raison pour laquelle il serait absolument parfait pour vous. »

Au tout début, alors que j'étais encore sous sédatifs, quelqu'un avait emporté le miroir que j'avais dans la salle de bains. Les infirmières donnaient l'impression de vouloir à tout prix me diriger loin de toute polissure, de la même manière qu'elles tenaient les suicidés à l'écart des couteaux. Les ivrognes à l'écart de la boisson. Ce que j'avais à ma disposition qui se rapprochait le plus d'un miroir était la télévision, et elle ne faisait que montrer à quoi je ressemblais dans le temps.

Si je demandais à voir les photos de police prises sur le lieu de mon accident, l'infirmière de jour me répondait : « Non. » On gardait les photos dans un dossier du bureau des infirmières, et on avait l'impression que n'importe qui pouvait demander à les voir, sauf moi. Cette infirmière-là, elle me disait : « Les médecins pensent que vous avez suffisamment souffert pour l'instant. »

Cette même infirmière de jour a essayé de m'arranger le coup avec un comptable dont les cheveux et les oreilles avaient disparu, brûlées suite à un sac de nœuds avec du propane. Elle m'a présenté à un étudiant diplômé qui avait perdu gorge et sinus suite à une petite poussée cancéreuse. Un nettoyeur de vitres après sa cabriole de trois étages tête en avant sur le béton.

C'était là tous les mots qu'elle utilisait, sac de nœuds, poussée, cabriole. La *mésaventure* de l'avocat. Mon grand *accident*.

Sœur Katherine passait contrôler mes signes vitaux toutes les six heures. Me prendre le pouls à la mesure de l'aiguille des secondes de sa montre-bracelet d'homme, épaisse et en argent. Me passer le brassard du tensiomètre autour du biceps. Pour prendre ma température, elle m'enfonçait une sorte de pistolet électrique dans l'oreille.

Sœur Katherine, c'était le genre de nonne qui porte une alliance.

Et les gens mariés croient toujours que l'amour est la solution.

Saut arrière à suivre jusqu'au jour du grand accident, quand tout le monde s'est montré si prévenant. Les gens, les personnes qui m'ont laissée passer devant elles dans la salle des urgences. L'insistance des policiers. Je veux dire par là, ils m'ont donné ce drap d'hôpital avec « Propriété du Memorial Hospital de La Paloma » imprimé en bordure à l'encre bleue indélébile. D'abord, ils m'ont donné de la morphine, en intraveineuse. Ensuite, ils m'ont installée bien proprement, le dos bien soutenu, sur un brancard à roulettes.

Je ne me souviens pas de grand-chose de tout ça, mais c'est l'infirmière qui m'a dit pour les photos de police.

Sur les photos, vingt/vingt-cinq sur papier brillant, aussi chouettes que celles de mon press-book. Noir et blanc, a dit l'infirmière. Mais dans ces vingt/vingt-cinq, je suis assise sur un brancard à roulettes, le dos contre le mur de la salle des urgences. L'infirmière de service a passé dix minutes à me découper la robe du corps, à l'aide de minuscules ciseaux de manucure utilisés en bloc opératoire. Le découpage, je m'en souviens. Il s'agissait de ma robe bain de soleil en crêpe de coton de chez Espre. Je me souviens que le jour où j'avais passé commande de cette robe sur catalogue, j'avais failli en commander deux, elles sont tellement confortables, amples, avec la brise qui essaie de s'insinuer par les emmanchures d'aissel-les et de soulever l'ourlet jusqu'au niveau de la taille. En revanche, on sue s'il n'y a pas de brise, avec le crêpe de coton qui colle à la peau comme un assortiment d'épices parfumées sur du poulet frit à la mode Kentucky, sauf que, sur soi, la robe est alors presque transparente. On s'avançait sur un patio, quelle superbe sensation qu'un million de projecteurs vous épinglant au milieu de la foule, ou alors on entrait dans un restaurant alors qu'il faisait trente-cinq dehors, et tous les yeux se tournaient pour regarder comme si on venait d'être récompensée par quelque superbement dis-tinguée récompense pour un haut fait majeur, l'accomplissement d'une vie entière.

C'est cette sensation-là qu'on éprouvait. Ce genre de curiosité et d'attention, je m'en souviens. La sensation qu'il faisait toujours trente-cinq de-grés.

Et je me souviens de mes dessous.

Désolée, M'man, désolée, Seigneur, mais je ne portais que ce minuscule carré de tissu à l'avant avec string élastique autour de la taille et string unique qui repassait dans la raie des fesses pour se raccrocher au bas du petit carré sur le devant. Couleur chair. Ce string unique, celui qui em-pruntait la raie des fesses, eh bien, ce string-là, le nom que lui donne tout le monde, c'est du fil à popotin. Je portais ce petit carré de dessous pour quand la robe bain de soleil en crêpe de coton devient presque transparente. C'est tout bête, mais on n'envisage quand même pas de se retrouver dans la salle des urgences avec la robe découpée et des inspecteurs en train de vous prendre en photo, assise sur un brancard, avec un goutte-à-goutte de morphine dans le bras et une nonne franciscaine en train de vous hurler dans une oreille : « Prenez vos photos ! Prenez vos photos, maintenant ! Elle perd encore son sang ! »

Non, vraiment, ç'a été plus drôle que ça n'y paraît.

C'est devenu drôle quand je me suis retrouvée là, étalée sur mon brancard, poupée de chiffons anatomiquement correcte avec rien plus que ce petit carré de tissu et ma figure qui était comme elle est maintenant.

Les policiers, ils ont dit comme ça à la nonne de tenir le drap remonté pour cacher mes seins. Pour qu'ils puissent prendre des photos de mon visage, mais les inspecteurs sont tellement gênés pour moi, étalée là, les doudounes à l'air.

Saut à suivre jusqu'au moment où ils refusent de me montrer les photos, un des inspecteurs dit que, si la balle était passée cinq centimètres plus haut, je serais morte.

Je ne comprenais pas où ils voulaient en venir.

Cinq centimètres plus bas, et je serais frite à cœur dans ma croustillante petite robe bain de soleil en crêpe de coton, en train d'essayer d'obtenir du mec de l'assurance qu'il laisse tomber la franchise et me remplace la vitre de ma voiture. Ensuite, je serais au bord d'une piscine, crémée à l'écran total et racontant à deux mecs mignons tout plein comment je roulais sur l'autoroute au volant de ma Stingray quand une pierre ou je ne sais quoi, mais, en tout cas, ma vitre côté conducteur a tout bonnement explosé.

Et les mecs mignons tout plein diraient : « Wouah ! »

Saut à suivre jusqu'à un autre inspecteur, celui qui a fouillé ma voiture à la recherche de la balle et des fragments d'os, tout ce truc, l'inspecteur a vu que je roulais avec ma vitre ouverte à moitié. Une vitre de portière, ce mec me dit au-dessus des clichés vingt/vingt-cinq en brillant me représentant vêtue d'un drap blanc, il faut toujours qu'une vitre de voiture soit totalement ouverte ou fermée. Il ne se souvenait même plus du nombre d'automobilistes qu'il avait vus décapités par des vitres en cas d'accident.

Comment aurais-je pu ne pas rire.

C'était ça, ses paroles : des automobilistes.

À la manière dont je sentais ma bouche, le seul son restant que je me sentais capable d'exprimer était le rire. Je n'ai pas pu ne pas rire.

Saut à suivre jusqu'à après qu'il y a eu les photos, quand les gens ont cessé de me regarder.

Mon petit ami, Manus, est venu ce soir-là, après

la salle des urgences, après qu'on m'a roulée sur mon brancard à la salle d'opération, après que les saignements se sont arrêtés et que je me trouvais dans une chambre individuelle. Ensuite Manus a débarqué. Manus Kelley qui était mon fiancé jusqu'à ce qu'il voie ce qui restait. Manus s'est assis, il a regardé les clichés brillants en noir et blanc de mon nouveau visage, il les a brassés, passant de l'un à l'autre et retour, il les a fait pivoter tête en bas et côté droit vers le haut un peu comme on ferait avec une de ces images mystère où, un instant, on a devant les yeux une femme ravissante et, l'instant d'après, une vieille peau.

Manus dit : « Oh, mon Dieu. »

Ensuite, il dit : « Oh, doux, doux Jésus. »

Ensuite, il dit : « Par le Christ. »

Au premier rencard que j'aie jamais eu avec Manus, je vivais toujours chez mes vieux. Manus m'a montré un insigne dans son portefeuille. Chez lui, il avait une arme. Il était inspecteur de police, et il réussissait vraiment bien aux Mœurs. Notre relation était plutôt à la trente-six du mois, rien de bien régulier. Manus avait vingt-cinq ans, et j'en avais dix-huit, mais nous sommes sortis ensemble. C'est dans ce monde-là que nous vivons. Un jour nous sommes partis faire de la voile, et il portait un collant-cuissard, et n'importe quelle femme intelligente devrait savoir que ça, ça signifie bisexuel au moins.

Ma meilleure amie, Evie Cottrell, elle est mannequin. Evie dit que les gens beaux ne devraient jamais sortir les uns avec les autres. Ensemble, c'est juste qu'ils ne génèrent pas suffisamment d'attention autour d'eux. Evie dit qu'il y a un complet déplacement des critères de beauté lorsque deux personnes belles sont ensemble. Et ça se sent, dit Evie. Quand on est tous les deux beaux, aucun des deux n'est beau. Ensemble, en couple, on est moins que la somme des deux parties.

Plus personne n'est remarqué en vérité, plus maintenant.

Néanmoins, un jour j'étais là, j'étais en train d'enregistrer une annonce-info publicitaire, une de ces annonces à rallonges dont on croit qu'elles vont s'arrêter à tout instant parce que, après tout, ce n'est que de la pub, mais, en fait, ça dure trente minutes. Moi et Evie, nous sommes engagées pour faire le mobilier sexuel ambulant en arborant des robes du soir moulantes tout l'après-midi et inciter les téléspectateurs à acheter la machine-usine à en-cas Num Num. Manus arrive pour s'asseoir au milieu du public dans le studio et, après le tournage, il me dit comme ça : « De la voile, ça te dirait ? » Et moi je lui dis : « Absolument. »

Donc nous sommes allés faire de la voile, et j'ai oublié mes lunettes de soleil, et donc Manus m'en achète une paire sur le quai. Mes nouvelles lunettes de soleil sont exactement les mêmes que les Vuarnet de Manus, sauf que les miennes sont fabriquées en Corée pas en Suisse et qu'elles coûtent deux dollars.

À trois milles de la côte, je me cogne dans tout ce qui traîne sur le pont. Je tombe. Manus me lance une corde, et je la rate. Manus me jette une bière et je rate la bière. Une migraine, je me récupère le genre de migraine dont Dieu viendrait vous affliger dans l'Ancien Testament. Ce que je ne sais pas, c'est que l'un de mes verres de lunette de soleil est plus sombre que l'autre, presque opaque. Je suis aveugle d'un œil à cause de ce verre, et je n'ai aucune perception du relief.

Mais à ce moment-là, ça, je n'en sais rien, que ma perception est complètement foirée. C'est le soleil, je me dis, et donc je continue à porter mes lunettes et je me cogne douloureusement comme une aveugle à tout ce qui traîne.

Saut à suivre jusqu'à la deuxième visite de Manus à l'hôpital, où il dit aux clichés brillants en noir et blanc me représentant dans mon drap, propriété du Memorial Hospital de La Paloma, que je devrais songer à reprendre ma vie en main. Je devrais commencer à faire des projets. Tu sais, me dit-il, suivre des cours. Terminer mes études. Avoir un diplôme.

Il s'assied tout à côté de mon lit et tient les photos entre nous de manière que je ne puisse ni les voir ni le voir. Sur mon bloc-notes, avec mon crayon, je demande à Manus par écrit de me montrer.

« Quand j'étais petit, nous élevions des chiots Doberman, dit-il, depuis derrière les photos. Et quand un chiot arrive à l'âge d'environ six mois, on lui fait tailler les oreilles et la queue. Pour ces chiens-là, c'est ce qui se fait comme style. On se rend dans un motel où réside un homme qui se déplace d'État en État pour couper les queues et les oreilles de milliers de chiots Doberman ou boxer ou bull-terrier. »

Sur mon bloc-notes avec mon crayon, j'écris :

tout ça pour en venir où ?

Et je lui agite ça devant le nez.

« En venir au fait que la personne qui va te couper les oreilles, c'est celle que tu vas haïr pour le restant de tes jours, dit-il. Tu ne veux pas que ce soit ton vétérinaire habituel, donc tu paies un inconnu pour faire le boulot. »

Toujours à regarder les photos, l'une après l'autre, Manus dit : « C'est la raison pour laquelle je ne peux te montrer ce que je tiens là. »

Quelque part à l'extérieur de l'hôpital, dans une chambre de motel pleine de serviettes ensanglantées, avec sa boîte à outils remplie de couteaux et d'aiguilles, ou en train de rouler sur l'autoroute vers sa prochaine victime, ou encore agenouillé au-dessus d'un chien drogué et taillé dans une baignoire sale, se trouve l'homme que doivent haïr un million de chiens.

Assis tout à côté de mon lit, Manus dit : « Il faut juste que tu mettes aux archives tes rêves de mannequin-vedette. »

Le photographe de mode à l'intérieur de ma tête hurle :

Fais-moi ça à la pitié.

Éclair du flash.

Laisse-moi encore une chance.

Éclair du flash.

Voilà ce que je faisais avant mon accident.

Traitez-moi de grosse menteuse, mais, avant l'accident, je racontais aux gens que j'étais étudiante à l'université. Les gens, si vous leur dites que vous êtes mannequin, ils se ferment comme des huîtres. Le fait que vous êtes mannequin, ça signifiera qu'ils ont affaire à une variété de forme de vie inférieure. Ils se mettent à parler gaga, comme aux bébés. Ils se la jouent con. Alors que si vous racontez aux gens que vous êtes étudiante à l'université, les gens sont tellement impressionnés. Vous pouvez étudier n'importe quoi sans être obligé de savoir quoi que ce soit. Dites juste toxicologie ou bio-kinesthésie marine, et la personne à laquelle vous vous adressez changera de sujet pour parler d'elle. Et si ça, ça ne marche pas, mentionnez les synapses neuronaux des embryons de pigeons.

Il est vrai que fut un temps, j'étais vraiment étudiante à l'université. J'ai à peu près seize cents unités de valeur validables pour l'obtention d'un diplôme de premier cycle en monitorat de gymnastique personnelle d'entretien. À entendre mes parents, je pourrais être médecin à ce stade.

Désolée, M'man.

Désolée, Seigneur.

Il y a eu un temps où Evie et moi, nous allions danser dans des boîtes ou des bars, et les hommes attendaient devant la porte des toilettes des femmes pour nous choper. Les mecs racontaient qu'ils faisaient le casting pour une pub télévisée. Le mec me donnait une carte de visite professionnelle en demandant à quelle agence j'appartenais.

Il y a eu un temps où M'man venait me rendre visite. M'man fume et, le premier après-midi où je suis rentrée à la maison après un tournage, elle m'a tendu une pochette d'allumettes en me disant : « Qu'est-ce que ça veut dire, ça ? »

Elle a dit : « S'il te plaît, rassure-moi, dis-moi que tu n'es pas une traînée aussi dévergondée que ton pauvre frère décédé. »

Dans la pochette d'allumettes se trouvait le nom d'un mec que je ne connaissais pas et un numéro de téléphone.

« Et je n'en ai pas trouvé qu'une, a dit M'man. Qu'est-ce que tu fabriques donc, hein ? »

Je ne fume pas. C'est ce que je lui réponds. Ces pochettes d'allumettes s'entassent parce que je suis trop polie pour ne pas les prendre et que je suis trop économe pour simplement les jeter. C'est la raison pour laquelle j'ai besoin d'un tiroir de la cuisine à lui tout seul pour les garder, tous ces hommes dont je ne me souviens pas, et leur numéro de téléphone.

Saut à suivre jusqu'à un jour rien de spécial à l'hôpital, juste à l'extérieur du bureau de l'orthophoniste de l'hôpital. L'infirmière me conduisait en me tenant par le coude pour me faire faire un peu d'exercice, et nous venions de tourner à un coin, juste à l'intérieur de l'embrasure de porte du bureau ouvert, quand, boum, Brandy Alexander nous est apparue, tellement là, telle qu'en elle-même, glorieuse dans sa pose de princesse Alexander assise, en combinaison iridescente Vivienne Westwood qui changeait de couleur au moindre mouvement.

Vogue en extérieurs.

Le photographe de mode à l'intérieur de ma tête, en train de hurler :

Fais-moi ça émerveillement, poupée.

Éclair du flash.

Fais-moi ça stupéfaction.

Éclair du flash.

L'orthophoniste a dit : « Brandy, vous pouvez remonter la tessiture de votre voix si vous remontez les cartilages de votre larynx. C'est cette boule dans votre gorge que vous sentez monter quand vous chantez des gammes ascendantes. » Elle a dit : « Si vous pouvez maintenir votre larynx haut dans la gorge, votre voix devrait se situer entre un sol et un do moyen. Ce qui correspond à peu près à cent soixante hertz. »

Brandy Alexander et l'allure qu'elle avait transformaient le reste du monde en réalité virtuelle. Elle changeait de couleur à chaque nouvel angle. Elle a viré au vert à mon tout premier pas. Au rouge au pas suivant. Elle a viré à l'argent et à l'or, et ensuite nous l'avons abandonnée derrière nous, disparue.

« Pauvre et triste chose égarée », a dit Sœur Katherine, et elle a craché par terre sur le béton. Elle m'a regardée qui tendais le cou en arrière pour essayer d'entrapercevoir le bout du couloir, et m'a demandé si j'avais de la famille.

J'ai écrit : ouais, il y a mon frère gay mais il est mort du sida.

Et elle dit : « Eh bien, tout est pour le mieux, en ce cas, non ? »

Saut à suivre jusqu'après la semaine suivant la dernière visite de Manus, dernière signifiant ultime, lorsque Evie fait un saut à l'hôpital en passant. Evie regarde les photos et s'adresse à Dieu et à Jésus-Christ.

« Tu sais, me dit Evie par-dessus la pile de *Vogue* et de *Glamour* qu'elle m'apporte et tient sur les genoux. J'ai parlé à l'agence et ils ont dit que si on refait ton press-book, ils envisageront de te reprendre comme petite main côté boulot. »

Evie veut parler de mannequin-main, qui présente bagues à cocktail et bracelets en diamants et toutes ces conneries.

Comme si j'ai envie d'entendre ça.

Je ne peux pas parler.

Tout ce que je peux avaler, c'est du liquide.

Personne ne me regardera. Je suis invisible.

Tout ce que je veux, c'est que quelqu'un me demande ce qui est arrivé. Ensuite, je reprendrai le cours de ma vie.

Evie dit à la pile de revues : « Je veux que tu viennes vivre avec moi chez moi quand tu sortiras. » Elle défait la fermeture Éclair de son sac en toile sur le bord de mon lit et y plonge des deux mains. « Ça sera chouette, dit Evie. Tu verras. Je déteste vivre toute seule rien qu'avec moi-même. »

Et elle dit : « J'ai déjà déménagé tes affaires dans ma chambre d'amis. »

Toujours dans son sac, Evie dit : « Je me rends à un tournage. Est-ce que par hasard tu aurais des justificatifs de l'agence que tu pourrais me prêter ? »

Sur mon bloc-notes, avec mon crayon, j'écris :

est-ce que c'est mon chandail que tu portes ?

Et je lui agite le bloc-notes devant le nez.

« Ouais, dit-elle, mais je savais que ça ne te dérangerait pas. »

J'écris :

mais c'est du 36.

J'écris :

et tu fais du 42.

« Écoute, dit Evie. Je dois me présenter à quatorze heures. Pourquoi je ne repasserais pas un de ces quatre quand tu seras de meilleure humeur ? »

S'adressant à sa montre, elle dit : « Je suis tellement désolée que les choses aient dû en arriver là. Tout ça, ç'a été la faute à personne. »

Tous les jours à l'hôpital se déroulent comme suit.

Petit déjeuner. Déjeuner. Dîner. Sœur Katherine se place dans les intervalles.

À la télévision, il y a une chaîne qui ne passe que des pubs toute la journée et toute la nuit, et nous voilà, toutes les deux, Evie et moi, ensemble. On s'est ramassé une charrette de biftons. Pour le truc de la machine-usine à en-cas, nous offrons ces grands sourires de porte-parole de célébrités, ceux pour lesquels on se transforme la figure en énorme bouche à air de radiateur ambulant. Nous arborons des robes à paillettes que, quand vous les collez sous un projecteur, la robe se met à briller comme un million de journalistes en train de vous prendre en photo au flash. Tellement glamoureux. Je suis là, debout, avec cette robe de dix kilos sur le dos, en train de faire ce sourire énorme et de laisser tomber des déchets animaux dans l'entonnoir en Plexiglas au-dessus de la machine-usine à en-cas Num Num. Ce truc vous rechie des petits canapés que c'en est dingue, et Evie doit s'avancer à pas lents au milieu du public du studio pour engager les gens à déguster les canapés.

Les gens, ça vous mangera n'importe quoi pour passer à la télévision.

Puis, hors champ de la caméra, Manus qui me dit : « De la voile, ça te dirait ? »

Et moi je réponds : « Absolument. »

C'était tellement idiot que je n'aie pas su ce qui se passait depuis le début.

Saut à suivre jusqu'à Brandy sur un fauteuil pliant à l'intérieur du bureau de l'orthophoniste, en train de se mettre les ongles en forme à l'aide du craque d'une pochette d'allumettes. Ses longues jambes pourraient chevaucher une moto et toucher le sol, il en resterait encore une moitié et le minimum légal de sa personne est enveloppé modèle rétréci dans un stretch éponge à imprimé léopard, hurlant tout entier pour en sortir.

L'orthophoniste dit : « Gardez votre glotte partiellement ouverte lorsque vous parlez. C'est de cette manière que Marylin Monroe a chanté "Happy Birthday" au Président Kennedy. Cela oblige l'air de vos poumons à contourner vos cordes vocales pour donner à votre voix une qualité plus féminine, moins puissante, plus fragile. »

Je passe devant la pièce avec l'infirmière qui me conduit, mes pantoufles en carton aux pieds, mes bandages serrés et ma schlingue puissante, et Brandy Alexander relève les yeux au tout dernier possible moment et m'adresse un clin d'œil. Dieu devrait savoir cligner de l'œil aussi bien que ça. Comme si on vous prenait en photo. Faites-moi ça joie. Faites-moi ça plaisir et fête. Faites-moi ça amour. J'en ai bien besoin.

Éclair du flash.

Les anges du ciel devraient savoir souffler des baisers comme Brandy Alexander qui m'illumine le restant de ma semaine. De retour dans ma chambre, j'écris :

qui est-elle ?

« Ce n'est pas quelqu'un de fréquentable, dit l'infirmière. Vous avez suffisamment de problèmes comme ça. »

mais qui est-elle ? j'écris.

« Si vous voulez m'en croire, dit l'infirmière, celle-là est quelqu'un de différent chaque semaine. »

C'est après ça que Sœur Katherine commence à faire la marieuse. Pour me sauver de Brandy Alexander, elle m'offre l'avocat sans nez. Elle m'offre un dentiste alpiniste dont les doigts et les traits du visage ont été dévorés par le gel, réduits à de petites boursouflures luisantes. Un missionnaire avec de sombres plaques d'une variété de champignon tropical juste sous la peau. Un mécanicien qui s'est penché au-dessus d'une batterie au moment où celle-ci explosait, avec l'acide qui lui a laissé lèvres et joues disparues à jamais, et des dents jaunes affichant un rictus permanent.

Je regarde l'alliance de la nonne et j'écris :

je crois que vous vous êtes trouvé là le dernier mec sexy encore intact.

Tout le temps que je suis restée à l'hôpital, il était absolument impossible que je tombe amoureuse. Je ne pouvais tout bonnement pas me risquer jusque-là. En me contentant de moins. Je ne voulais traiter rien ni personne dans le détail. Je ne voulais pas ramasser de morceaux de rien ni personne. En rabaissant mes ambitions. Aller de l'avant avec ma moins-que-vie. Je ne voulais pas me sentir mieux du simple fait que j'étais encore en vie. En commençant à compenser. Je voulais juste qu'on me répare la figure, si la chose était possible, ce qui n'était pas le cas.

Quand vient le moment de me remettre à la nourriture solide, leurs paroles encore une fois, c'est poulet écrasé et purée de carottes. De la nourriture pour bébé. Tout en purée, ou pulvérisé ou écrasé en menus morceaux.

On est ce que l'on mange.

L'infirmière m'apporte les petites annonces classées d'un petit journal à diffusion gratuite.

Sœur Katherine baisse les yeux, le nez dans l'axe de visée, au travers de ses lunettes, pour lire : Mecs cherchent minces filles aventurières pour amusement et roucoulades partagées. Et, c'est un fait, pas un seul et unique mec pour exclure sans équivoque les filles hideusement mutilées avec des factures d'hospitalisation qui chiffrent de plus en plus.

Sœur Katherine me dit : « Ces hommes auxquels vous pouvez écrire en prison n'ont pas vraiment besoin de savoir à quoi vous ressemblez. »

C'est juste que ça me pose vraiment beaucoup trop de problèmes d'essayer de lui expliquer ce que je ressens par écrit.

Sœur Katherine me lit les colonnes « célibataires » pendant que je m'avale mon roast-beef à la cuillère. Elle m'offre des criminels de l'incendie. Des cambrioleurs. Des fraudeurs du fisc. Elle dit : « Vous n'avez probablement pas envie de rencontrer un violeur, pas tout de suite. Personne n'est désespéré à ce point. »

Entre les hommes solitaires derrière les barreaux pour vol à main armée et assassinat au second degré, elle s'arrête pour me demander ce qu'il y a. Elle me prend la main et parle au nom inscrit sur mon bracelet en plastique, tellement je suis déjà mannequin-mains, bagues à cocktail et bracelets d'identité en plastique d'une beauté telle que même une fiancée du Christ est incapable d'en détacher les yeux. Elle dit : « Qu'est-ce que vous ressentez ? »

Tout cela est hilarant.

Elle dit : « Ne voulez-vous pas tomber amoureuse ? »

Le photographe dans ma tête dit : Fais-moi ça patience.

Éclair du flash.

Fais-moi ça maîtrise.

Éclair du flash.

La situation est que je dispose d'une moitié de visage.

À l'intérieur de mes bandages, mon visage continue toujours à suinter ses minuscules taches de sang sur les compresses en coton. Un médecin, celui qui fait la tournée tous les matins pour vérifier mes pansements, il dit que ma blessure continue à pleurer. C'est ça, son mot.

Je ne peux toujours pas parler.

Je n'ai aucune carrière.

Je ne peux manger que de la nourriture pour bébés. Personne ne me regardera plus comme si j'avais gagné un grand prix. Plus jamais.

il n'y a rien, j'écris sur mon bloc-notes.

il n'y a rien qui n'aille pas.

« Vous n'avez pas eu de chagrin, dit Sœur Katherine. Il faut que vous vous payiez une bonne crise de grosses larmes et, ensuite, vous reprendrez le cours de votre vie. Vous êtes beaucoup trop calme devant tout ça. »

J'écris :

ne me faites pas rire. Mon visage, j'écris, le docteur dit que la plaie va pleurer.

Cependant, au moins quelqu'un m'avait remarqué. Tout ce temps, complètement, depuis le début, j'ai été calme. J'ai été l'image même du calme. Jamais, au grand jamais, je n'ai paniqué. J'ai vu mon sang et ma morve et mes dents éparpillés à travers tout le tableau de bord l'instant qui a suivi l'accident, mais l'hystérie est impossible sans public. Paniquer en tête à tête avec soi-même, c'est la même chose que de rigoler tout seul dans une pièce vide. On se sent vraiment stupide.

À l'instant où l'accident s'est produit, j'ai su que j'allais mourir si je ne prenais pas la sortie suivante pour quitter l'autoroute, tourner à droite sur Northwest Gower, faire douze blocs, et m'engager dans le parc de stationnement de la salle des urgences du Memorial Hospital de La Paloma. Je me suis garée. J'ai pris mon sac et mes clés, et j'ai marché. Les portes en verre ont coulissé avant que je puisse y voir mon reflet. La foule à l'intérieur, tous ces gens qui attendaient avec des jambes brisées et des bébés qui s'étouffaient, eux aussi ils ont tous coulissé de côté quand ils m'ont vue.

Après ça, morphine en intraveineuse. Les minuscules ciseaux de manucure pour bloc opératoire ont découpé ma robe. La petite culotte-string et son carré de tissu couleur chair. Les photos de police.

L'inspecteur, celui qui a fouillé ma voiture à la recherche de fragments d'os, le mec qui avait vu tous ces gens se faire sectionner la tête par des vitres de portière à moitié ouvertes, il revient un jour pour me dire qu'il ne reste plus rien à trouver. Les oiseaux, les mouettes, peut-être aussi les pies. Ils avaient pénétré dans la voiture là où elle était garée, par la vitre cassée. Les pies ont mangé tout ce que l'inspecteur appelle les tissus mous devenus pièces à conviction. Les os, elles les ont probablement emportés.

« Vous savez, mademoiselle, pour les casser sur les rochers. Pour la moelle. »

Sur le bloc-notes, j'écris :

ha, ha, ha.

Saut à suivre jusqu'au moment précédant juste l'enlèvement de mes bandages, lorsqu'une thérapeute orthophoniste dit que je devrais me mettre à genoux et remercier Dieu d'avoir laissé ma langue dans ma tête, intacte. Nous sommes assises dans son cagibi en parpaings dont la moitié de l'espace est occupé par le bureau en métal qui nous sépare, et la thérapeute, elle m'enseigne la manière dont un ventriloque fait parler son pantin. Vous comprenez, le ventriloque ne peut pas se permettre de vous laisser voir bouger sa bouche. En fait, il ne peut pas vraiment se servir de ses lèvres, alors il presse la langue contre le voile du palais pour former ses mots.

Au lieu d'une fenêtre, la thérapeute a une affiche de chaton couvert de spaghettis au-dessus des mots :

Accentuer le Positif

Elle dit que si vous ne pouvez pas faire un certain son sans vous servir de vos lèvres, substituezy un son similaire, dit la thérapeute ; par exemple, utilisez le son *t* au lieu du son *p*. Le contexte dans lequel vous utilisez le son vous rendra compréhensible.

« Je tréférerais têcher », dit la thérapeute.

alors, allez têcher, je lui écris.

« Non, dit-elle, répétez. »

J'ai toujours la gorge à vif et sèche même après le million de liquides à la paille pris toute la journée. Les tissus cicatriciels sont ridés de crêtes dures et tout lisses autour de ma langue intacte.

La thérapeute dit : « Je tréférerais têcher. »

Je dis : « Salghrew jfwoiew fjfowi sdkifj. »

« Non, pas de cette manière, dit la thérapeute. Vous ne le faites pas bien. »

Je dis : « Solfjf hjoie ddd oslidjf ? »

Elle dit : « Non, ça non plus, ce n'est pas exact. »

Elle consulte sa montre.

« Digri vrior gmjgi g giel », je lui dis.

« Vous allez avoir besoin de beaucoup vous entraîner, mais sur votre temps libre, dit-elle. Allez, encore une fois. »

Je dis : « Jrogier fi fkgoewir mfofeinf fefd. »

Elle dit : « Bien ! Super ! Voyez comme c'est facile. »

Sur mon bloc-notes, j'écris :

allez vous faire foutre.

Saut à suivre jusqu'au jour où ils enlèvent les pansements.

Vous ne savez à quoi vous attendre, mais chaque médecin, chaque infirmière, chaque interne, chaque garçon de salle, gardien et cuisinier de l'hôpital se sont arrêtés pour jeter un œil depuis l'embrasure de la porte, et, si on leur accrochait le regard, ils aboyaient, « Félicitations », les commissures des lèvres largement écartées et toutes tremblantes en un sourire figé et mouillé. Les yeux comme des billes de loto. Ça, c'est le mot que moi j'utilise. Et moi, je relevais à chaque fois et à chaque fois la même petite pancarte en carton qui leur disait :

merci.

Et ensuite je me suis enfuie. Ça, c'est après que ma nouvelle robe en crêpe de coton est arrivée de chez Espre. Sœur Katherine est restée debout au-dessus de moi toute la matinée avec un fer à friser jusqu'à ce que mes cheveux se retrouvent transformés en gros glaçage à la crème au beurre, énorme coiffure choucroutée tout sur le dessus. Ensuite Evie a apporté des produits de maquillage et m'a fait les yeux. J'ai mis ma nouvelle robe croustillante et je n'en pouvais plus d'attendre de me mettre à suer. De tout l'été, je n'avais vu le moindre miroir ou, si j'en avais vu un, jamais je ne m'étais rendu compte que le reflet était le mien. Je n'avais pas vu les photos de la police. Quand Evie et Sœur Katherine en ont eu terminé, je dis :

« De foil iowa fog geoff. »

Et Evie dit : « De rien. »

Sœur Katherine dit : « Mais vous venez de déjeuner. »

C'est assez clair, personne ne me comprend ici.

Je dis : « Kong wimmer nay pee golly. »

Et Evie dit : « Ouais, ce sont bien tes chaussures, mais je ne leur fais aucun mal. »

Et Sœur Katherine dit : « Non, pas encore de courrier, mais nous pourrons écrire aux prisonniers après que vous aurez fait votre petit somme, ma petite. »

Elles sont parties. Et. Je suis partie, seule. Et. À quel point mon visage était-il déglingué ?

Et, parfois, le fait d'être mutilé peut se révéler un avantage. Tous ces gens aujourd'hui, avec les piercings, les tatouages, les marques au fer rouge, les scarifications… Ce que je veux dire, c'est que l'attention qu'on attire, c'est toujours de l'attention.

En sortant au-dehors, c'est la première fois que j'ai le sentiment d'avoir raté quelque chose. Je veux dire par là, un été entier vient de disparaître. Toutes ces fêtes autour des piscines et aussi s'étaler à la proue des vedettes rapides pailletées de métal. À prendre les rayons du soleil. À trouver des mecs avec décapotables. Je crois comprendre que tous les pique-niques, matchs de softball et concerts se sont comme qui dirait trouvés réduits à quelques instantanés qu'Evie n'aura pas fait développer avant la période de Thanksgiving.

En sortant au-dehors, le monde n'est tout entier que couleur après le blanc sur blanc de l'hôpital. C'est comme d'aller au-delà de l'arc-en-ciel dans *Le magicien d'Oz*. Je marche jusqu'à un supermarché, et le simple fait de faire des courses me fait l'effet d'un jeu que je n'aurais pas joué depuis que j'étais petite fille. Et voici tous mes produits favoris, leurs noms, toutes ces couleurs, French's Mustard, Rice A Roni, Top Ramen, et tout qui essaie d'attirer votre attention.

Toute cette couleur. Un renversement complet des critères de beauté de manière que rien, absolument rien, ne ressorte vraiment du lot.

Le total étant moins que la somme de ses parties.

Toute cette couleur en un seul et même lieu.

Hormis cet arc-en-ciel de produits et de leurs marques, il n'y a rien d'autre à regarder. Quand je regarde les gens, tout ce que je vois, c'est l'arrière du crâne de chacun. Même si je me retourne super vite, tout ce que je parviens à saisir, c'est l'oreille de quelqu'un qui se détourne. Et les gens s'adressent au Seigneur.

« Oh, Seigneur, disent-ils. Tu as vu ça ? »

Et : « Est-ce que c'était un masque ? Doux Jésus, c'est un peu tôt pour Halloween. »

Tout le monde est très occupé à lire les étiquettes de French's Mustard et de Rice A Roni.

Donc je prends une dinde.

Je ne sais pas pourquoi. Je n'ai pas d'argent, mais je prends une dinde. Je creuse et je farfouille au milieu des grosses dindes surgelées, ces gros tas de glace couleur chair dans le congélateur. Je creuse et je farfouille jusqu'à ce que je trouve la plus grosse dinde, et je la soulève style bébé dans son emballage en filet plastique jaune.

Je me trimballe jusqu'à l'avant du magasin, je

franchis les caisses direct, et personne ne m'arrête. Il n'y a même personne qui regarde. Ils sont tous en train de lire ces journaux format tabloïd comme s'il s'y trouvait de l'or caché entre les pages.

« Seijgfn di ofo utnbg, dis-je. Nei wucj iswisn sdnsud. »

Il n'y a personne qui regarde.

« EVSF UYYB IUH », dis-je de ma meilleure voix de ventriloque.

Il n'y a même personne qui parle. Peut-être qu'il n'y a que les employés qui parlent. Avez-vous deux pièces d'identité ? demandent-ils aux gens en train de rédiger leur chèque.

« Fgjrn iufnv si vuv, dis-je. Xidi cniwuw sis sacnc ! »

Et c'est alors, c'est juste alors qu'un garçon dit : « Regarde ! »

Tous ceux qui ne regardent pas ni ne parlent s'arrêtent de respirer.

Le petit garçon dit : « Regarde, M'man, regarde là-bas ! Ce monstre vole de la nourriture ! »

Tous les gens se rétrécissent tant ils sont gênés. Toutes leurs têtes leur dégringolent dans les épaules avec l'air qu'ils auraient s'ils marchaient sur des béquilles. Ils lisent tous les gros titres des tabloïds avec plus d'ardeur que jamais.

La Fille Monstre Vole un Oiseau de Fête

Et moi je suis là, frite à cœur dans ma robe de crêpe de coton, une dinde de douze kilos dans les bras, la dinde toute suante, ma robe presque transparente. Mes tétons sont durs comme la pierre au contact de la glace dans son filet jaune que j'ai dans les bras. Moi sous ma coiffure en glaçage de crème au beurre. Personne ne me regarde comme si j'avais gagné un grand n'importe quoi.

Une main tombe et gifle le petit garçon, et le garçon se met à piailler.

Le gamin piaille à la manière dont on pleure quand on n'a rien fait de mal mais qu'on se fait punir quand même. Le soleil est en train de se coucher au-dehors. À l'intérieur, tout est mort excepté cette petite voix qui hurle à satiété, encore et encore : Pourquoi tu m'as frappé ? J'ai rien fait. Pourquoi tu m'as frappé ? Qu'est-ce que j'ai fait ?

J'ai pris la dinde. J'ai marché aussi vite que j'ai pu jusqu'au Memorial Hospital La Paloma. Il faisait presque nuit.

Tout le temps que je serre la dinde contre moi, je me répète : dindes. Mouettes. Pies.

Des oiseaux.

Des oiseaux m'ont dévoré le visage.

De retour à l'hôpital, arrivant par le couloir dans ma direction, il y a Sœur Katherine conduisant un homme et sa potence à intraveineuse, l'homme tout enveloppé dans la gaze avec un attirail de tubes de drainage et de sacs en plastique de fluides jaunes et rouges suintant et dégouttant en lui comme hors de lui.

Des oiseaux m'ont dévoré le visage.

À mesure qu'elle se rapproche, Sœur Katherine s'écrie :

« Youhou ! J'ai là quelqu'un de spécial que vous allez adorer connaître ! »

Des oiseaux m'ont dévoré le visage.

Entre moi et eux se trouve le bureau de la thérapeute orthophoniste, et quand je vais pour m'y faufiler, pliée en deux, qui je vois ? Brandy Alexander, pour la troisième fois. La reine de tout ce qui est bon et tendre arbore une sorte de robe bain de soleil Versace sans manches pleine de l'air du temps et de la saison, ce sentiment accablant de désespoir et de résignation corrompue. Conscience du corps mais humiliation toujours présente. Pleine d'allant mais néanmoins en désarroi. La reine suprême est la chose la plus belle que j'aie jamais vue, aussi je me laisse figer là, posture incongrue modèle *Vogue*, pour contempler depuis l'entrée de la pièce.

« Les hommes, dit la thérapeute, accentuent l'adjectif quand ils parlent. » La thérapeute dit : « Par exemple, un homme dirait : "Vous êtes tellement *ravissante*, aujourd'hui". »

Brandy est tellement ravissante qu'on pourrait lui sectionner la tête pour la mettre sur le velours bleu dans la vitrine de chez Tiffany's et quelqu'un accepterait de l'acheter pour un million de dollars.

« Une femme dirait : "Vous êtes *tellement* ravissante, aujourd'hui", poursuit la thérapeute. Maintenant, à vous, Brandy. Dites-le. Accentuez l'adverbe, pas l'adjectif. »

Brandy Alexander tourne ses yeux Burning Blueberry sur moi dans l'embrasure de la porte et lâche : « La fille qui pose, là, mais que vous êtes *tellement* laide, Dieu m'en témoigne. Auriez-vous laissé un éléphant s'asseoir sur votre visage ? »

La voix de Brandy, c'est à peine si j'entends ce qu'elle dit. À cet instant, c'est juste que je suis en adoration totale devant Brandy. Tout en elle fait ce même effet si plaisant que d'être belle et de se regarder dans un miroir. Dans l'instant, Brandy est ma famille royale. Mon seul et unique tout qui vaille qu'on vive pour lui.

Je lance : « Cfoieb svns ois », et je dépose la dinde froide et humide dans le giron de la thérapeute orthophoniste, laquelle se retrouve épinglée sous douze kilos pesants de viande froide dans son fauteuil de bureau pivotant tout cuir.

Maintenant plus proche dans son couloir, Sœur Katherine hurle : « Youhou ! »

« Mriuvn wsi sjaoi aj », je lance, et je fais rouler la thérapeute et son fauteuil dans le couloir. Je dis : « Jownd winc sm fdo dcncw. »

La thérapeute orthophoniste, elle relève la tête vers moi en souriant et me dit : « Inutile de me remercier, c'est mon boulot, rien de plus. »

La nonne est arrivée avec l'homme et sa potence à intraveineuse, un nouveau, sans peau, ou les traits du visage écrabouillés, ou toutes les dents défoncées, un homme qui serait parfait pour moi. Mon seul et véritable amour. Mon prince charmant charmeur difforme, mutilé ou malade. Mon soyez malheureuse pour tous les jours à venir. Mon avenir hideux. Le restant monstrueux de ma vie.

Je claque la porte du bureau et je me verrouille à l'intérieur en compagnie de Brandy Alexander. Sur le bureau est posé le bloc-notes de la thérapeute orthophoniste, et je m'en saisis.

sauvez-moi, j'écris, et je l'agite à la figure de Brandy Alexander. J'écris : s'il vous plaît.

Saut à suivre jusqu'aux mains de Brandy Alexander. Tout commence toujours par les mains de Brandy. Elle en sort une, une de ces mains poilues aux phalanges de cochon avec les veines du bras envahies et serrées jusqu'au coude par une série de bracelets de toutes les couleurs. Rien qu'en elle-même, Brandy est un tel renversement de tous les critères de beauté que plus rien de rien ne ressort à son entour. Pas même soi.

« Alors, fille, dit Brandy. Qu'est-ce donc qui est arrivé à votre visage ? »

Des oiseaux.

J'écris :

des oiseaux. des oiseaux m'ont dévoré le visage.

Et je me mets à rigoler. Brandy ne rit pas. Brandy dit : « Et c'est censé vouloir dire quoi ? »

Je continue à rigoler.

je roulais sur l'autoroute, j'écris.

Je continue à rigoler.

quelqu'un a tiré au fusil une balle calibre.30.

la balle m'a arraché tout le maxillaire du visage.

Toujours rigolarde.

je suis venue à l'hôpital, j'écris.

je ne suis pas morte.

Rigolarde.

ils n'ont pas pu me remettre mon maxillaire en place parce que les mouettes l'avaient mangé.

Et j'arrête de rigoler.

« Fille, votre écriture est abominable, dit Brandy. Maintenant, dites-moi quoi d'autre. »

Et je me mets à pleurer.

quoi d'autre, j'écris, c'est que je suis obligée de manger de la nourriture pour bébés.

je ne peux pas parler.

je n'ai pas de carrière.

je n'ai pas de foyer.

mon fiancé m'a quittée.

personne ne veut me regarder.

toute ma garde-robe, c'est une amie qui me l'a bousillée.

Je pleure toujours.

« Quoi d'autre ? dit Brandy. Racontez-moi tout. »

un petit garçon, j'écris.

un petit garçon, au supermarché, il m'a qualifiée de monstre.

Ces yeux Burning Blueberry me regardent bien en face à une manière dont aucun œil ne s'est posé sur moi de tout l'été. « Votre perception est complètement foirée, dit Brandy. Tout ce dont vous êtes capable de parler ne sont que des bricoles sans intérêt qui se sont déjà produites. »

Elle dit : « Vous ne pouvez pas fonder votre existence sur le passé ou le présent. »

Brandy dit : « Il va falloir que vous me parliez de votre avenir. »

Brandy Alexander, elle se remet debout sur ses chaussures-pièges lamé or à lanières montantes. La reine suprême sort de son petit sac-pochette un poudrier endiamanté et ouvre le couvercle du boîtier pour regarder le miroir à l'intérieur.

« Cette thérapeute, disent les lèvres Plumbago, la thérapeute orthophoniste peut être d'une stupidité *insigne* face à ces situations-là. »

Les gros muscles des bras endiamantés de Brandy m'assoient dans le siège tout tiède encore de la chaleur de son cul, et elle me tient le poudrier de manière que je puisse en voir l'intérieur. En lieu et place de la poudre, il est plein de cachets blancs. Là où il devrait y avoir un miroir se trouve une photo en gros plan de Brandy Alexander souriante, une allure superbe.

« Ce sont des Vicodin, ma chère, dit-elle. C'est l'école de médecine Marylin Monroe où une quantité adéquate de n'importe quel médicament guérira n'importe quelle maladie. »

Elle dit : « Plongez là-dedans. Servez-vous. »

En mince et éternelle déesse qu'elle est, la photo de Brandy me sourit par-dessus une mer d'analgésiques. C'est ainsi que j'ai fait la rencontre de Brandy Alexander. C'est ainsi que j'ai trouvé la force de *ne pas* reprendre le cours de mon ancienne vie. C'est ainsi que j'ai trouvé le courage de *ne pas* ramasser les mêmes vieux morceaux.

« Maintenant, disent les lèvres Plumbago, vous allez me raconter votre histoire exactement comme vous venez de le faire. En rédigeant tout. En me racontant cette histoire à satiété, encore et encore. Racontez-moi votre histoire triste à chier toute la nuit. » Cette reine Brandy pointe sur moi un long doigt osseux.

« Lorsque vous comprendrez, dit Brandy, que ce que vous me racontez n'est qu'une histoire et rien d'autre. Elle n'est plus en train de se produire. Lorsque vous vous rendrez compte que l'histoire que vous me racontez n'est rien que des mots, lorsque vous serez à même de tout simplement en ramasser toutes les miettes et de balancer votre passé à la poubelle, dit Brandy, alors, nous déciderons de celle que vous allez être. »

CHAPITRE 4

Saut à suivre jusqu'à la frontière canadienne.

Saut à suivre jusqu'à nous trois dans une Lincoln Town Car de location, attendant de nous diriger, au départ de Vancouver, Colombie britannique, plein sud vers les États-Unis, attendant, avec Signore Romeo à la place du conducteur, attendant avec Brandy à côté de lui à l'avant, attendant, avec moi seule à l'arrière.

« Les policiers ont des microphones », nous dit Brandy.

Le plan, s'il marche, c'est que nous traversons la frontière, nous prenons plein sud vers Seattle où il y a des boîtes de nuit et des établissements avec exhibitions de danse dont les artistes go-go garçons et filles vont faire la queue pour me nettoyer le fond du sac à main contre bon argent. Il faut que nous restions silencieux à cause de la police, les flics ont des micros des deux côtés de la frontière, États-Unis comme Canada. De cette manière, ils peuvent écouter les gens qui attendent de traverser. Nous pourrions avoir avec nous des cigares cubains. Des fruits frais. Des diamants. Des maladies. Des drogues, dit Brandy. Brandy, elle nous dit de la boucler deux kilomètres avant la frontière, et nous attendons dans la queue, silencieux.

Brandy déroule les kilomètres de foulard en brocart qui lui entourent la tête. Brandy, elle secoue la tête pour étaler ses cheveux dans le dos et noue le foulard sur ses épaules pour masquer son décolleté-torpilles. Brandy se change et passe à de simples boucles d'oreilles en or. Elle ôte ses perles et met une petite chaînette avec crucifix en or. Tout ça à un instant du garde-frontière.

« Vos nationalités ? » dit le garde-frontière assis à l'intérieur de sa petite fenêtre, derrière son terminal d'ordinateur avec son porte-bloc et son costume bleu derrière ses lunettes de soleil miroir, et derrière son insigne doré.

« Monsieur », dit Brandy, et sa nouvelle voix est aussi doucereuse et traînante que du gruau sans sel ou sans beurre. Elle dit : « Monsieur, nous sommes citoyens des États-Unis d'Amérique, qu'on appelait jadis le plus grand pays à la surface de cette terre jusqu'à ce que les homosexuels et les pornographes d'enfants...

— Vos noms ? » demande le garde-frontière.

Brandy se penche par-dessus Alfa pour relever les yeux vers le garde-frontière. « Mon mari, dit-elle, est un homme innocent.

— Votre nom, s'il vous plaît », dit-il en vérifiant sans aucun doute nos plaques minéralogiques, pour découvrir qu'il s'agit d'un véhicule de location, loué à Billings, Montana, trois semaines auparavant, peut-être même pour découvrir la vérité sur l'identité de ceux que nous sommes vraiment. Peut-être découvrir au fil des bulletins après bulletins arrivés de tout l'ouest du Canada l'existence de trois fêlés de première qui volent des médicaments dans de grandes maisons en instance de vente. Peut-être que c'est tout ça qui se déroule sur son écran d'ordinateur, ou peut-être rien du tout. On ne sait jamais vraiment.

« Je suis mariée », hurle presque Brandy pour attirer son attention. « Je suis l'épouse du révérend Scooter Alexander », dit-elle, toujours à moitié étalée sur les cuisses d'Alfa.

« Et voici, dit-elle en étirant le fil invisible de son sourire jusqu'à Alfa, voici mon gendre, Seth Thomas. » Ses grosses mains volent vers moi sur le siège arrière. « Voici, dit-elle, ma fille, Bubba-Joan. »

Certains jours, je déteste ça, quand Brandy change nos existences sans avertir. Parfois, deux fois dans la journée, il faut vivre à la mesure d'une nouvelle identité et la mériter. Un nouveau nom. De nouvelles relations. Des handicaps. Il m'est difficile de me souvenir de celle que j'étais au début de ce voyage.

Il ne fait aucun doute que c'est là le genre de stress que doit éprouver le virus du sida en mutation perpétuelle.

« Monsieur ? » dit le garde-frontière à Seth, anciennement Alfa Romeo, anciennement Chase Manhattan[1], anciennement Nash Rambler[2], an-

---

1. Nom de banque.
2. Marque de voitures.

ciennement Wells Fargo[1], anciennement Eberhard Faber[2].

Le garde dit : « Monsieur, ramenez-vous des achats sur le territoire des États-Unis ? »

Le petit orteil pointu de ma chaussure passe sous le siège avant et pique l'arrière-train de mon nouvel époux. Tout autour de nous n'est que détails qui nous assiègent. Les laisses de vase abandonnées par la marée basse sont juste tout là-bas, avec de petites vagues qui arrivent l'une après l'autre. Les parterres de fleurs sur notre autre côté sont plantés de manière à former des mots qui ne sont lisibles que de très loin. De tout près, ce n'est rien d'autre qu'un nombre innombrable de bégonias jaunes et rouges.

« Ne me dites pas que vous n'avez jamais regardé notre *Chaîne de guérisseurs chrétiens* ? » dit Brandy. Elle tripote la petite croix en or sur sa gorge. « Si vous ne regardiez qu'une seule émission, vous sauriez que Dieu dans sa sagesse a fait de mon gendre un muet, et il ne peut pas parler. »

Le mec de la frontière pianote vite fait sur quelques touches. Ce pourrait être « CRIME » qu'il vient de taper. Ou alors « DROGUES ». Ou FUSILLADE. Ce pourrait être CONTREBANDIERS. Ou ARRESTATION.

« Pas un mot », murmure Brandy tout contre l'oreille de Seth. « Tu parles, et, à Seattle, je te change en Harvey Wallbanger[3]. »

---

1. Nom de banque.
2. Marque de stylos.
3. Nom de cocktail, liqueur Guliano, vodka et jus d'orange.

Le mec de la frontière dit : « Pour vous admettre aux États-Unis, il va falloir que je voie vos passeports, s'il vous plaît. »

Brandy se lèche les lèvres jusqu'à pleine mouillure toute luisante, les yeux embués et brillants. Son foulard en brocart glisse bas pour révéler son décolleté lorsqu'elle relève les yeux sur le mec-frontière et dit : « Voudriez-vous nous excuser un moment ? »

Brandy s'appuie au dossier de son siège, et la vitre de Seth ronronne jusqu'au montant haut de la portière.

Les grosses torpilles de Brandy inhalent un gros coup puis exhalent. « Que personne ne panique », dit-elle, et elle débouche son rouge à lèvres. Elle fait un baiser au rétroviseur intérieur et plante le bâton de rouge à l'entour de sa grosse bouche Plumbago, en tremblant tellement que son autre grosse main doit maintenir sa main rouge à lèvres bien stable.

« Je peux nous faire entrer aux États-Unis, dit-elle, mais je vais avoir besoin d'un préservatif et d'une pastille de menthe. »

Autour de son rouge à lèvres, elle dit : « Bubba-Joan, mon cœur, sois gentille de me passer un de ces Estradem[1], veux-tu ? »

Seth lui donne le préservatif et une pastille de menthe.

Elle dit : « Essayons de deviner combien de temps il lui faudra pour s'apercevoir qu'il a le cul

1. DCI : estradiol. Nom commercial : Estraderm TTS.

qui trempe dans une dose hebdomadaire de jus de fille. »

Elle rebouchonne le tube de rouge à lèvres et dit :
« Éponge-moi, s'il vous plaît, ce qui a débordé. »

Je lui tends un mouchoir en papier et un patch d'œstrogènes.

CHAPITRE 5

Saut à suivre jusqu'à un jour à l'extérieur du grand magasin Brumbach où les gens sont arrêtés pour contempler le chien de quelqu'un qui lève la patte sur la scène de la Nativité, Evie et moi y compris. Ensuite le chien s'assied et roule sur le dos, lèche son propre trou de balle tout grumeleux au parfum de chien, et Evie me donne un coup de coude. Les gens applaudissent et jettent de l'argent.

Ensuite nous nous retrouvons à l'intérieur de chez Brumbach, en train de faire des essais de rouge à lèvres sur le dos de nos mains, et je dis : « Pourquoi donc est-ce que les chiens se lèchent ?

— Simplement parce qu'ils en sont capables, me répond Evie. Ce n'est pas comme des gens. »

Ça, c'est juste après que nous avons tué huit heures de notre journée à l'école de mannequins, à nous étudier la peau dans les miroirs, et donc je suis comme qui dirait : « Evie, ne te fais même *pas* d'illusions. »

Ma réussite passable à l'examen de l'école de mannequins, c'est à Evie que je la dois, tellement elle faisait baisser la moyenne. Elle portait des teintes de rouge à lèvres qu'on se serait plutôt attendu à voir autour de la base d'un pénis. Elle portait une telle couche d'ombre à paupières qu'on l'aurait prise pour un animal de labo en train de tester des produits. Rien qu'à voir son laquage de cheveux, il y a un trou dans l'ozone au-dessus de l'Académie de Mannequins Taylor Roberts.

Cela se passe bien avant mon accident lorsque je croyais que ma vie était si belle.

Dans le grand magasin Brumbach, où nous tuions le temps après les cours, tout le huitième étage n'est que du mobilier. En périphérie, il y a des pièces en exposition : chambres à coucher, salles à manger, salons, petits salons-coins de travail privés, bibliothèques, chambres de bébés, salons familiaux, vaisseliers à porcelaine, bureaux de travail, toutes ouvertes vers l'intérieur du magasin. Avec quatrième mur invisible. Toutes autant qu'elles sont, absolument parfaites, propres et moquettées, pleines de meubles du meilleur goût, et chaudes à cause des rampes d'éclairage et d'un trop grand nombre de lampes. Il y a le silence des parasites qui sortent des haut-parleurs cachés. Le long des pièces en exposition, les clients passent dans les allées au linoléum chichement éclairé qui courent entre lesdites pièces et les îlots aux lumières tamisées qui remplissent le centre de l'étage, salons à niveau décalé où l'on papote, et suites de canapés regroupées sur des zones-tapis avec lampadaires de sol coordonnés et fausses plantes.

Îlots paisibles de lumière et de couleur dans l'obscurité grouillant d'inconnus.

« C'est comme un décor de studio pour un film, disait Evie. Tous ces petits décors prêts pour que quelqu'un vienne filmer l'épisode suivant. Avec le public du studio qui te regarde depuis la salle plongée dans le noir. »

Les clients passaient d'un pas tranquille et nous étions là, Evie et moi, vautrées sur un lit à baldaquin rose, en train de consulter sur nos téléphones portables nos horoscopes respectifs. Nous nous roulions en boule sur un canapé tweed à éléments multiples, à mâchonner du pop-corn en regardant nos feuilletons à rallonge sur une télévision couleurs dans son meuble. Evie ne manque pas de remonter son tee-shirt pour me montrer un autre de ses piercings au nombril. Elle ouvre bien grande l'emmanchure de son chemisier pour me montrer les cicatrices de ses implants mammaires.

« C'est vraiment trop solitaire dans ma vraie maison, disait Evie. Et je déteste ça, de ne pas me sentir assez réelle quand il n'y a personne pour me regarder. »

Elle dit : « Je ne traîne pas chez Brumbach pour l'intimité. »

Chez moi, dans mon appartement, il y avait Manus avec ses revues. Ses revues porno mec-sur-mec qu'il était obligé d'acheter pour son boulot, disait-il. Au petit déjeuner, tous les matins, il me montrait des images sur papier glacé de mecs en train de se sucer eux-mêmes. Roulés en boule avec les coudes crochetés derrière les genoux et tendant le cou pour venir s'étrangler sur eux-mêmes, chaque mec se retrouvait perdu dans son propre petit circuit fermé. Vous pouvez parier que pratiquement tous les mecs de ce monde ont un jour essayé ça. Et ensuite Manus me disait : « C'est ça que les mecs veulent. »

Fais-moi ça romanesque amoureux.

Éclair du flash.

Fais-moi ça refus obstiné.

À chaque petite boucle fermée d'un mec assez flexible ou avec une queue si longue qu'il n'a plus besoin de personne au monde, Manus pointait son toast vers ces clichés et me disait : « Ces mecs n'ont pas besoin de supporter leur boulot ou des relations. » Manus se contentait de mâcher, les yeux rivés à chaque revue. Les blancs d'œufs à bout de fourchette, il disait : « On pourrait vivre et mourir comme ça. »

Ensuite je me rendais au centre-ville à l'Académie de Mannequins Taylor Roberts pour me perfectionner. Les chiens se lécheront toujours le cul. Evie s'automutilera. Tous ces reluquages de nombril. Chez elle, Evie n'avait personne sauf qu'elle avait une tonne d'argent de la famille. La première fois que nous sommes montées dans un bus de la ville pour aller chez Brumbach, elle a offert au chauffeur sa carte de crédit et a demandé un siège-fenêtre. Elle se tracassait, craignant que son bagage à main soit trop gros.

Moi avec Manus ou elle toute seule, il est impossible de savoir qui de nous avait la situation la pire à la maison.

Mais chez Brumbach, Evie et moi, on s'offrait de petits sommes dans l'une ou l'autre de la douzaine de chambres à coucher parfaites. On se fourrait des cotons entre les orteils pour peindre nos ongles dans des fauteuils club recouverts de chintz. Ensuite on étudiait nos manuels de cours-mannequin Taylor Roberts à une longue table de salle à manger brillante.

« Ici, c'est la même chose que ces reproductions bidon d'habitats naturels qu'ils construisent dans les zoos, disait Evie. Tu sais, ces calottes polaires en béton et ces forêts tropicales constituées d'arbres en tuyaux soudés avec arroseurs. »

Chaque après-midi, Evie et moi, on jouait les vedettes dans notre propre habitat non naturel. Les employés se faufilaient dans les toilettes pour hommes pour une tranche de sexe. Nous, on bichait littéralement à absorber toute l'attention pendant notre petite vie-matinée.

Tout ce dont je me souviens de Taylor Roberts, c'est de marcher pelvis en avant. Garder les épaules en arrière. Pour présenter des produits de tailles différentes, ils vous disaient de tirer en l'air une ligne invisible depuis vous-même jusqu'à l'article. Pour les grille-pain, tirer une ligne en l'air depuis votre sourire jusqu'au grille-pain. Pour un poêle, tirer la ligne depuis vos seins. Pour une nouvelle voiture, commencer la ligne invisible à partir du vagin. Ce à quoi tout cela revient, c'est que le travail de mannequin professionnel consiste à se faire payer pour réagir de manière exagérée devant des trucs comme les gâteaux de riz et les nouvelles chaussures.

On buvait des Coca allégés sur un grand lit rose chez Brumbach. Ou on s'asseyait devant une coiffeuse, à utiliser des fards à contour pour modifier la forme de nos visages pendant que des silhouettes à peine distinctes nous regardaient depuis leur obscurité à quelques dizaines de centimètres de nous. Peut-être que les rampes de spots lumineux allaient se réfléchir sur les lunettes de quelqu'un. Avec le moindre de nos petits mouvements qui suscitait une attention, le moindre de nos gestes, la moindre de nos paroles prononcées, il est facile de s'habituer au flash d'excitation qu'on se récupérait.

« On se sent tellement en sécurité ici. C'est si paisible », disait Evie en lissant l'édredon en satin rose et en redonnant du gonflant aux oreillers. « Rien de très méchant ne pourrait jamais t'arriver ici. C'est pas comme à l'école. Ou à la maison. »

De parfaits inconnus se plantaient là, le pardessus sur le dos, pour nous regarder. C'est la même chose avec tous ces débats-bavardages à la télévision, il est tellement facile d'être honnête quand le public est suffisamment nombreux. On peut dire n'importe quoi s'il y a suffisamment de monde pour écouter.

« Evie, chérie, je disais. Il y a des tas de mannequins bien plus mauvais dans notre classe. Il suffit juste que tu veilles à bien étaler ton fard à joues. Sans ligne de démarcation. » On se regardait dans un miroir de coiffeuse, une triple rangée de riens du tout nous observant par-derrière.

« Tiens, ma puce, disais-je, et je lui tendais une petite éponge. Estompe ! »

Et Evie se mettait à pleurer. La moindre de vos émotions dépasse tout de suite la limite avec un gros public. C'est soit larmes, soit rires, et rien entre les deux. Ces tigres dans les zoos, il est vrai qu'ils doivent tout le temps vivre un grand opéra.

« Ce n'est pas uniquement le fait que je veuille être un mannequin de mode glamoureux, disait Evie. C'est juste que, quand je pense à comment j'ai grandi, je suis tellement triste. » Evie ravalait ses larmes. Elle serrait sa petite éponge et disait : « Quand j'étais petite, mes parents voulaient que je sois un garçon. » Elle disait : « C'est juste que je ne veux plus jamais être aussi malheureuse. »

D'autres fois, on se mettait des hauts talons, et on faisait semblant de se gifler violemment sur la bouche à cause d'un mec qu'on voulait toutes les deux. Certains après-midi, on s'avouait l'une à l'autre qu'on était des vampires.

« Ouais, je disais. Mes parents aussi abusaient de moi. »

Il fallait bien jouer pour la foule.

Evie se faisait des tortillons de cheveux avec les doigts. « Je vais me faire percer le périnée, disait-elle. C'est cette petite crête de peau qui court entre ton trou du cul et le bas de ton vagin. »

Je me laissais tomber en tas sur le lit, centre-scène, en serrant un oreiller, les yeux levés vers le labyrinthe noir de tuyaux et d'arroseurs anti-incendie dont il fallait s'imaginer que c'était un plafond de chambre à coucher.

« Ce n'est pas qu'ils me frappaient ou m'obligeaient à boire du sang satanique ou quoi que ce soit, disais-je. C'est juste qu'ils préféraient mon frère parce que lui était mutilé. »

Et Evie s'avançait au centre de la scène près de la table de nuit Early American pour me souffler la vedette.

« Tu as eu un frère mutilé ? » disait-elle.

Quelqu'un parmi les observateurs toussait. Peut-être que la lumière allait s'offrir un reflet sur un verre de montre.

« Ouais, il était plutôt pas mal mutilé, mais pas de manière sexy. Malgré tout, il y a une fin heureuse à tout ça, disais-je. Aujourd'hui, il est mort. »

Et, pleine d'intensité, Evie disait alors : « Mutilé comment ? Était-il ton seul frère ? Plus âgé ou plus jeune ? »

Et je me jetais hors du lit en secouant ma chevelure.

« Non, c'est trop douloureux.

— Non, vraiment, allez, disait Evie. Je ne plaisante pas.

— Il était mon aîné de deux ans. Sa figure avait complètement explosé au cours d'un accident avec une bombe de laque, et on aurait pu croire que mes vieux avaient complètement oublié qu'ils avaient même un second enfant », précisais-je en me tapotant les yeux sur les faux oreillers avant de dire au public : « Et donc j'ai juste continué à travailler de plus en plus dur pour qu'ils m'aiment. »

Evie ne regardait rien et disait : « Oh, ma merde ! *Oh, ma merde !* »

Et son jeu, son numéro, le débit de sa voix sonnaient tellement juste que je me retrouvais tout bonnement enterrée.

« Ouais, je disais. Lui n'était pas obligé de se donner tout ce mal. C'était tellement facile. Rien que par le fait qu'il était tout brûlé et tailladé de cicatrices, il se ramassait toute l'attention à lui seul. »

Evie me la jouait gros plan sur moi et disait : « Alors où est-il maintenant, ton frère, est-ce qu'au moins tu le sais ?

— Mort », je répondais, et je me retournais face au public. « Mort du sida. »

Et Evie dit : « T'es sûre sûre ? »

Et je disais : « Evie !

— Non, sérieux, disait-elle. Je pose la question pour une raison.

— C'est juste qu'on plaisante pas avec le sida », je disais. Et Evie d'ajouter : « Tout ça est *tellement* presque impossible. »

Cela montre avec quelle facilité l'intrigue se gonfle et grossit pour échapper à tout contrôle. Avec tous ces gens en train de faire leurs courses qui s'attendent à voir du vrai drame, naturellement, je crois qu'Evie invente tout simplement des trucs.

« Ton frère, dit Evie, est-ce que tu l'as vraiment vu mourir ? Pour de vrai ? Ou est-ce que tu l'as vu mort ? Dans un cercueil, tu vois, avec de la musique. Ou un certificat de décès ? »

Tous ces gens étaient en train de nous regarder.

« Ouais, je dis. Pratiquement. » Comme si j'avais

la moindre envie de me laisser prendre en plein mensonge ?

Evie m'envahit, elle est sur moi. « Donc tu l'as vu mort ou tu ne l'as pas vu ? »

Tous ces gens qui regardent.

« Suffisamment mort. »

Evie dit : « Où ça ?

— Tout ceci est très douloureux », je dis, et je traverse la scène direction cour vers le salon.

Evie se lance à mes trousses, en disant : « Où ça ? »

Tous ces gens qui regardent.

« L'hospice, je dis.

— Quel hospice ? »

Je continue à traverser la scène côté cour jusqu'au salon suivant, la salle à manger suivante, la chambre à coucher suivante, petit salon privé, bureau suivants, avec Evie qui ne me lâche pas d'une semelle comme un toutou et le public là tout le long tout près de nous.

« Tu sais comment ça se passe, je dis. Si tu ne vois pas un mec gay pendant aussi longtemps, tu peux prendre les paris presque à coup sûr. »

Et Evie dit : « Donc tu ne sais pas vraiment qu'il est mort ? »

Nous sommes en train de sprinter à travers les pièces à suivre, chambre à coucher, salon, salle à manger, chambre de bébé, et je dis : « C'est le sida, Evie. Fondu au noir. »

Et alors tout bonnement Evie s'arrête et dit : « Pourquoi ? »

Et le public a commencé à m'abandonner dans un millier de directions.

Parce que vraiment, vraiment, mais alors vraiment, je veux que mon frère soit mort. Parce que mes vieux le veulent mort. Parce que la vie est simplement *plus facile* s'il est mort. Parce que, de cette façon, je suis enfant unique. Parce que c'est mon tour, nom de Dieu. Mon tour.

Et la foule de badauds s'est vidée, ne laissant que nous deux et les caméras de sécurité au lieu de Dieu nous surveillant pour nous prendre sur le fait quand on déconne.

« Pourquoi en fais-tu donc un aussi gros plat ? » je dis.

Et Evie est déjà en train de s'éloigner de moi, me laissant seule et disant : « Sans raison. » Perdue dans son propre petit circuit fermé. Se léchant son propre trou de balle, Evie dit :

« Ce n'est rien. » Elle dit : « Oublie ça. »

CHAPITRE 6

Sur la planète Brandy Alexander, l'univers est régi par un système relativement élaboré de dieux et de dieux-femelles. Certains malfaisants. Certains sont d'ultimes déesses. Marylin Monroe, par exemple. Ensuite il y a Nancy Reagan et Wallis Warfield Simpson, future duchesse de Windsor. Certains parmi les dieux et les dieux-femelles sont morts. Certains sont vivants. Beaucoup sont chirurgiens esthétiques.

Le système change. Dieux et dieux-femelles vont et viennent, se passent et se dépassent pour un changement de statut.

Abraham Lincoln est dans son paradis pour faire de notre voiture une bulle flottante d'air aux senteurs de voiture neuve : conduite aussi fluide que dans les pubs. Ces jours-ci, Brandy dit que c'est Marlene Dietrich qui est en charge du temps qu'il fait. C'est maintenant l'automne de notre ennui. Nous sommes transportés sur la route inter-États 5 sous des cieux de grisaille, à l'intérieur de l'intérieur bleu cercueil d'une Lincoln Town Car de location. Seth est au volant. C'est ainsi que nous nous installons toujours, Brandy devant et moi à l'arrière. Trois heures de beauté panorama entre Vancouver, Colombie britannique, et Seattle, voilà ce que nous sommes en train de traverser. L'asphalte et la combustion interne nous transportent ainsi que la Lincoln Town Car vers le sud.

À voyager ainsi, on pourrait tout aussi bien regarder le monde à la télévision. Après leur petit ronron, les vitres électriques sont remontées à fond de sorte que la planète Brandy Alexander a une atmosphère de bleu chaud, silencieux et immobile. Il fait une température constante de vingt et un degrés, avec tout le monde extérieur, ses arbres et ses rochers, qui se déroulent en miniature derrière des vitrages bombés. En direct par satellite. Nous sommes le petit monde de Brandy Alexander qui passe en fusée devant tout ça.

Conduisant, conduisant toujours, Seth dit : « Avez-vous jamais réfléchi à la vie comme métaphore de la télévision ? »

Notre règle veut que, lorsque Seth conduit, pas de radio. Ce qui se passe, c'est qu'une chanson de Dionne Warwick passe sur les ondes, et voilà Seth qui se met à pleurer tellement fort, libérant ces grosses larmes Estinyl[1], secoué par ces gros sanglots Provera[2]. S'il s'avère qu'il s'agit d'une chanson de Burt Bacharah chantée par Dionne Warwick, il faut tout simplement que nous nous rangions

1. DCI : éthynyl-estradiol.
2. DCI : medroxyprogestérone, nom commercial : Farlutal.

sur le bas-côté, sinon il est sûr que nous allons transformer la voiture en tas de ferraille.

Les larmes, cette manière qu'a son visage de chausson mou de perdre les ombres sculptées qui s'étalaient jadis en flaques sous son front et ses pommettes, la manière dont la main de Seth va se faufiler pour s'en aller titiller son téton sous sa chemise et dont sa bouche va se mettre à béer et ses yeux rouler en arrière, c'est les hormones. La conjugaison d'œstrogènes, de Premarin, d'Estradiol, d'Éthynyl estradiol, toutes ces petites choses ont trouvé le moyen de se mélanger dans le Coca allégé de Seth. Naturellement, il y a un danger de complications hépatiques au rythme du surdosage quotidien qui est le sien. Il se pourrait bien qu'il y ait déjà des dégâts au foie ou un cancer ou des caillots sanguins, une thrombose, dit-on, si on est médecin, mais j'accepte de courir ce risque. Bien sûr, tout ça, c'est rien que pour la rigolade. À surveiller et attendre que ses seins se développent. À voir sa démarche, cet aimant à minettes de paon fanfaron et macho, s'alourdir et prendre du lard et lui, piquer des roupillons dans l'après-midi. Tout ça, c'est super, mais lui décédé me permettrait d'aller de l'avant afin d'explorer d'autres centres d'intérêt.

Conduisant, toujours conduisant, Seth dit : « Ne pensez-vous pas que, d'une certaine manière, la télévision transforme chacun de nous en Dieu ? »

L'introspection est nouvelle. Sa barbe est moins fournie, ça pousse moins vite. Ça doit être les antiandrogènes qui lui étouffent la testostérone. La rétention d'eau, ça, il peut ignorer. Les sautes d'humeur. Une larme glisse d'un œil dans le rétroviseur intérieur et lui roule sur la figure.

« Suis-je donc le seul à me soucier de ces problèmes ? dit-il. Suis-je donc le seul ici dans cette voiture qui sente vraiment ce qui est réel ? »

Brandy est en train de lire un livre de poche. Le plus souvent, Brandy est occupée à lire la brochure de promotion agressive sur papier couché de quelque chirurgien esthétique, traitant de vagins intégraux avec photos couleurs illustrant la manière photo-parfaite dont il faut aligner un urètre afin de s'assurer d'un bon écoulement d'urine en aval. D'autres illustrations montrent comment un clitoris de toute première qualité se doit d'être encapuchonné. Ce sont là des vagins à cinq chiffres, des vagins à dix et vingt mille dollars, mieux que l'article réel, et, la plupart du temps, Brandy fait passer les photos à la ronde.

Saut à suivre jusqu'à trois semaines auparavant, lorsque nous étions dans une grande maison à Spokane, État de Washington. Nous nous trouvions dans un château en granit de South Hill avec Spokane étalé sous la fenêtre de salle de bains. J'étais en train de secouer le flacon marron de Percodan[1] pour faire tomber les cachets dans la poche à Percodan de mon sac. Brandy Alexander, elle, farfouillait sous le lavabo de la salle de

1. DCI : oxycodone. Nom commercial : Eubine.

bains à la recherche d'une lime à ongles propre quand elle a trouvé ce livre de poche.

Et maintenant, voilà que tous les autres dieux et dieux-femelles ont été éclipsés par quelque nouvelle divinité.

Saut à suivre jusqu'à Seth qui regarde mes seins dans le rétroviseur.

« Il est un fait que la télévision transforme vraiment chacun de nous en Dieu », dit-il.

Fais-moi ça tolérance.

Éclair du flash.

Fais-moi ça compréhension.

Éclair du flash.

Même après toutes ces semaines sur la route en ma compagnie, les yeux bleus superbes et vulnérables de Seth refusent toujours de croiser mes yeux. Sa nouvelle veine d'introspection nostalgique, il peut l'ignorer. Mais cette manière dont les pilules ont déjà pris ses yeux pour cibles des effets secondaires, en accentuant la courbure de la cornée de sorte qu'il ne peut plus porter ses lentilles de contact parce qu'elles lui sautent des yeux. Ça doit être la conjugaison d'œstrogènes dans son jus d'orange tous les matins. Cela, il ne peut pas l'ignorer.

Ça doit être l'Androcur dans son thé glacé du déjeuner, mais il ne le découvrira jamais. Jamais il ne me prendra sur le fait.

Brandy Alexander, ses pieds en bas Nylon sur le tableau de bord, la reine suprême est toujours en train de lire son livre de poche.

« Quand on regarde les drames-télé pendant la journée, me dit Seth, on peut s'intéresser au sort de n'importe qui. Sur chaque chaîne, il y a une vie différente, et pratiquement toutes les heures la vie change. C'est la même chose avec ces sites web de vidéo en direct. On peut surveiller le monde sans qu'il le sache. »

Ça fait trois semaines maintenant que Brandy le lit, ce livre.

« La télévision te laisse même espionner les passages sexy de la vie de chacun, dit Seth. Est-ce que ce n'est pas logique ? »

Peut-être bien, mais uniquement si l'on en est à 500 milligrammes de progestérone micronisée au quotidien.

Quelques minutes de panorama défilent derrière le verre. Rien que des montagnes élevées, d'anciens volcans éteints, essentiellement le genre de truc qu'on trouve à l'extérieur. Tous ces thèmes naturels de la nature intemporelle. Des matériaux bruts à leur maximum de brut. Non raffinés. Des fleuves non aménagés. Des montagnes mal entretenues. De la saleté. Des plantes qui poussent dans la terre. Le temps qu'il fait.

« Et si tu crois que nous disposons vraiment de notre libre arbitre, alors tu sais que Dieu ne peut pas vraiment avoir la mainmise sur nous », dit Seth. Les mains de Seth ne tiennent plus le volant et elles volettent en tous sens pour faire valoir son argument. « Et dans la mesure où Dieu n'a pas sa mainmise sur nous, dit-il, tout ce que Dieu fait, c'est de regarder et de changer de chaîne quand Il commence à s'ennuyer. »

Quelque part se trouve le paradis, vous êtes sur un site web avec vidéo en direct pour que Dieu puisse surfer.

La Brandycam.

Brandy avec ses chaussures-pièges à lanières montantes vides sur le plancher, Brandy se lèche un index et lentement tourne une page.

Ordures et antiques pétroglyphes aborigènes se contentent de filer sous nos yeux au passage.

« Ce que je veux dire, dit Seth, c'est qu'il est envisageable que la télévision te transforme en Dieu. » Seth dit : « Et il serait concevable que tout ce que nous sommes n'est que la télévision de Dieu. »

Debout sur l'accotement gravillonné, quelque orignal ou autre se contente de se traîner péniblement sur ses quatre pattes au grand complet.

« Ou le Père Noël », dit Brandy de derrière son livre. « Le Père Noël voit tout.

— Le Père Noël n'est rien qu'une histoire, dit Seth. Il n'est que l'orchestre d'ouverture de Dieu. Il n'y a pas de Père Noël. »

Saut à suivre jusqu'à la chasse aux médicaments il y a trois semaines de cela à Spokane, État de Washington, quand Brandy Alexander s'est affalée dans la chambre à coucher principale pour se mettre à lire. J'ai pris trente-deux Nembutal. Trente-deux Nembutal sont passés dans mon sac. Je ne mange pas la marchandise. Brandy lisait toujours. J'ai essayé tous les rouges à lèvres sur le dos de ma main, et Brandy était toujours calée sur un milliard d'oreillers en dentelle à œillets au milieu d'un lit à eau king-size. Toujours lisant.

J'ai mis un peu d'estradiol périmé et un demi-bâton de Plumbago dans mon sac. L'agent immobilier a appelé dans l'escalier, est-ce que tout se passait bien ?

Saut à suivre jusqu'à nous sur l'inter-États 5 où défile un panneau publicitaire.

Bientôt Nourriture Saine et Prix Familiaux au Karver Stage Stop Café.

Saut à suivre jusqu'à pas de Burning Blueberry, pas de Rusty Rose ni d'Aubergine Dreams à Spokane.

Il ne voulait pas nous presser, a lancé l'agent immobilier dans les escaliers, mais y avait-il quoi que ce soit que nous aurions besoin de savoir ? Avions-nous des questions sur quoi que ce soit ?

J'ai collé la tête dans la chambre de maître, et l'édredon blanc du lit à eau contenait toujours une Brandy Alexander lisante qui était morte pour autant qu'elle respirât.

Oh, le satin lilas recoupé de l'ourlet perlé en grains de riz.

Oh, le cachemire ambre capitonné décoré en froissé de soie topaze à facettes.

Oh, le boléro en vison élevé en liberté tout chatoyant sur armature en fil de fer.

Il fallait qu'on parte.

Brandy a serré son livre de poche ouvert contre ses doudounes en torpilles façonnées sans grâce ni raffinement. Le visage Rusty Rose encadré par l'oreiller de cheveux châtains et les faux oreillers en dentelle à œilletons, les yeux aubergine offraient l'aspect dilaté d'une overdose à la Thorazine.

La première chose que je veux savoir, c'est quelle drogue elle a prise.

La couverture du livre de poche montrait une jolie poupée blonde. Aussi mince qu'une bretelle spaghetti. Avec un petit filet de sourire bien joli. La chevelure de la poupée était une photo satellite de l'Ouragan Blonde en bordure de la côte ouest de son visage. Le visage était un dieu-femelle grec avec de grands yeux à longs cils grossis de mascara tout pareils à ceux de Betty et de Veronica et de toutes les autres filles d'*Archie* au lycée de Riverdale[1]. Des perles blanches lui enveloppent les bras et le cou. Ce qui pourrait être des diamants scintille ici et là.

La couverture du livre de poche disait *Miss Rona*.

Brandy Alexander, ses chaussures-pièges à lanières montantes étaient en train de coller de la terre à travers tout l'édredon blanc du lit à eau, et Brandy dit : « J'ai trouvé qui est le vrai Dieu. »

L'agent immobilier était à dix secondes de là.

---

1. Référence à un personnage de bande dessinée, *Archie*, créé en 1941, surnommé le plus vieil adolescent des USA.

Saut à suivre jusqu'à toutes les merveilles de la nature nous filant de chaque côté dans un brouillard, lapins, écureuils, cascades. C'est ça le pire. Les spermophiles en train de se creuser en sous-sol leurs petites tanières. Les oiseaux nichant dans leurs nids.

« La princesse B. A. est Dieu », me dit Seth dans le rétroviseur intérieur.

Saut à suivre jusqu'à l'endroit où l'agent immobilier de Spokane a hurlé dans la montée d'escalier. Les gens qui étaient propriétaires du château en granit remontaient l'allée en voiture.

Brandy Alexander, les yeux dilatés, tout juste respirant sur un lit à eau de Spokane, a dit : « Rona Barrett. Rona Barrett est mon nouvel Être Suprême. »

Saut à suivre jusqu'à Brandy dans la Lincoln Town Car en train de dire : « Rona Barrett est Dieu. »

Tout autour de nous, l'érosion et les insectes sont tout bonnement occupés à grignoter le monde, sans même parler des gens et de la pollution. Tout se biodégrade, que l'on pousse à la roue ou pas. Je vérifie dans mon sac que je dispose de suffisamment de spironolactone[1] pour le petit en-cas de Seth dans l'après-midi. Un autre panneau publicitaire passe :

1. DCI pour l'Aldactone.

Fibres au Son Magique en Phase Goûteuse —
Mettez-Vous en Bouche Quelque Chose de Bon.

— Dans son autobiographie, témoigne Brandy
Alexander, dans *Miss Rona*, publiée par Bantam
Books, par arrangement avec la Nash Publishing
Corporation sur Sunset Boulevard à Los Angeles,
Californie... — Brandy prend une profonde inspiration d'air aux senteurs de voiture neuve — copyright 1974, Mlle Rona nous raconte comment
elle a démarré dans la vie comme petite fille juive
obèse du Queens avec un gros nez et une mystérieuse maladie musculaire.

Brandy dit : « Cette petite brunette obèse se re-
crée sous la forme d'une blonde super-vedette célèbre parmi les célébrités les plus en vue qu'un
sex-symbol supplie alors de le laisser lui enfoncer
son pénis en elle de juste deux petits centimètres.

Entre nous trois, il ne reste même pas une seule
langue natale.

Nouveau panneau publicitaire :

Dimanche, Pour Votre Prochaine Crème Gla-
cée : Exigez le Lait Glacé de chez Tooter !

« Ce que cette femme a traversé, dit Brandy.
Rien qu'ici, page cent vingt-cinq, elle manque de
se noyer dans son propre sang ! Rona vient tout
juste de se faire opérer du nez. Elle ne se fait
que cinquante dollars par récit publié, mais cette
femme parvient à économiser suffisamment pour
une opération du nez à mille dollars. C'est son
premier miracle. Donc Rona est à l'hôpital, posto-
pérée du nez, la tête enveloppée comme une momie
quand une amie débarque et annonce que Hol-

lywood raconte qu'elle est lesbienne. Mlle Rona, une lesbienne ! Naturellement, ce n'est pas vrai. La femme est un dieu-femelle, alors elle se met à hurler, à hurler, à hurler, jusqu'à ce qu'une artère éclate dans sa gorge.

— Alléluia », dit Seth, complètement déchiré à nouveau.

« Et ici — Brandy lèche la chair d'un gros index et feuillette quelques pages — page deux cent vingt-deux, Rona est une nouvelle fois rejetée par son petit ami pas très net. Onze ans qu'ils sont ensemble. Il y a des semaines qu'elle tousse et donc elle avale une poignée de pilules et on la retrouve à l'agonie dans un semi-coma. Même le chauffeur de l'ambulance... »

— Dieu soit loué », dit Seth.

Diverses plantes indigènes poussent exactement où elles le désirent.

« Seth, mon chou, dit Brandy. Ne marche pas sur mes répliques. » Ses lèvres Plumbago disent : « Même le chauffeur de l'ambulance pensait que notre Mlle Rona serait MAA, morte à l'arrivée. »

Des nuages composés de vapeur d'eau sont tout là-haut, dans le, vous savez, le ciel.

Brandy dit : « *Tu veux bien*, Seth. »

Et Seth dit : « Alléluia ! »

Les pâquerettes sauvages et les scrofulaires qui défilent en coup de vent ne sont que les parties génitales d'une autre forme de vie différente.

Et Seth dit : « Et donc, que disais-tu ?

— Dans le livre *Miss Rona*, copyright 1974, dit Brandy, Rona Barrett — qui a eu ses seins énormes à l'âge de neuf ans et qui voulait les couper avec des ciseaux — elle nous raconte dans le prologue de son livre qu'elle est comme un animal disséqué et ouvert en deux, avec tous ses organes vitaux qui luisent et qui frémissent, vous voyez, genre foie et gros intestin. Ces planches illustrées, il ne leur manque que le sang qui dégoutte et le cœur qui pulse. Toujours est-il qu'elle pouvait attendre que quelqu'un la recouse, mais elle sait que personne ne le fera. Elle est obligée de se prendre une aiguille et du fil et de se recoudre elle-même.

— Dégueulasse, dit Seth.

— Mlle Rona dit que rien n'est dégueulasse, dit Brandy. Mlle Rona dit que la seule manière de trouver le vrai bonheur est de courir le risque d'être complètement disséquée et ouverte. »

Des troupeaux de petits oiseaux indigènes égocentriques et très absorbés donnent l'impression d'être seulement préoccupés par la recherche de nourriture et la ramassent à même la bouche.

Brandy modifie l'angle du rétroviseur jusqu'à ce qu'elle y voie mon reflet et dit : « Bubba-Joan, ma puce ? »

Il est évident que les oiseaux indigènes doivent construire leurs propres nids de bricoleurs du dimanche en usant des ressources locales pour se procurer des matériaux. Les brindilles et les feuilles sont comme qui dirait juste entassées.

« Bubba-Joan, dit Brandy Alexander. Pourquoi ne t'ouvres-tu pas à nous en nous racontant une histoire ? »

Seth dit : « Tu te souviens de la fois à Missoula, quand la princesse était tellement shootée qu'elle a avalé des suppositoires Nebalino sous emballage métallisé or parce qu'elle croyait que c'était des Almond Roca, des amandes au chocolat. Parlez-moi de MAA à moitié conscientes. »

Les pins produisent des pommes de pin. Les écureuils et les mammifères de tous les sexes passent leurs journées à essayer de tirer un coup. Ou à mettre bas en direct. Ou à manger leur progéniture.

Brandy dit : « Seth, mon chou ?

— Oui, Mère ? »

Ce qui apparaît comme de la boulimie, ce sont simplement les aigles qui nourrissent leurs petits.

Brandy dit : « Comment se fait-il que tu doives te sentir obligé de séduire tout ce qui bouge et qui croise ta route ? »

Nouveau panneau publicitaire :

Nubby's : Arrêt BBQ Obligatoire — Ses Ailes de Poulet Goûteuses et Savoureuses

Nouveau panneau publicitaire :

Dairy Bite — Le Chewing Gum Parfumé aux Bienfaits Allégés du Vrai Fromage

Seth glousse. Seth rougit et se tortille quelques cheveux autour d'un doigt. Il dit : « À t'entendre, je suis un compulsif invétéré du sexe. »

Pitié. À côté de lui, je me sens tellement hommasse.

« Oh, coco, dit Brandy. Tu ne te souviens pas de la moitié de celles que tu as connues. » Elle dit : « Eh bien, j'aimerais seulement pouvoir l'oublier. »

À mes seins dans le rétroviseur intérieur, Seth déclare : « La seule raison pour laquelle nous demandons aux gens comment s'est passé leur week-end, c'est pour nous permettre de leur parler de notre propre week-end. »

Je me dis, encore quelques jours de progestérone micronisée à doses accrues, et Seth devrait voir bourgeonner son propre petit assortiment de doudounes. Les effets secondaires que je dois surveiller incluent nausées, vomissements, jaunisse, migraine, crampes abdominales et étourdissements. On essaie bien de se rappeler très précisément les niveaux de toxicité, mais à quoi bon.

Un panneau passe, disant : Seattle 200 km.

« Allez, voyons un peu ces entrailles luisantes et frissonnantes, Bubba-Joan », ordonne Brandy Alexander, Dieu et notre mère à tous. « Racontenous une histoire personnelle dégueulasse. »

Elle dit : « Éventre-toi. Et recouds-toi », et elle me tend un bloc d'ordonnances et un crayon à sourcils Aubergine Dreams sur la banquette arrière.

CHAPITRE 7

Saut à suivre jusqu'au dernier Thanksgiving avant mon accident quand je rentre à la maison pour dîner avec mes vieux. Ça, c'est à l'époque où j'avais encore un visage et donc la nourriture solide n'était pas une telle épreuve comme aujourd'hui. Sur la table de la salle à manger, couvrant toute sa surface, il y a une nappe dont je ne me souviens pas, une toile damassée vraiment jolie, bleu foncé, avec bordures en dentelles. Ce n'est pas là le genre de chose que je m'attendrais à voir M'man acheter, alors je demande, est-ce que quelqu'un la lui a donnée ?

M'man est justement en train de se rapprocher de la table en dépliant sa serviette en tissu damassé bleu avec plein de choses qui fument entre nous : elle, moi et P'pa. Les patates douces sous leur couche de pâte de guimauve. La grosse dinde brune. Les petits pains ronds sont à l'intérieur d'une douillette capitonnée et cousue pour ressembler à une poule. On soulève les ailes pour prendre un petit pain. Il y a le plateau en verre taillé de condiments à l'aigre-doux et de céleri farci au beurre de cacahuète.

« Donné quoi ? » dit M'man.

La nouvelle nappe. Elle est vraiment chouette.

Mon père soupire et plonge un couteau dans la dinde.

« Au départ, ça ne devait pas être une nappe, dit M'man. Ton père et moi avons pas mal fait de boulettes sur le projet d'origine. »

Le couteau s'enfonce et s'enfonce à nouveau, et mon père commence à démembrer notre dîner.

M'man dit : « Sais-tu ce que signifie la courte-pointe-mémorial du sida ? »

Saut à suivre jusqu'à combien je hais mon frère en cet instant.

« J'ai acheté ce tissu parce que je pensais que ça ferait un joli panneau mural pour Shane, dit M'man. C'est juste que nous avons rencontré quelques problèmes pour savoir ce qu'on allait y coudre. »

Faites-moi ça amnésie.

Éclair du flash.

Faites-moi ça je veux de nouveaux parents.

Éclair du flash.

« Ta mère ne voulait froisser personne », dit P'pa. Il arrache un pilon d'une torsion et se met en demeure d'en racler la viande sur une assiette. « Avec tous ces trucs gay, il faut se montrer très prudent dans la mesure où tout a un sens selon un code secret. Je veux dire, nous ne voulions pas donner la mauvaise idée aux gens. »

M'man se penche pour me vider des patates douces dans mon assiette, et elle dit : « Ton père désirait une bordure noire, mais noir sur champ de bleu aurait signifié que Shane était excité par le sexe-cuir, tu comprends, liens, menottes et discipline, sado et masochisme. » Elle dit : « Ces panneaux, en vérité, sont là pour aider ceux qui restent.

— Des inconnus vont venir nous voir et ils verront le nom de Shane, dit mon papa. Nous ne voulions pas qu'ils se fassent des idées. »

Les plats commencent tous leur lent défilé dans le sens des aiguilles d'une montre autour de la table. La farce. Les olives. La sauce aux canneberges.

« Je voulais des triangles roses mais tous les panneaux ont des triangles roses, dit M'man. C'est le symbole nazi pour les homosexuels. » Elle dit : « Ton père a suggéré des triangles noirs, mais cela aurait signifié que Shane était un lesbien. Ça ressemble à la toison pubienne des femmes. Le triangle noir, si, si. »

Mon père dit : « Ensuite j'ai voulu une bordure verte, mais il s'avère que cela aurait signifié que Shane était un prostitué mâle. »

M'man dit : « Nous avons failli choisir une bordure rouge, mais cela aurait signifié fist-fucking. Marron aurait signifié soit scatologie, soit feuille de rose, nous ne savions plus.

— Jaune, dit mon père, signifie sports d'eau, uranisme.

— Une teinte de bleu plus pâle, dit M'man, signifierait très banalement fellation.

— Blanc uni, dit mon père, signifierait anal. Blanc pourrait aussi signifier que Shane était excité par des hommes portant des dessous. » Il dit : « Je ne me rappelle plus lequel des deux. »

Ma mère me passe la poule capitonnée avec les petits pains encore chauds à l'intérieur.

Nous sommes censés être assis en train de manger avec Shane mort étalé sur toute la table devant nous.

« Finalement, nous avons simplement laissé tomber, dit M'man, et j'ai utilisé le tissu pour en faire une jolie nappe. »

Entre les patates douces et la farce, P'pa met le nez dans son assiette et dit :

« Tu sais ce que c'est, feuille de rose ? »

Je sais que ce n'est pas un sujet de conversation à table.

« Et le fist-fucking ? » demande M'man.

Je sais, je dis. Je ne parle pas de Manus et de ses revues de travaux pratiques porno.

Nous sommes assis là, tous les trois autour d'un linceul bleu avec la dinde qui ressemble plus que jamais à un gros animal mort cuit au four, la farce bourrative pleine d'organes encore reconnaissables, cœur, gésier, foie, la sauce épaisse de gras de cuisson et de sang. La composition florale en centre de table pourrait être la branche fleurie qu'on dépose sur le cercueil.

« Voudrais-tu passer le beurre, s'il te plaît ? » dit ma mère.

À mon père, elle dit : « Sais-tu ce qu'est le *felching* ? »

Ça, c'est trop. Shane est mort, mais il est le centre de l'attention bien plus qu'il ne l'a jamais été. Mes vieux se demandent pourquoi je ne rentre jamais à la maison, eh bien, voilà pourquoi. Tout ce bavardage sur de l'horrible sexe de malade au cours d'un dîner de Thanksgiving, c'est plus que je peux en supporter. C'est juste Shane-ci et Shane-ça. C'est triste, mais ce qui est arrivé à Shane, ce n'est pas moi qui l'ai fait. Je sais que tout le monde pense que c'est ma faute, ce qui est arrivé. La vérité, c'est que Shane a détruit cette famille. Shane était mauvais et méchant, et il est mort. Je suis bonne et obéissante, et je suis ignorée.

Silence.

Tout ce qui est arrivé, c'est que j'avais quatorze ans. Quelqu'un a mis une bombe de laque pleine dans la poubelle, par erreur. C'était le tour de Shane de brûler les ordures. Il avait quinze ans. Il était en train de vider les déchets de cuisine dans l'incinérateur où brûlait déjà le contenu de la poubelle de salle de bains, et la bombe de laque a explosé. C'était un accident.

Silence.

Moi, maintenant, ce dont je voulais que mes vieux parlent, c'était de moi. J'allais leur dire comment Evie et moi étions en train de tourner une nouvelle pub. Ma carrière de mannequin décollait. Je voulais leur parler de mon nouveau petit ami, Manus, mais non. Qu'il soit bon ou méchant, vivant ou mort, Shane recueille toujours toute l'attention. Tout ce que je me récupère jamais, c'est une rogne.

« Écoutez », je dis, et ça sort tout seul, de but en blanc. « Moi, je dis, je suis le dernier enfant vivant qui vous reste, alors vous feriez bien de commencer à me prêter attention. »

Silence.

« Le *felching* », je baisse la voix, je suis calme maintenant. « Le *felching*, c'est quand un homme vous baise dans le cul sans capote. Il lâche son jus, puis il plante sa bouche sur votre anus et suce son propre sperme encore chaud, plus lubrifiant et matières fécales s'il s'en trouve. Ça, c'est le *felching*. Il est possible, ou pas, j'ajoute, d'y inclure le baiser pour vous repasser dans la bouche sperme et matières fécales. »

Silence.

Faites-moi ça maîtrise. Faites-moi ça calme. Faites-moi ça retenue.

Éclair du flash.

Les patates douces sont juste comme je les aime, l'intérieur doux et sucré comme un sucre mais craquantes sur le dessus. La farce est un peu sèche. Je passe le beurre à ma mère.

Mon père s'éclaircit la gorge. « Bobosse ! dit-il. Je crois que c'est "fletching" le mot dont ta mère voulait parler. » Il dit : « Ça signifie découper la dinde en tout petits filets. »

Silence.

Je dis, oh. Je dis, désolée.

Nous mangeons.

CHAPITRE 8

N'attendez jamais de moi que j'aille raconter à mes vieux l'histoire de l'accident. Vous savez, toute une crise de larmes par téléphone interurbain longue distance sur la balle de fusil et la salle des urgences. C'est vers rien qu'on avance de cette façon. J'ai dit à mes vieux, dès que j'ai pu leur écrire une lettre, que je partais en extérieurs pour des photos de catalogue à Cancún, Mexique, pour Espre.

Six mois de rigolade, de sable, et moi essayant de suçoter les tranches de citron vert au sortir de bouteilles à long col de bière mexicaine. Les mecs adorent tout bonnement regarder les nanas faire ça. Allez comprendre. Les mecs.

Elle adore les vêtements de chez Espre, m'écrit M'man en retour. Elle m'écrit comme ça, puisque je serai dans le catalogue Espre, est-ce que je pourrais peut-être lui obtenir une ristourne sur sa commande de Noël.

Désolée, M'man. Désolée, Seigneur.

Elle me répond : eh bien, sois jolie pour nous. Tendresse et baisers.

La plupart du temps, il est simplement bien plus facile de ne pas mettre le monde au courant de ce qui ne va pas. Mes vieux, ils m'appellent Bobosse. J'ai été la bosse dans le ventre de ma mère pendant neuf mois ; ils m'appellent Bobosse depuis avant que je suis née. Ils habitent à deux heures de voiture de chez moi, mais je ne leur rends jamais visite. Ce que je veux dire, c'est qu'ils n'ont pas besoin de tout savoir sur moi jusqu'au dernier petit poil.

Dans une lettre, M'man écrit : « Au moins, avec ton frère, nous savons s'il est mort ou vivant. »

Mon frère décédé, le Roi de Pédale-Ville. Élu à l'unanimité le meilleur à tout. Le roi du basket-ball jusqu'à l'âge de seize ans jusqu'à ce que son prélèvement de gorge après une angine revienne sous l'intitulé gonorrhée, je sais juste que je le haïssais.

« Ce n'est pas que nous ne t'aimons pas », écrit ma mère dans une lettre, « c'est juste que nous ne le montrons pas. »

En outre, l'hystérie n'est possible qu'avec un public. Vous savez ce que vous devez faire pour rester en vie. Les gens vont tout simplement vous foirer la tête avec leurs réactions comme quoi ce qui est arrivé est tellement horrible. D'abord les personnes dans la salle des urgences qui vous laissent passer devant. Ensuite la nonne franciscaine qui hurle. Ensuite les policiers avec leur drap d'hôpital.

Saut à suivre jusqu'à quelle vie était la vôtre lorsque vous étiez bébé et que vous ne pouviez manger que de la nourriture pour bébé. Vous avanciez en chancelant jusqu'à la table basse. Vous voilà debout et vous êtes obligée de continuer à marcher en canard sur des jambes en saucisses de Strasbourg ou tomber, sinon. Ensuite vous arrivez à la table basse et vous vous cognez votre grosse tête molle de bébé sur l'angle.

Vous tombez, et, mec, oh, mec, qu'est-ce que ça fait mal. Néanmoins il n'y a rien de tragique jusqu'à ce que M'man et P'pa arrivent au galop.

Oh, pauvre brave petite.

Ce n'est qu'à ce moment-là que vous vous mettez à pleurer.

Saut à suivre jusqu'à Brandy, moi et Seth en train de gravir jusqu'au sommet ce machin, l'Aiguille de l'Espace, à Seattle, État de Washington. C'est notre premier arrêt après la frontière canadienne, hormis les petites étapes-boissons pour que je puisse aller chercher pour Seth au pas de course un café crème, sucre et Climara — et un Coca-Cola — Estrace en supplément, sans glace. Il est onze heures, et l'Aiguille de l'Espace ferme à minuit, et Seth dit qu'il y a deux types de personnes sur cette terre.

La princesse Alexander voulait d'abord trouver une belle chambre d'hôtel, le genre d'endroit où on vous gare votre voiture avec salles de bains carrelées. Possible que nous ayons le temps de faire un petit somme avant qu'elle ressorte pour aller vendre ses médicaments.

« Si tu participais à un jeu télévisé », dit Seth à propos de ces deux catégories de personnes. Seth est déjà sorti de l'autoroute et nous roulons entre de sombres entrepôts, en virant de bord chaque fois que nous apercevons l'Aiguille de l'Espace. « Et donc, c'est toi la gagnante du jeu, dit Seth, et tu as le choix entre un salon de cinq pièces de chez Broyhill, prix de détail suggéré trois mille dollars, ou alors un voyage de dix jours vers les charmes vieux monde de l'Europe. »

La plupart des gens, dit Seth, choisiraient l'ensemble salon.

« C'est juste que les gens veulent avoir quelque chose à montrer pour le prix de leur effort, dit Seth. Comme les Pharaons et leurs pyramides. Si on leur offre le choix, très rares seront ceux qui choisiraient le voyage alors même qu'ils ont déjà un ensemble-salon très joli. »

Personne n'est garé dans les rues autour du Seattle Center, les gens sont tous chez eux à regarder la télévision, ou à être la télévision si on croit en Dieu.

« Il faut que je te montre là où l'avenir s'est terminé, dit Seth. Je veux que nous soyons les personnes qui choisissent le voyage. »

Selon Seth, l'avenir s'est arrêté en 1962 à la Foire mondiale de Seattle. C'était là tout ce dont nous aurions dû hériter : tout ce truc avec l'homme sur la Lune durant la décennie à venir, la nôtre — l'amiante est notre ami miracle — l'univers de l'Âge de l'Espace avec ses énergies nucléaire ou fossile où l'on pouvait aller visiter l'appartement soucoupe volante des Jetson avant de se prendre le Monorail jusqu'au centre-ville pour y acheter ces petites toques très drôles et très mode au Bon Marché.

Tout cet espoir, toute cette science, toute cette recherche, tout ce glamour laissés ici à l'abandon :

L'Aiguille de l'Espace.

Le Centre de la Science avec ses dômes en dentelle et ses globes de lumière suspendus.

Le Monorail filant tout couvert d'aluminium brossé.

C'est ce que nos vies étaient censées devenir.

Va là-bas. Fais le voyage, dit Seth. Ça te brisera le cœur parce que les Jetson avec leur bonne-robot, Rosie, et leurs voitures soucoupes volantes et leurs lits grille-pain qui te recrachent au matin, c'est comme si les Jetson avaient sous-loué l'Aiguille de l'Espace aux Pierrafeu.

« Tu sais, dit Seth, Fred et Wilma. Le broyeur à ordures qui est en réalité un vrai cochon qui vit sous l'évier. Tout leur mobilier fabriqué à partir d'ossements, de pierres et d'abat-jour de lampes en peau de tigre. Wilma passe l'aspirateur avec la trompe d'un bébé éléphant et elle redonne du gonflant aux pierres. Ils ont appelé leur bébé "Galets". »

Ici était notre avenir tout tracé, nourriture prédigérée et gaz propulseurs d'aérosols, polystyrène et Club Med sur la lune, roast-beef servi en tube-dentifrice.

« Tang, dit Seth, tu sais, le petit déjeuner avec les astronautes. Et aujourd'hui les gens débarquent ici chaussés de sandales qu'ils ont fabriquées eux-mêmes à partir de cuir brut. Ils nomment leurs enfants Zilpa et Zabulon, droits sortis de l'Ancien Testament. Les lentilles sont un sujet d'actualité très important. »

Seth renifle et passe une main sur les larmes qu'il a dans les yeux. C'est l'Estrace, c'est tout. Il doit entrer en période prémenstruelle.

« Les gens qui vont voir maintenant l'Aiguille de l'Espace, dit Seth, ils ont des lentilles qui les attendent à tremper à la maison, et ils se promènent au milieu des ruines de l'avenir comme ont fait les Barbares quand ils ont découvert les ruines grecques en se disant que c'était Dieu qui avait dû les construire. »

Seth se gare sous l'un des gros jambages en acier de l'Aiguille de l'Espace qui en compte trois. Nous sortons et nous relevons les yeux sur les jambages qui remontent vers l'Aiguille de l'Espace, le restaurant du premier niveau, le restaurant plus haut qui tourne sur lui-même, ensuite la plate-forme d'observation au sommet. Ensuite les étoiles.

Saut à suivre jusqu'au triste moment où nous achetons nos tickets avant de prendre le grand ascenseur en verre qui coulisse vers les hauteurs au milieu de l'Aiguille de l'Espace. On se retrouve au milieu de cette fiesta en cage à danseuses go-go toute de verre et laiton direction les étoiles. Tandis que nous montons, je veux entendre la musique *Telestar* hypoallergénique, qu'aucune main humaine n'aura touchée. N'importe quoi généré par ordinateur et joué sur un synthétiseur Moog. Je veux danser le *frug* au cours de la fiesta de danse go-go d'un vol banlieue de la TWA direction la Lune, là où des gus et des nanas branchés s'offriront un coup de *mash potato* sous gravité zéro en dégustant de délicieux en-cas pilules.

C'est ça que je veux.

C'est ce que je dis à Brandy Alexander, et elle va tout droit aux fenêtres verre et laiton et se paie un coup de *frug* alors même qu'on monte, et à cause des G, ça ressemble à du *frug* dansé sur Mars, là où on pèse quatre cents kilos.

Le côté triste de tout ça, c'est quand le mec en uniforme Polyester en charge de l'ascenseur rate tout le côté avenir de la chose. Toute la drôlerie drôle drôle du moment lui passe par-dessus la tête, en pure perte, et ce mec nous regarde comme si c'était nous, ces petits chiots qu'on voit derrière les vitrines des magasins pour animaux de compagnie dans les centres commerciaux de banlieue. Comme si c'était nous, ces petits chiots avec du jaune qui leur suinte des yeux et du trou de balle, et qu'on sait que plus jamais ils ne feront une crotte solide, ce qui ne les empêche pas d'être mis en vente au prix de six cents dollars pièce. Ces chiots sont tellement tristes que même les filles obèses empermanentées laides étudiantes de fac s'en iront tapoter à la vitrine des heures durant pour dire : « Je t'aime, petit. Mamman t'aime, mon tout petit. »

L'avenir, chez certaines gens, c'est du gâchis, ça leur passe par-dessus la tête.

Saut à suivre jusqu'à la plate-forme d'observation au sommet de l'Aiguille de l'Espace, là où l'on ne voit plus les jambages d'acier de sorte qu'on a l'impression de flotter suspendus au-dessus de Seattle sur une soucoupe volante avec tout un tas de souvenirs à vendre. Malgré tout, la majeure partie de tout ça ne consiste pas en souvenirs de l'avenir. Il s'agit d'articles écologiques, tee-shirts et batiks et coton cent pour cent naturel teintés par nouage, des trucs qu'on ne peut laver avec rien d'autre parce que ce n'est jamais garanti qualité grand teint. Des cassettes de baleines en train de chanter quand elles s'envoient en l'air. D'autres trucs que je déteste.

Brandy part en quête de reliques et d'objets d'art de l'avenir. Acrylique. Plexiglas. Aluminium. Polystyrène. Radium.

Seth va à la rambarde et se penche au-dessus des filets antisuicide et il crache. Le crachat retombe dans le XXIe siècle. Le vent souffle mes cheveux au-dessus des ténèbres et de Seattle tandis que mes mains sont blanches à force de serrer la rambarde en acier là où un bon million de mains avant moi ont serré jusqu'à user la peinture.

À l'intérieur des vêtements de Seth, en lieu et place des plaques de muscles durs qui me rendaient jadis dingue, aujourd'hui le lard repousse sa chemise par-dessus son ceinturon. C'est le Premarin. Son ombre de barbe sexy de dix-sept heures disparaît à cause du Provera. Même ses doigts sont enflés autour de sa vieille chevalière de grand sportif universitaire.

Le photographe dans ma tête dit :

Fais-moi ça paix et tranquillité.

Éclair du flash.

Fais-moi ça relâchement.

Éclair du flash.

Seth tracte son individu rétenteur d'eau pour l'asseoir sur la rambarde. Ses mocassins à pompons et languette se balancent au-dessus des filets. Sa cravate est soufflée droit au-dessus du néant et des ténèbres.

« Je n'ai pas peur », dit-il.

Il raidit une jambe et laisse un mocassin à pompons et languette pendouiller à ses orteils.

Je tiens mes voiles bien serrés autour du cou pour que les gens qui ne me connaissent pas pensent comme mes parents que je suis toujours heureuse.

Seth dit : « La dernière fois que j'aurai vraiment eu peur, c'est quand tu m'as surpris essayant de te tuer », et Seth regarde au loin par-dessus les lumières de Seattle et sourit.

Je sourirais, moi aussi, s'il me restait des lèvres.

Dans l'avenir, dans le vent, dans l'obscurité de la plate-forme d'observation au sommet de l'Aiguille de l'Espace, Brandy Alexander, reine suprême au nom de marque qu'elle est, Brandy s'approche de Seth et de moi avec des souvenirs de l'avenir. Ce sont des cartes postales. Brandy

Alexander nous donne à chacun une pile de cartes postales aux couleurs tellement passées, écornées, picorées et ignorées qu'elles ont survécu des années durant à l'arrière d'un présentoir tournant. Ce sont là des images de l'avenir avec de beaux ciels propres et blanchis de soleil derrière une Aiguille de l'Espace le jour de son ouverture. Voici le Monorail plein de minettes souriantes en tailleur mohair rose de chez Jackie O avec trois énormes boutons couverts de tissu sur le devant. Des enfants en tee-shirts à rayures avec coiffures blondes à la brosse d'astronaute courent à travers un Centre de la Science où toutes les fontaines fonctionnent encore.

« Dites au monde ce que vous craignez le plus », dit Brandy.

Elle nous donne à chacun un crayon à sourcils Aubergine Dreams et dit : « Sauvez le monde par quelque conseil venu de l'avenir. »

Seth écrit au dos d'une carte et tend la carte à Brandy pour que celle-ci la lise.

Lors des jeux télévisés, lit Brandy, *certaines personnes choisiront le voyage en France, mais la plupart prendront le duo machine à laver-séchoir.*

Brandy dépose un gros baiser Plumbago sur le petit carré réservé au timbre et laisse le vent soulever la carte et l'emporter sur ses flots vers les tours du centre-ville de Seattle.

Seth lui en tend une autre, et Brandy lit :

Les jeux télévisés sont conçus pour nous faire nous sentir mieux face aux faits inutiles et aléatoires qui sont tout ce qui nous reste de notre éducation.

Un baiser, et voilà la carte en route pour Lake Washington.

De Seth :

Quand donc l'avenir a-t-il cessé d'être une promesse pour se changer en menace ?

Un baiser, et en route tout vent dehors vers Ballard.

C'est seulement lorsque nous aurons dévoré cette planète jusqu'à la dernière miette que Dieu nous en donnera une autre. On se souviendra de nous bien plus pour ce que nous détruisons que pour ce que nous créons.

L'inter-États 5 serpente au loin. Depuis les hauteurs au sommet de l'Aiguille de l'Espace, les voies sud sont des lueurs rouges de poursuite, et les voies nord sont des lueurs blanches de poursuite. Je prends une carte et j'écris :

J'aime tellement Seth Thomas que je dois le détruire. Je surcompense en adorant la reine suprême. Seth ne m'aimera jamais. Personne plus jamais ne m'aimera jamais.

Brandy attend pour prendre la carte et la lire à haute voix. Brandy attend de lire au monde mes pires frayeurs, mais je ne lui donne pas la carte. Je lui fais moi-même un baiser avec les lèvres que je n'ai pas et je laisse le vent la prendre dans ma main. La carte s'envole vers les hauteurs, haut, haut, vers les étoiles avant de retomber vers la terre sur le filet antisuicide.

Tandis que je contemple mon avenir pris au piège, Brandy lit une autre carte de Seth.

Nous sommes tous en instance d'autocompost.

J'écris sur une autre carte venue de l'avenir, et Brandy la lit.

Quand nous ne savons qui haïr, c'est nous-mêmes que nous haïssons.

Un courant ascendant soulève mes pires frayeurs du filet antisuicide et les emporte.

Seth écrit et Brandy lit.

Il ne faut pas cesser de se recycler.

J'écris et Brandy lit.

Rien de moi n'est original. Je suis l'effort combiné de tous ceux que j'aie jamais connus.

J'écris et Brandy lit.

L'être que vous aimez et l'être qui vous aime ne sont jamais au grand jamais la même personne.

Saut à suivre jusqu'à nous lors de la descente rapide d'un vol TWA retour de la Lune, Brandy et Seth et moi dansant notre *frug-fiesta* dans l'ascenseur verre et laiton à gravité zéro avec sa cage à danseuses go-go. Brandy serre un gros poing tout emperlé de bagues et dit au droïde de service en polynylon qui essaie de nous arrêter de calmer ses ardeurs s'il ne veut pas mourir pendant la ré-entrée.

De retour sur terre au XXIe siècle, notre Lincoln de location avec son intérieur bleu cercueil attend pour nous emmener dans un bel hôtel. Sur le pare-brise, il y a un PV, mais quand Brandy s'en approche en trombe pour le déchirer, le PV se révèle une carte postale venue de l'avenir.

Peut-être mes pires frayeurs.

Pour que Brandy les lise à haute voix à Seth. *J'aime tellement Seth que je dois le détruire…*

Même si je surcompense, personne ne voudra jamais de moi. Pas Seth. Pas mes vieux. On ne peut pas embrasser quelqu'un qui n'a pas de lèvres. Oh, aimez-moi, aimez-moi, aimez-moi, aimez-moi, aimez-moi, aimez-moi, aimez-moi, aimez-moi. Je serai tous ceux et celles que vous voulez que je sois.

Brandy Alexander, sa grosse main prend la carte. La reine suprême la lit pour elle-même, silencieuse, et glisse la carte dans son sac à main. Princesse princesse, elle dit : « À ce rythme-là, nous n'arriverons jamais à l'avenir. »

CHAPITRE 9

Saut à suivre jusqu'au jour où Brandy balance une poignée de rien miroitant en l'air au-dessus de ma tête, et le bureau de l'orthophoniste autour de moi vire à l'or.

Brandy dit : « C'est du voile de coton. »

Elle lance une nouvelle poignée de brouillard, et le monde devient flou derrière l'or et le vert.

« Crêpe de Chine », dit Brandy.

Elle lance une poignée d'étincelles, et le monde, Brandy assise devant moi avec son panier à couture en osier ouvert sur les genoux. Seules, toutes les deux, verrouillées à double tour dans le bureau de l'orthophoniste. L'affiche d'un chaton sur le mur en parpaings. Tout ça se change en doux et brillant, comme filtré par les étoiles, le moindre angle vif effacé ou noyé derrière un barbouillis d'or et de vert, la lumière fluorescente passant au travers en débris cassés explosés.

« Des voiles », dit Brandy à mesure que chaque couleur se dépose sur moi. « Tu as besoin de paraître jalouse de tes secrets, dit-elle. Si tu décides de t'attaquer au monde extérieur, Mlle St. Patience, tu as besoin de ne pas laisser les gens voir ton visage, dit-elle.

— Tu peux aller partout dans le monde », poursuit Brandy, encore et encore.

Tu ne peux tout bonnement pas laisser les gens savoir qui tu es vraiment.

« Tu peux vivre une vie complètement normale, comme tout un chacun », dit-elle.

C'est juste que tu ne peux pas laisser quiconque s'approcher trop près de toi pour apprendre la vérité.

« En un mot, dit-elle, des voiles. »

Princesse preneuse-en-charge qu'elle est bien, Brandy Alexander jamais ne me demande mon véritable nom. Jamais. Le nom de qui j'étais à ma naissance. Mlle le Boss porte-culotte me donne tout de suite un nouveau nom, un nouveau passé. Elle m'invente un nouvel avenir sans aucun lien avec rien, hormis avec elle, ce culte qu'elle est à elle toute seule.

« Tu t'appelles Daisy St. Patience, me dit-elle. Tu es l'héritière perdue de la Maison des St. Patience, le salon de mode très haute couture, et, cette saison, nous faisons les chapeaux, dit-elle. Les chapeaux avec voiles. »

Je lui demande : « Jsfssjf ciacb sxi ?

— Tu descends de sang aristocrate français évadé, dit Brandy.

— Gwdcn aixa gklgfnv ?

— Tu as grandi à Paris, et tu es allée en classe chez les sœurs », dit Brandy.

Dure au travail, en styliste de la planification

126

qu'elle est, Brandy est déjà en train de sortir du tulle de son sac à main, du tulle rose et de la dentelle et du filet pour napperon au crochet, et elle passe tout ça sur ma tête.

Elle dit : « Tu n'es pas obligée de porter de maquillage. Tu n'es même pas obligée de te laver. Un bon voile, c'est l'équivalent de lunettes de soleil miroir, mais pour la tête entière. »

Un bon voile, c'est la même chose que de rester à l'intérieur des murs, me dit Brandy. Cloîtrée. Dans l'intimité. Elle balance de la mousseline de soie ultra-fine. Elle drape un Nylon à motifs rouges sur moi tout entière. Vu la manière dont va notre monde, tous autant que nous sommes collés épaule contre épaule, les gens sachant tout de vous au premier coup d'œil, un bon voile est votre vitre teintée de limousine. Le numéro sur liste rouge de votre visage. Derrière un bon voile, vous pourriez être n'importe qui. Une vedette de cinéma. Une sainte. Un bon voile dit :

Nous N'Avons Pas Été Présentés Comme Il Se Doit.

Vous êtes le prix derrière la porte numéro trois[1].

Vous êtes la dame ou le tigre.

Dans notre monde où personne ne peut plus garder un secret, un bon voile dit :

Merci De NE PAS Partager.

« Ne t'en fais pas, dit Brandy. D'autres se chargeront de remplir les blancs. »

_____

1. Référence à un jeu télévisé, *Let's Make a Deal.*

Exactement de cette même manière dont ils procèdent pour Dieu, dit-elle.

Ce que je n'ai jamais dit à Brandy, c'est que j'ai grandi près d'une ferme. C'était une ferme qui élevait des cochons. Daisy St. Patience revenait de l'école tous les après-midi ensoleillés et devait nourrir les cochons avec son frère.

Faites-moi ça mal du pays.

Éclair du flash.

Faites-moi ça désirs d'enfant nostalgiques.

Éclair du flash.

Quel est le mot déjà pour le contraire de glamour ?

Brandy n'a jamais posé de questions sur mes vieux, étaient-ils vivants ou morts, et pourquoi n'étaient-ils pas ici à grincer des dents.

« Ton père et ta mère, Rainier et Honoraria St. Patience, ont été assassinés par des terroristes de la mode », dit-elle.

A. B., Avant Brandy, chaque automne, mon père emmenait ses cochons au marché. Son secret, c'est qu'il passe tout son été à se trimballer dans sa camionnette à plateau dans tout l'Idaho et les autres États du coin en haut à gauche, s'arrêtant à toutes les boulangeries de détail n'offrant que des produits du jour qui revendaient toutes leurs nourritures périmées, en-cas, cakes aux fruits individuels, petites pâtisseries fourrées à la crème, petits pains en biscuit de Savoie injectés de crème fouettée artificielle, morceaux de gâteau au chocolat couvert de guimauve et de poudre de noix de coco teintée en rose. De vieux gâteaux d'anniversaire qui ne se vendaient pas. Des gâteaux rassis avec sur le dessus Félicitations. Joyeuse Fête des Mères. Sois mon/ma Valentin/e. Mon père, ça ne l'empêche pas de tout rapporter à la maison, une montagne de trucs gluants entassés ou des sachets de cellophane scellés par soudure thermique. Ça, c'est la partie la plus difficile, ouvrir ces milliers de vieux en-cas et les jeter aux cochons.

Mon père dont Brandy ne voulait pas entendre parler, son secret, c'est de nourrir ses cochons avec ces tourtes et ces gâteaux et ces casse-graine les deux semaines qui précèdent leur mise en vente au marché. Les en-cas n'ont pas de valeur nutritive, et les cochons les engloutissent jusqu'à ce qu'il ne reste plus un seul en-cas périmé dans un rayon de huit cents kilomètres.

Ces en-cas ne contiennent aucune véritable fibre et donc, chaque automne, tous les cochons de cent cinquante kilos vont au marché avec quarante kilos de rab dans le côlon. Mon père fait une fortune à la vente aux enchères, et qui sait après combien de temps, mais tous les cochons se paient tous un bon débourrage de merde sucrée quand ils découvrent l'intérieur de l'abattoir dans lequel ils finissent.

Je dis : « Kwvne wivnuw fw sojaoa.

— Non », dit Brandy, et, levant son index long de trente centimètres, six bagues multicolores empilées sur rien que ce doigt-là, elle presse son hot dog embijouté de haut en bas sur ma bouche à l'instant où je tente de dire quelque chose.

« Pas un mot, dit Brandy. Tu es encore trop liée à ton passé. Quoi que tu dises est inutile. »

De son panier à couture, Brandy sort une banderole de blanc et d'or, un geste de magie, un lé de soie blanche ultra-fine avec un motif de clé grecque en or qu'elle me jette sur la tête.

Derrière un autre voile, le monde est d'autant plus à distance, à la juste mesure de son épaisseur.

« Devine comment ils font le motif en or », dit Brandy.

Cela nécessite une équipe de gamins aux Indes, dit Brandy, des gamins de quatre et cinq ans, assis toute la journée sur des bancs en bois, des végétariens, il leur faut sortir comme des poils qu'on épile un million de milliards de fils d'or pour ne laisser que le motif de juste l'or qui reste.

« Tu ne verras pas de gamins de plus de dix ans faire ce boulot, dit Brandy, parce que, à ce stade, la plupart ont perdu la vue. »

Rien que le voile que Brandy sort de son panier doit faire un mètre quatre-vingts au carré. La vue précieuse de tous ces enfants chéris, perdue. Les jours précieux de leur enfance fragile passés à extraire des fils de soie.

Faites-moi ça pitié.

Éclair du flash.

Faites-moi ça empathie.

Éclair du flash.

Oh, je voudrais juste pouvoir faire exploser mon pauvre cœur.

Je dis : « Vswf siws cm eiuvn sincs. »

« Non, c'est bon », dit Brandy. Elle ne veut récompenser personne pour l'exploitation des enfants. Elle a eu le tissu en solde.

Encagée derrière ma soie, bien installée à l'intérieur de mon nuage d'organza et de crêpe de Chine, l'idée que je ne peux pas partager mes problèmes avec d'autres fait que j'en ai rien à foutre, de leurs problèmes à eux.

« Oh, et ne t'en fais pas, dit Brandy. Tu susciteras malgré tout de l'attention. Ton cocktail culdoudounes, c'est de la dynamite. C'est juste que tu ne peux pas parler à tout le monde. »

« C'est juste que les gens ne peuvent pas supporter d'ignorer quelque chose », elle me dit. Les hommes tout particulièrement ne supportent pas de ne pas grimper toutes les montagnes qui existent, de ne pas dresser le plan de tout et de n'importe quoi. De tout étiqueter. De pisser sur chaque arbre pour ensuite ne plus jamais te rappeler.

« Derrière un voile, tu es le grand inconnu, dit-elle. La plupart des mecs se battront pour te connaître. Certains mecs refuseront l'idée que tu es bien réelle, et d'autres t'ignoreront, tout simplement. »

Le zélote. L'athée. L'agnostique.

Même si quelqu'un ne porte qu'un cache oculaire sur un œil, tu veux toujours aller voir. Pour voir si c'est un faux. L'homme en Chemise Hathaway[1]. Ou pour voir l'horreur qu'il cache en dessous.

Le photographe dans ma tête dit :

Fais-moi ça je veux une voix.

Éclair du flash.

Fais-moi ça je veux un visage.

---

1. Marque de chemises de prix dont la publicité était interprétée par un homme borgne très distingué.

La réponse de Brandy a été de petits chapeaux avec voilette. Et de grands chapeaux avec voiles. Des chapeaux-galettes et des toques avec, sur tout le pourtour, des voiles de tulle et de gaze. Soie de parachute ou crêpe lourd ou maille dense mouchetée de pompons chenille.

« La chose la plus ennuyeuse au monde, dit Brandy, est la nudité. »

La deuxième chose la plus ennuyeuse, dit-elle, c'est l'honnêteté.

« Pense à ça comme à un excitant. C'est de la lingerie pour ta figure, dit-elle. Une chemise de nuit suggestive qui laisse entrevoir des choses et que tu portes sur ton identité tout entière. »

La troisième chose la plus ennuyeuse au monde est ton passé de chieuse pleurnicharde et désolée. Aussi Brandy ne m'a jamais rien demandé. Crème de salope bulldozer qu'elle peut être, nous nous retrouvons encore et encore dans le bureau de l'orthophoniste, et Brandy me raconte tout ce que j'ai besoin de savoir sur moi-même.

CHAPITRE 10

Saut à suivre jusqu'à Brandy en train de me border dans un lit de Seattle. Ceci se passe la nuit de l'Aiguille de l'Espace, la nuit de l'avenir qui ne se produit pas. Brandy, elle porte des mètres et des mètres de tulle noir enveloppés autour des jambes, qui remontent en tortillons et encerclent sa taille en sablier. Un voile noir coupe ses seins-torpilles avant de remonter en boucle jusqu'au-dessus du sommet de sa chevelure châtain. Tout cet étincellement qui se penche à côté de mon lit pourrait être la maquette imitation taille essai du ciel de nuit d'été originel.

De petites pierres du Rhin, non pas celles en plastique recrachées comme autant de cacas par une usine à Calcutta, mais les pierres en cristal d'Autriche taillées par des elfes dans la Forêt-Noire, ces petites pierres du Rhin en forme d'étoiles sont serties à travers tout le tulle noir. Le visage de la reine suprême est la lune dans le ciel de nuit qui se penche et me souhaite bonne nuit d'un baiser. Ma chambre d'hôtel est sombre, et la télévision au pied de mon lit est allumée de sorte que les étoiles taillées-main scintillent de toutes les couleurs que la télévision essaie de nous montrer.

Seth a raison, la télévision me transforme effectivement en Dieu. Je peux m'intéresser à la vie de n'importe qui et, toutes les heures, les vies changent. Ici, dans le monde réel, ce n'est pas toujours le cas.

« Je t'aimerai toujours », dit la reine du ciel de nuit, et je sais quelle carte elle a trouvée.

Les draps de l'hôtel offrent la même sensation que les draps d'hôpital. Des milliers de kilomètres sont passés depuis notre rencontre, et les gros doigts de Brandy sont toujours en train de lisser les couvertures sous l'emplacement de mon menton de jadis. Mon visage est la dernière chose que veulent voir les danseurs et danseuses go-go quand ils entrent dans une allée sombre pour acheter des médicaments.

Brandy dit : « Nous reviendrons dès que nous aurons liquidé le stock. »

Seth se détache en silhouette dans l'embrasure de la porte ouverte qui donne sur le couloir. L'allure qu'il a depuis mon lit, c'est contours superbes de super-héros sur fond de néon vert et feuilles tropicales grises et roses du motif de papier peint du couloir. Son manteau, le long manteau de cuir noir que porte Seth, est collant jusqu'à la taille d'où il s'élargit jusqu'au sol de sorte qu'en silhouette on pense que c'est une cape.

Et peut-être bien que, quand il embrasse le cul royal de Brandy, il ne fait pas simplement semblant. Peut-être qu'ils sont tous les deux en amour quand je ne suis pas dans le coin. Ce ne serait pas la première fois que je l'aurais perdu.

Le visage en voile noir qui se penche au-dessus de moi est une surprise de couleur. La peau, c'est plein de rose autour d'une bouche Plumbago, et les yeux sont trop aubergine. Même ces couleurs-là sont trop voyantes maintenant, trop saturées, trop intenses. Criardes. On pense à des personnages de dessin animé. Les poupées mode ont une peau rose comme ça, comme des bandages en plastique. Couleur chair. Des yeux trop aubergine, des pommettes trop définies par le fard à joues Rusty Rose. Rien n'est laissé à votre imagination.

Peut-être que c'est ça, ce que veulent les mecs. Je veux juste que Brandy Alexander s'en aille.

Je veux le ceinturon de Seth autour de mon cou. Je veux les doigts de Seth dans ma bouche et ses mains qui écartent mes genoux avant que ses doigts mouillés me forcent jusqu'à pleine ouverture.

« Si tu veux quelque chose à lire, dit Brandy, ce livre de Mlle Rona Barrett est dans ma chambre. Je peux aller te le chercher vite fait. »

Je veux avoir la peau à vif, être frottée par le chaume de barbe autour de la bouche de Seth au point que j'en aurai mal quand je ferai pipi.

Seth dit : « Tu viens ? »

Une main emperlée de bagues balance la télécommande de la télévision sur le lit.

« Allez, viens, Princesse Princesse, dit Seth. La nuit ne rajeunit pas. »

Et je veux voir Seth mort. Pis que mort, je le

135

veux gras à lard et bouffi d'eau, anxieux et émotif. Si Seth ne veut pas de moi, je veux ne pas le vouloir.

« S'il arrive la police ou quoi que ce soit, me dit la lune, tout l'argent est dans ma mallette de maquillage. »

Celui que j'aime est déjà sorti pour aller chauffer la voiture.

Celle qui va m'aimer pour toujours dit : « Dors bien », et referme la porte derrière elle.

Saut à suivre jusqu'à il était une très vieille fois, quand Manus, mon fiancé qui m'a larguée, Manus Kelly, l'inspecteur de police, il m'a dit que nos vieux sont comme Dieu parce qu'on veut savoir qu'ils sont là, quelque part, et on veut qu'ils approuvent la vie qu'on mène, et néanmoins on ne les appelle que lorsqu'on est en crise et en besoin de quelque chose.

Saut à suivre jusqu'à moi au lit à Seattle, seule avec la télécommande de la télévision dont j'appuie sur une touche pour rendre la télévision muette.

À l'écran, il y a trois ou quatre personnes dans des fauteuils, assises sur une scène basse devant un public de plateau. Ça passe à la télévision comme un programme pub-produit, mais lorsque la caméra fait un zoom avant sur chaque personne pour un gros plan, un petit sous-titre apparaît sur la poitrine de la personne en question. Chaque sous-titre pour chaque gros plan est un prénom suivi de trois ou quatre mots comme un nom de famille, le genre de noms qui définissent qui-vous-êtes-vraiment, littéralement parlant, les noms que les Indiens se donnent, mais au lieu de Bruyère Court Avec Bison... Trisha Chasse Au Clair de Lune, ces noms sont :

Cristy A Bu Du Sang Humain

Roger A Vécu Avec Mère Morte

Brenda A Mangé Son Bébé

Je change de chaîne.

Je change de chaîne.

Je change de chaîne et voici trois autres personnes :

Gwen Travaille Comme Racoleuse

Neville A Été Violé En Prison

Brent A Couché Avec Son père

Les gens de par le monde entier sont en train de raconter leur petite histoire dramatique en disant comment leur existence s'est transformée en bataille pour dépasser cet unique événement. Aujourd'hui leur vie concerne plus leur passé que leur avenir. J'appuie sur une touche et je rends sa voix à GwenTravailleCommeRacoleuse pour une petite bouchée sonore de baratin de prostituée.

Gwen met son récit en forme avec les mains quand elle parle. Elle se penche en avant jusqu'à sortir de son fauteuil. Ses yeux surveillent quelque chose en haut et à droite, juste hors champ de la caméra. Je sais que c'est le moniteur témoin. Gwen se regarde racontant son histoire.

Gwen roule les doigts en boule pour ne laisser sortir que l'index gauche, et elle se tord lentement la main pour montrer les deux côtés de son ongle tout en parlant.

« ... pour se protéger, la plupart des filles de la rue brisent un petit morceau de lame à rasoir qu'elles se collent sous leur ongle. Les filles peignent l'ongle-rasoir de sorte qu'il passe pour un ongle véritable. » Ici, Gwen voit quelque chose sur le moniteur. Elle fronce le sourcil et balance sa chevelure rousse en arrière pour dégager ce qui ressemble à des boucles d'oreilles en perle.

« Quand elles se retrouvent en prison », dit Gwen à elle-même sur le moniteur, « ou quand elles ne sont plus assez attirantes, certaines filles utilisent l'ongle-rasoir pour s'entailler les veines des poignets. »

Je rends à nouveau GwenTravailleCommeRacoleuse muette.

Je change de chaîne.

Je change de chaîne.

Je change de chaîne.

Seize chaînes plus loin, une belle jeune femme en robe à paillettes sourit et laisse tomber des abats animaux dans une machine-usine à en-cas Num Num.

Evie et moi, nous l'avons faite, cette pub. C'est l'une de ces publicités commerciales qu'on prend pour un véritable programme sauf que ce n'est rien d'autre que trente minutes de baratin publicitaire. Changement de plan. La caméra de télévision passe à une autre fille en robe à paillettes,

138

celle-ci avance lentement au travers d'un public de migrateurs du troisième âge cherchant le soleil et de touristes du Middle West. La fille offre à un couple en noces d'or avec chemises hawaïennes assorties une sélection de canapés sur un plateau en argent, mais le couple et tous les autres en lainages sport et colliers appareils photo, ils fixent tous en haut à droite un point hors champ de la caméra.

Vous savez que c'est le moniteur.

Ça fiche les jetons, mais ce qui se passe, c'est que les gens se regardent dans le moniteur en train de se regarder dans le moniteur, et ainsi de suite, complètement pris au piège d'un circuit fermé de réalité qui n'a jamais de fin.

La fille au plateau, ses yeux désespérés sont des lentilles de contact trop vertes et ses lèvres sont du rouge chargé qui déborde du contour naturel de ses lèvres. La chevelure blonde est épaisse et crêpée pour que l'ossature des épaules de la fille n'apparaisse pas aussi forte. Les canapés qu'elle ne cesse d'agiter sous tous les vieux nez sont des biscuits apéritif salés garnis de petits cacas de sous-produits carnés. Agitant son plateau, la fille s'avance lentement dans les profondeurs des gradins du public de studio avec ses yeux trop verts et sa coupe de cheveux pour forte ossature. C'est ma meilleure amie, Evie Cottrell.

Ça ne peut être qu'Evie puisque voici Manus qui s'avance pour lui sauver la mise avec sa belle gueule. Manus, en policier spécial opérant aux Mœurs qu'il est, il prend un de ces biscuits apéritif

salés encacatés et le met entre ses dents sur ja-
quettes. Et croque. Et incline son beau visage à mâchoire carrée en arrière et ferme les yeux. Manus
ferme des yeux bleu foncé impérieux et tord la
tête juste un tout petit peu d'un côté puis de
l'autre et avale.

Cette crinière de cheveux noirs épais comme a
Manus, ça vous fait juste réfléchir que les cheveux
des gens ne sont qu'un vestige de fourrure chargés de mousse coiffante. Quelle bête à poil sexy
que ce Manus.

La tête à mâchoire carrée revient doucement
en plongée avant pour offrir à la caméra, plein-
visage yeux-grands-ouverts, une expression de satisfaction et d'amour complets et absolus. Tellement déjà vu. C'était exactement cette expression-
là que Manus m'offrait quand il me demandait si
j'avais eu mon orgasme.

Ensuite Manus pivote pour offrir exactement la
même expression à Evie pendant que le public du
studio, tous autant qu'ils sont, regarde dans une
autre direction, se contemplant en train de se contempler qui contemplent eux-mêmes contemplant
Manus en plein sourire de satisfaction et d'amour
absolus à l'adresse d'Evie.

Evie lui sourit en retour de tout son rouge dé-
bordant les limites naturelles de ses lèvres, et moi,
je suis cette minuscule silhouette scintillante en
arrière-plan. C'est moi, là, par-dessus l'épaule de
Manus, ma minuscule personne souriant à rien
comme une bouche à air de radiateur portable et
faisant tomber des matières animales dans la grande

cheminée en Plexiglas au sommet de la machine-usine à en-cas Num Num.

Comment ai-je pu être aussi débile ?

De la voile, ça te dirait ?

Absolument.

J'aurais dû savoir que l'affaire qui marchait, c'était Evie et Manus depuis le début.

Même ici, allongée sur un lit d'hôtel un an après que toute l'histoire s'est terminée, je serre les poings. J'aurais tout simplement pu regarder ce stupide programme de publicité commerciale en sachant que Manus et Evie avaient une relation torturée et maladive dont ils voulaient se convaincre que c'était de l'amour vrai.

Okay, c'est un fait, j'ai bien regardé. Okay, bien une centaine de fois, je l'ai regardé, mais je ne faisais que me regarder moi-même. Ce truc du circuit fermé de réalité.

La caméra revient sur la première fille, celle qui est sur la scène, et elle est moi. Et je suis si belle. À la télévision, je démontre le nettoyage facile de la machine-usine à en-cas, et je suis si belle. Je dégage les lames du couvercle en Plexiglas et je rince les déchets animaux tout broyés sous un filet d'eau. Et, bon sang, je suis belle.

La voix off désincarnée est en train d'expliquer comment la machine-usine à en-cas Num Num accepte les abats de viande, enfin ce dont vous disposez à cet instant — vos langues ou cœurs ou lèvres ou parties génitales —, elle les broie, les assaisonne, et les recrache comme des petits cacas en forme de pique, trèfle ou carreau sur le biscuit salé de votre choix pour que vous les mangiez.

Ici, dans mon lit, je pleure.

Bubba-Joan S'EstFaitExploserLa MâchoireAuFusil.

Après tous ces milliers de kilomètres, toutes ces différentes personnalités que j'ai été, c'est toujours pourtant la même histoire. Pourquoi se fait-il qu'on se sente une véritable tache quand on rit seule, même si, en général, c'est par des pleurs que ça se termine ? Comment se fait-il que l'on puisse continuer à être en perpétuelle mutation tout en restant le même virus mortel ?

CHAPITRE 11

Saut à suivre jusqu'à ma première sortie de l'hôpital, sans carrière, sans fiancé, sans appartement, et je devais aller dormir dans la grande maison d'Evie, sa vraie maison où même elle n'aime pas vivre, tellement elle est solitaire, paumée loin de tout dans quelque forêt tropicale sans personne pour vous prêter attention.

Saut à suivre jusqu'à moi sur le lit d'Evie, allongée sur le dos cette première nuit, mais je ne peux pas dormir.

Le vent soulève les rideaux, des rideaux en dentelle. Tout le mobilier d'Evie, c'est ces trucs style Français provincial tout tarabiscotés peints en blanc et or. Il n'y a pas de lune, mais le ciel est plein d'étoiles, et donc tout — la maison d'Evie, les haies de rosiers, les rideaux de la chambre, le dos de mes mains sur le couvre-lit — tout est noir, ou alors gris.

La maison d'Evie, c'est ce qu'achèterait une fille du Texas si ses parents continuaient à lui donner dix millions de dollars tout le temps. C'est à croire que les Cottrell savent qu'Evie ne défilera jamais sur les podiums vedettes. Et donc, c'est ici qu'elle vit, Evie. Pas New York. Pas Milan. La banlieue, en plein dans le grand nulle part du mannequinat professionnel. C'est plutôt pas mal éloigné des défilés de collection à Paris. Se retrouver coincée dans le grand nulle part est l'excuse dont Evie a besoin, car c'est bien ça, vivre ici, pour une fille à grosse ossature qui ne serait jamais un grand succès vedette nulle part.

Les portes sont verrouillées ce soir. Le chat est à l'intérieur. Quand je regarde, le chat me regarde en retour avec cette même expression que certains chiens ou certaines voitures dont les gens disent alors qu'ils sourient.

Cet après-midi-là, justement, j'ai eu Evie au téléphone me suppliant de quitter l'hôpital et de faire un saut chez elle.

La maison d'Evie était grande — blanche avec des volets vert foncé, une maison-plantation sur trois niveaux avec de gros piliers en façade. Lierre à petites feuilles et roses grimpantes — des roses jaunes — étaient conduits depuis le bas de chaque pilier jusqu'à une hauteur de trois mètres. On s'imaginerait bien Ashley Wilkes[1] tondant la pelouse ici, ou Rhett Butler[2] ouvrant les doubles-fenêtres, mais Evie, elle, elle a trois Laotiens esclaves payés au salaire minimum qui refusent d'habiter sur place.

1. Personnage masculin d'*Autant en emporte le vent.*
2. *Idem.*

Saut à suivre jusqu'au jour précédent, Evie qui me conduit après ma sortie de l'hôpital. Evie en réalité est Evie Cottrell, Inc. Non, vraiment. Elle est maintenant une société à elle toute seule cotée en Bourse. La préférée de tout le monde pour les déductions fiscales. Les Cottrell ont fait une offre privée de mise en vente d'actions sur le marché en offrant la carrière d'Evie quand celle-ci avait vingt et un ans, et tous les membres de la famille Cottrell avec toutes leurs terres texanes et leur argent des pétroles ont lourdement investi sur Evie modèle échec modèle.

La plupart du temps, c'était gênant de se rendre aux auditions-séances photos d'essai de mannequins en compagnie d'Evie. Pas de problème, du travail, moi, j'en avais, mais à ce moment-là le directeur artistique ou le styliste se mettait à hurler sur Evie, en disant, non, à son humble avis d'expert, elle ne faisait pas un parfait trente-six. Très souvent, quelque styliste assistant devait batailler pour refaire passer la porte à Evie. Evie se mettait alors à hurler en retour par-dessus son épaule, comme quoi je ne devrais pas les laisser me traiter comme un tas de viande. Je devrais partir, et c'est tout.

« Qu'ils aillent se faire foutre », Evie hurlait à ce stade. « Qu'ils aillent tous se faire foutre. »

Moi, je ne suis pas en colère. Je serais en train de me faire sangler dans cet incroyable corset en cuir de chez Poopie Cadole et pantalon en cuir de chez Chrome Hearts. La vie était bonne en ce temps-là. J'avais trois heures de boulot, peut-être quatre ou cinq.

À la porte du studio photo, avant qu'elle se fasse proprement virer de la séance, Evie balançait le styliste assistant dans l'huisserie, et le petit mec s'effondrait en tas à ses pieds. C'est à ce moment qu'Evie se mettait à hurler : « Vous pouvez tous me sucer la merde que j'ai dans mon tendre cul de Texane. » Ensuite elle sortait rejoindre sa Ferrari pour y attendre ses trois ou quatre ou cinq heures avant de pouvoir me reconduire à la maison.

Evie, cette Evie-là, était ma meilleure amie sur toute cette terre. Des moments comme ça, Evie était drôle et capricieuse, presque comme si elle avait une vie propre rien qu'à elle.

Okay, d'accord, je n'étais pas au courant pour Evie et Manus, pour leur amour et leur satisfaction complets et absolus. Alors tuez-moi.

Saut à suivre jusqu'à avant ça, Evie qui m'appelle à l'hôpital et qui me supplie, s'il te plaît, pourrais-je signer ma décharge et quitter l'hôpital pour venir rester chez elle, dans sa maison, elle se sentait tellement seule, s'il te plaît.

Mon assurance-santé avait un plafond de deux millions de dollars ma vie durant, et le compteur n'avait fait que tourner et tourner tout l'été. Aucun des employés de services sociaux contactés n'avait eu les tripes pour m'expédier en transition quelque part Dieu seul sait où.

Me suppliant toujours au téléphone, Evie a dit

qu'elle avait ses réservations d'avion. Elle allait à Cancún pour des photos-catalogue, aussi voulais-je bien, pouvais-je, s'il te plaît, garder juste la maison pendant son absence ?

Quand elle est passée me prendre, sur mon bloc, j'ai écrit :

est-ce mon dos-nu que tu as là ? tu sais que tu es en train de l'agrandir.

« Il te suffira de nourrir mon chat et c'est tout », dit Evie.

je n'aime pas être seule si loin de la ville, j'écris, je ne sais pas comment tu fais pour vivre là.

Evie dit : « On ne vit jamais seule quand on a une carabine sous le lit. »

J'écris :

je connais des filles qui disent ça de leur gode-miché.

Et Evie me répond : « Dégueulasse ! Je ne suis pas du tout comme ça avec ma carabine ! »

Donc saut à suivre jusqu'à Evie qui s'envole pour Cancún, Mexique, et, quand je vais regarder sous son lit, il y a la carabine calibre trente et sa lunette. Dans ses placards, il y a ce qui reste de mes vêtements, agrandis et torturés à mort, suspendus là à des cintres, morts.

Ensuite, saut à suivre jusqu'à moi dans le lit d'Evie ce soir-là. Il est minuit. Le vent soulève les rideaux de la chambre, des rideaux en dentelle, et le chat bondit sur le rebord de la fenêtre pour aller voir qui vient de se ranger sur l'allée à voitures gravillonnée. Avec les étoiles en arrière-plan, le chat se retourne sur moi. Au rez-de-chaussée, on entend une vitre qui se brise.

CHAPITRE 12

Saut à suivre jusqu'au dernier Noël précédant mon accident, quand je rentre à la maison pour ouvrir les cadeaux avec mes vieux. Mes vieux montent le même faux sapin chaque année, vert rêche, libérant cette odeur chaude de polyplastique qui vous colle une migraine de grippe avec étourdissements quand les guirlandes restent branchées trop longtemps. Le sapin est tout magie et scintillement, encombré de nos décorations en verre rouge et or, et de ces filaments en plastique argenté chargés d'électricité statique que les gens appellent guirlandes magiques. Il y a le même ange minable et dépenaillé avec sa figure de poupée en caoutchouc qui occupe le sommet du sapin. Couvrant le manteau de la cheminée, il y a ces mêmes *cheveux d'ange* en fibre de verre filée qui vous rentre dans la peau et vous colle des plaies infectées si seulement vous la touchez. Il y a le même disque du Noël de Perry Como sur la stéréo. Ça, c'est à l'époque où j'avais encore une figure de sorte que ce n'était pas pour moi une telle épreuve que de chanter des chants de Noël.

Mon frère Shane est toujours mort, donc j'essaie de ne pas m'attendre à trop d'attention à mon égard, rien qu'un Noël tranquille. À ce stade, mon petit ami, Manus, se montait le bourrichon parce qu'il risquait de perdre son boulot de policier, et ce dont j'avais besoin, c'était quelques jours loin des feux des projecteurs. Nous avons tous bavardé, ma maman, mon papa et moi, et nous nous sommes mis d'accord sur le fait que nous n'allions pas nous faire de gros cadeaux cette année. Peut-être seulement de petits cadeaux, juste assez gros pour entrer dans les bas.

Perry Como chante : « Ça Commence Vraiment À Ressembler À Noël. »

Les bas en feutre rouge que ma maman a cousus pour chacun de nous, pour Shane et pour moi, sont accrochés à la cheminée, chacun en feutre rouge avec nos noms écrits, de haut en bas, en lettres de fantaisie en feutre blanc. Chacun tout bosselé à cause des cadeaux qu'on y a fourrés. C'est le matin de Noël, et nous sommes tous assis autour du sapin, mon père fin prêt pour les nœuds des rubans avec son couteau de poche. Ma maman a un sac en papier marron et dit : « Avant que les choses échappent à tout contrôle, les papiers cadeau vont là-dedans, pas n'importe où. »

Ma maman et mon papa sont installés dans des fauteuils inclinables. Je suis assise par terre devant la cheminée avec les bas à côté de moi. Cette scène se fige toujours de cette manière. Eux assis, le café à la main, penchés au-dessus de moi, guettant ma réaction. Moi assise à l'indienne par terre. Et tous, encore en peignoir et pyjama.

Perry Como chante : « Je Serai À La Maison Pour Noël. »

La première chose à sortir de mon bas est un petit koala en peluche, de ceux qui vous agrippent votre stylo avec leurs pattes à ressort. C'est ça que mes vieux croient que je suis. Ma maman me tend un chocolat chaud dans une chope avec des guimauves miniatures flottant sur le dessus. « Merci », je dis.

Sous le koala, il y a une boîte que je sors.

Mes vieux arrêtent tout, se penchent sur leur tasse de café et me regardent de tous leurs yeux.

Perry Como chante : « Oh, Venez Tous, Mes Fidèles. »

La petite boîte, c'est des préservatifs.

Assis tout à côté de notre sapin de Noël magique étincelant, mon père dit : « Nous ne savons pas combien de partenaires tu as tous les ans, mais nous voulons que tu joues ça en toute sécurité. »

Je fourre les préservatifs dans ma poche de peignoir et je contemple les guimauves miniatures en train de fondre. « Merci, je dis.

— Ceux-ci sont en latex, dit ma maman. Tu n'as besoin que de lubrifiant sexuel en phase aqueuse. Si tant est que tu aies besoin de lubrifiant. Pas de vaseline ni de matières grasses ni de lotion d'aucune sorte. » Elle dit : « Nous ne t'avons pas offert la variété fabriquée à partir d'intestins de moutons parce que ceux-là ont de minuscules pores qui peuvent permettre la transmission du HIV. »

150

Ensuite, à l'intérieur de mon bas, vient une autre petite boîte. De nouveaux préservatifs. La couleur indiquée sur la boîte est *Nue*. Ce qui paraît un pléonasme. Tout à côté, l'étiquette dit *sans odeur et sans saveur*.

Oh, je pourrais vous dire tout ce qu'il y a à savoir sur le sans saveur.

« Une étude, dit mon père, un sondage téléphonique d'hétérosexuels en milieux urbains avec fort pourcentage d'infection par HIV, a montré que trente-cinq pour cent des gens sont gênés d'acheter leurs propres préservatifs. »

Et les recevoir du Père Noël, c'est mieux ? « J'ai pigé, je dis.

— Ceci ne concerne pas uniquement le sida, dit ma maman. Il y a la gonorrhée. Il y a la syphilis. Il y a le virus humain du papillome. Il y a les verrues génitales. » Elle dit : « Tu sais bien comment mettre le préservatif dès que le pénis est en érection, n'est-ce pas ? »

Elle dit : « J'ai dépensé une fortune en bananes qui ne sont pas de saison au cas où tu devrais t'entraîner. »

C'est un piège. Si je dis : Oh, ouais, je déroule tout le temps des capotes sur de nouvelles érections sèches, je vais avoir droit au sermon de la traînée par mon père. Mais si je leur dis : Non, nous y gagnerons de devoir passer le jour de Noël à nous entraîner pour me protéger d'un fruit.

Mon papa dit : « Ceci concerne bien plus que le sida, des tonnes de plus. » Il dit : « Il y a le virus II de l'herpes simplex avec des symptômes qui incluent de petites et douloureuses ampoules qui éclatent sur tes parties génitales. » Il regarde M'man.

« Des douleurs musculaires, dit-elle.

— Oui, tu as des douleurs musculaires, dit-il, et de la fièvre. Tu as des pertes vaginales. La miction est douloureuse. » Il regarde ma maman.

Perry Como chante : « Le Père Noël Arrive En Ville. »

Sous la boîte suivante de préservatifs se trouve une autre boîte de préservatifs. Bon sang, trois boîtes, mais ça devrait me durer juste jusqu'à la ménopause.

Saut à suivre jusqu'à combien en cet instant je veux voir mon frère vivant, là, tout de suite, que je puisse le tuer pour m'avoir bousillé mon Noël. Perry Como chante : « Sur Le Toit de La Maison. »

« Il y a l'hépatite B », dit ma maman. À mon papa, elle dit : « C'est quoi, les autres ?

— Les chlamydias, dit mon père. Et les lympho-granulomes.

— Oui, dit ma maman, et la cervicite muco-purulente, et l'urétrite non gonococcique. »

Mon papa regarde ma maman et dit : « Mais c'est habituellement causé par une allergie à un préservatif en latex ou à un spermicide. »

Ma maman boit un peu de café. Elle baisse les yeux sur ses deux mains autour de la tasse, avant de les relever vers moi assise là. « Ce que ton père essaie de te dire, dit-elle, c'est que nous avons maintenant conscience du fait que nous avons commis quelques erreurs avec ton frère. » Elle dit : « Nous essayons juste de faire en sorte qu'il ne t'arrive rien. »

Il y a une quatrième boîte de préservatifs dans mon bas. Perry Como chante : « C'Est Arrivé Par Un Minuit Clair ». La boîte porte sur l'étiquette… *assez sûrs et solides même en cas de pénétration anale prolongée…*

« Il y a le ganglion inguinal, dit mon père à ma mère, et la vaginose bactérienne. » Il ouvre une main et compte ses doigts, puis il les recompte, et dit : « Il y a le molluscum contagiosum. »

Certains des préservatifs sont blancs. Certains sont de couleurs assorties. D'autres sont crénelés, pour faire le même effet qu'un couteau à pain en dents de scie, j'imagine. Certains, extra-larges. D'autres qui luisent dans le noir. Tout cela est flatteur avec un côté malade et dérangeant. Mes vieux doivent croire que j'ai un succès monstre.

Perry Como chante : « Oh Viens, Oh Viens, Emmanuel. »

« Nous ne voulons pas te faire peur, dit ma maman, mais tu es jeune. Nous ne pouvons pas quand même souhaiter que tu passes toutes tes nuits à la maison.

— Et si tu n'arrives jamais à dormir, dit mon père, ça pourrait être des vers intestinaux. »

Ma maman dit : « C'est juste que nous ne voulons pas que tu finisses comme ton frère, c'est tout. »

Mon frère est mort, mais il a toujours un bas rempli de présents et vous pouvez parier qu'il ne s'agit pas de préservatifs. Il est mort, mais vous pouvez parier qu'en cet instant il rigole à s'en faire péter la sous-ventrière.

« Avec les vers intestinaux, dit mon père, les femelles migrent jusqu'au périnée pour y déposer leurs œufs la nuit. » Il dit : « Si tu soupçonnes une présence de vers intestinaux, ce qui marche le mieux, c'est de presser une bande d'adhésif transparent sur le rectum, et ensuite de regarder à la loupe. Les vers devraient avoir entre six et sept millimètres. »

Ma maman dit : « Bob, tais-toi. »

Mon papa se penche vers moi et dit : « Dix pour cent des hommes de ce pays peuvent te transmettre ces vers. »

Il dit : « Souviens-toi juste de ça. »

Pratiquement tout ce que contient mon bas se résume à des préservatifs, en boîtes, en piécettes de papier métallisé or, en longues bandelettes de cent avec des perforations pour pouvoir les détacher. Mes seuls autres cadeaux se limitent à un sifflet à roulettes antiviol et une bombe de gaz innervant Mace. Tout ça laisse à penser que je suis prête au pire, mais j'ai peur de demander s'il y a encore autre chose. Il pourrait y avoir un vibromasseur pour me garder célibataire à la maison toutes les nuits. Il pourrait y avoir une barrière buccale en cas de cunnilingus. Une combinaison intégrale en résine thermoplastique. Des gants en caoutchouc.

Perry Como chante : « Rien Du Tout Pour Noël. »

Je contemple le bas de Shane encore boursouflé par les présents et je demande : « Vous avez fait des achats pour Shane ? »

Si c'est des préservatifs, ils arrivent un peu tard.

Ma maman et mon papa se regardent. À ma maman, mon papa dit : « Vas-y, dis-lui, toi.

— Ça, c'est ce que tu as eu pour ton frère, dit ma maman. Vas-y, regarde. »

Saut à suivre jusqu'à moi complètement à côté de mes pompes.

Faites-moi ça bien clair. Faites-moi ça avec plein de raisons. Faites-moi ça avec plein de réponses.

Éclair du flash.

Je tends la main pour décrocher le bas de Shane du manteau de la cheminée, et, à l'intérieur, c'est bourré de mouchoirs en papier froissés.

« Continue à fouiller », dit mon papa.

Au milieu du papier, il y a une enveloppe cachetée.

« Ouvre-la », dit ma maman.

À l'intérieur de l'enveloppe se trouve une lettre tapée à la machine avec, en haut à droite, les mots « Merci. »

« C'est véritablement un cadeau pour nos deux enfants », dit mon papa.

Je n'arrive pas à croire ce que je suis en train de lire.

« Au lieu de t'acheter un gros cadeau, dit ma maman, nous avons fait une donation en ton nom au Fonds de Recherche mondial sur le Sida. »

À l'intérieur du bas se trouve une seconde lettre que je sors.

« Ça, dit mon papa, c'est le cadeau que te fait Shane. »

Oh, c'en est trop.

Perry Como chante : « J'Ai Vu Man-man Embrasser Le Père Noël »

Je dis : « Ce vieux finaud de frangin décédé qui est le mien, il est tellement plein de délicatesse. » Je dis : « Il n'aurait pas dû. Vraiment, mais alors vraiment, il n'aurait pas dû se donner tout ce mal. Peut-être a-t-il besoin de reprendre ses distances avec la négation de la réalité et le désir de s'assumer pour simplement se contenter d'être mort. Peut-être se réincarner. » Je dis : « Le fait qu'il prétende être toujours en vie ne peut pas être sain. »

En moi-même, je tempête et je fulmine. Ce que je désirais véritablement cette année, c'est un nouveau sac à main Prada. Ce n'était pas ma faute si une bombe de laque avait explosé au visage de Shane. Boum, et il est arrivé en chancelant dans la maison avec le front qui virait déjà au bleu et noir. Le long trajet jusqu'à l'hôpital avec l'œil qui lui restait complètement fermé sous l'enflure et la figure tout autour qui simplement grossissait et grossissait avec chaque veine à l'intérieur explosée et saignant sous la peau, Shane n'a pas dit un mot.

Ce n'était pas ma faute, cette façon dont les gens des services sociaux de l'hôpital ont regardé le visage de Shane, et, après un seul coup d'œil, sont tombés sur mon père à bras raccourcis. Suspicion de mauvais traitements à enfants. Négligence criminelle. Enquête sur la famille. Rien de tout ça n'était ma faute. Dépositions à la police. Une assistante sociale a fait la tournée et a interrogé nos voisins, nos camarades de classe, nos professeurs, jusqu'à ce que tous les gens de notre connaissance me traitent modèle *brave petite chose*.

Assise là, en ce matin de Noël, avec tous ces cadeaux pour la juste appréciation desquels il me faudrait un pénis, tous autant qu'ils sont, ils n'en connaissent pas la moitié.

Même après que l'enquête de la police a été terminée, sans que rien soit prouvé, même alors, notre famille était bousillée. Et *tous autant qu'ils sont, ils croient encore que je suis celle qui a jeté la bombe de laque*. Et puisque c'était moi qui avais déclenché tout ça, tout était de ma faute. L'explosion. La police. La fuite de Shane. Sa mort.

Et ce n'était pas ma faute.

« Vraiment, je dis, si Shane voulait véritablement m'offrir un cadeau, il reviendrait d'entre les morts et m'achèterait la nouvelle garde-robe qu'il me doit. Ça, ce serait pour moi un joyeux Noël. Pour ça, je pourrais vraiment lui dire "merci". »

Silence.

Tandis que je pêche la seconde enveloppe, ma maman dit :

« Nous t'offrons officiellement ton "outing".

— Au nom de ton frère, dit mon papa, nous t'avons acheté une carte de membre du P.A.L.E.G.

— Pas l'aigue ? je dis.

— Parents et Amis des Lesbiens Et Gays », dit ma maman.

Perry Como chante : « Rien Ne Vaut La Maison Pour Les Vacances. »

Silence.

Ma mère commence à se lever de son fauteuil et dit : « Je vais juste aller chercher ces bananes vite fait. » Elle dit : « Rien que pour mettre toutes les chances de notre côté, ton père et moi sommes impatients de te voir essayer quelques-uns de tes cadeaux. »

CHAPITRE 13

Saut à suivre jusqu'aux environs de minuit, dans la maison d'Evie où je surprends Seth Thomas en train d'essayer de me tuer.

À cette façon qu'est maintenant mon visage sans plus de mâchoire, ma gorge se termine en une sorte de trou avec ma langue qui ressort en pendouillant. Autour du trou, la peau n'est que tissus cicatriciels : des agglomérats rouge sombre et brillants, un peu le look qu'on aurait si on se ramassait la tourte aux cerises à manger lors d'un concours de dégustation de gâteaux. Si je laisse ma langue pendre, on peut voir le voile de mon palais, rose et lisse comme l'intérieur d'une carapace de crabe, et, suspendu à la périphérie dudit voile, se trouve le fer à cheval en vertèbres blanches des dents qui me restent au maxillaire supérieur. Il y a des moments pour porter le voile et d'autres pas. Cela excepté, je suis éblouissante quand je rencontre Seth Thomas en train d'entrer par effraction dans la grande maison d'Evie à minuit.

Ce que Seth voit descendre le grand escalier

circulaire du hall d'entrée d'Evie, c'est moi arborant un des ensembles d'Evie, chemise de nuit en empiècements de satin et dentelle rose pêche sur biais. Le peignoir de bain d'Evie, c'est ce truc rétro rose pêche à la Zsa Zsa Gabor qui me cache à la manière dont une cellophane cache une dinde surgelée. Aux manchettes et sur tout le devant, le peignoir est garni d'une brume d'ozone rose pêche constituée de plumes d'autruche assorties aux plumes des mules à haut talon que j'ai aux pieds.

Seth est tout bonnement changé en statue au bas du grand escalier circulaire d'Evie avec, à la main, quarante centimètres du meilleur couteau à découper d'Evie. Une paire de collants d'Evie, avec gaine de maintien, est tirée sur la tête de Seth. On voit l'entrejambe en coton hygiénique d'Evie posé en plein sur la figure de Seth. Les jambes du collant l'encadrent comme un drapé d'oreilles de cocker et retombent sur le devant de son ensemble treillis de l'armée en éléments séparés assortis.

Et je suis une vision. Descendant pas à pas vers la pointe du couteau à découper, avec ce lent step-pause-step d'une girl dans une grande revue de Vegas.

Oh, je suis tout bonnement tellement fabuleuse. Tellement mobilier sexuel.

Seth est planté là, debout, relevant les yeux, c'est son moment à lui, effrayé qu'il est pour la première fois de son existence parce que je tiens la carabine d'Evie. La crosse est plantée contre

160

mon épaule, et le canon étendu devant moi serré par mes deux mains. Le croisillon du guidon juste en plein milieu de l'entrejambe en coton d'Evie Cottrell.

Il n'y a juste que Seth et moi dans le hall d'entrée d'Evie, avec ses vitres biseautées brisées autour de la porte d'entrée tandis que le lustre d'Evie en cristal autrichien brille et étincelle comme autant de strass de pacotille en guise de parure de maison. La seule autre chose est un petit bureau dans ce style Français provincial blanc et or.

Sur le petit bureau il y a un téléphone très ooh-la-la dont le combiné est aussi gros qu'un saxophone en or et repose sur un berceau en or au-dessus d'un boîtier en ivoire. Au milieu du cercle des touches se trouve un camée. Tellement chic, doit probablement penser Evie.

Avec le couteau pointé devant lui, Seth commence : « Je ne vais pas te faire de mal. »

Je suis en train d'exécuter ce lent step-pause-step en descendant l'escalier.

Seth dit : « Arrangeons-nous pour que personne ne soit tué ici. »

Et c'est tellement déjà vu[1].

C'était de cette manière-là exactement que Manus Kelly me demandait toujours si j'avais eu un orgasme. Pas les mots, mais la voix.

Seth dit à travers l'entrejambe d'Evie : « Tout ce que j'ai fait, ç'a été de coucher avec Evie. »

Tellement déjà vu*.

---

1. En français dans le texte.

De la voile, ça te dirait ? C'est exactement la même voix.

Seth laisse tomber le couteau à découper et la pointe de la lame se plante comme pour un concours de lancer tout à côté de ses Rangers dans le sol en parquet de l'entrée d'Evie. Seth dit : « Si Evie dit que c'est moi qui t'ai tiré dessus, elle mentait. »

Sur le bureau tout à côté du téléphone se trouvent un bloc et un crayon pour prendre les messages.

Seth dit : « J'ai su à la seconde où j'ai entendu parler de toi à l'hôpital que c'était l'œuvre d'Evie. »

La carabine en équilibre sur un bras, sur le bloc, j'écris : enlève ton collant.

« Je veux dire, tu ne peux pas me tuer », dit Seth. Seth est en train de tirer sur la taille élastique du collant. « Je suis seulement la raison pour laquelle Evie t'a tiré dessus. »

Je step-pause-step sur les trois derniers mètres jusqu'à Seth et je crochète du canon de ma carabine la taille élastique du collant que je tire pour en dégager le visage aux mâchoires carrées de Seth. Seth Thomas qui allait être Alfa Romeo à Vancouver, Colombie britannique. Alfa Romeo qui était Nash Rambler, anciennement Bergdorf Goodman[1], anciennement Neiman Marcus[2], anciennement Saks Cinquième Avenue, anciennement Christian Dior.

Seth Thomas, qui, bien longtemps auparavant,

1. Grand magasin.
2. Grand magasin.

se nommait Manus Kelley, mon fiancé de la pub commerciale. Je ne pouvais pas vous dire cela avant maintenant parce que je veux que vous sachiez quel sentiment a été le mien en faisant cette même découverte. Au fond de mon cœur. Mon fiancé voulait me tuer. Même quand il est trou du cul à ce point-là, j'aimais Manus. J'aime toujours Seth. Un couteau, ç'avait tout du couteau comme sensation, et j'avais découvert qu'en dépit de tout ce qui était arrivé j'avais encore un potentiel inépuisable et toujours intact à me faire faire du mal.

C'est à partir de cette nuit d'aujourd'hui que nous avons démarré ensemble sur les routes et Manus Kelley allait un jour devenir Seth Thomas. Entre-temps, à Santa Barbara et San Francisco, Los Angeles et Reno, Boise et Salt Lake City, Manus a été d'autres hommes. Entre cette nuit et maintenant, ce soir, moi au lit à Seattle toujours en amour avec lui, Seth a été Lance Corporal[1] et Chase Manhattan[2]. Il a été Dow Corning[3] et Herald Tribune et Morris Code.

Avec l'autorisation du Projet de Réincarnation de Témoins Brandy Alexander, comme elle l'appelle.

Des noms différents, mais tous ces hommes ont débuté en la personne de ManusEssayantDeMeTuer.

Des hommes différents, mais cette même belle

---

1. Garde de l'armée.
2. Nom de banque.
3. Fabricant de verre, de produits chimiques et de la plupart des implants mammaires siliconés.

gueule d'inspecteur spécial opérant aux Mœurs est bien toujours là. Les mêmes yeux bleu poudre électriques. Ne tire pas — De la voile, ça te dirait ? — c'est la même voix. Des coupes de cheveux différentes mais cette même épaisse crinière noire d'animal sexy est toujours bien là.

Seth Thomas est Manus. Manus m'a trompée avec Evie, mais je l'aime toujours tellement que je continuerai à cacher toute quantité possible d'œstrogènes conjugués dans sa nourriture. Tellement que je ferai n'importe quoi pour le détruire.

Vous croiriez que j'aurais un peu plus de plomb dans la cervelle maintenant, après, après quoi ? Seize cents unités de valeur validables. Je devrais en avoir un peu plus dans le crâne, c'est un fait. Je pourrais être médecin à ce stade.

Pardon, M'man. Pardon, Seigneur.

Saut à suivre jusqu'à me sentant toute stupide, à essayer de maintenir en équilibre un des téléphones saxophones en or d'Evie contre mon oreille. Brandy Alexander, reine importune qu'elle est, n'a pas son numéro dans l'annuaire. Tout ce que je sais est qu'elle habite en centre-ville au Congress Hotel dans une suite d'angle avec trois compagnons de chambre :

Kitty Litter[1].

Sofonda Peters[2].

1. Littéralement, litière à chaton.
2. Littéralement, qui aime beaucoup Peters, ou les zizis.

Et la vive et enjouée Vivienne VaVane.

Alias les sœurs Rhea, trois travelos qui vénèrent la reine qualité de luxe mais qui se tueraient l'un l'autre pour plus de place dans le placard. Ça au moins la reine Brandy me l'a dit.

Ça devrait être Brandy à qui je parle, mais j'appelle mes vieux. Ce qui s'en est suivi, c'est que j'ai bouclé mon fiancé dans la penderie à manteaux, et, alors que je m'apprête à le mettre là-dedans, voilà d'autres de mes beaux vêtements mais tous agrandis trois tailles au-dessus. Ces vêtements représentaient jusqu'au dernier centime de tout l'argent que je me suis jamais fait. Après tout ça, il faut que j'appelle quelqu'un.

Pour tant de nombreuses raisons, impossible que je me contente de simplement retourner au lit. Donc, j'appelle, et mon appel traverse montagnes et déserts jusqu'à l'endroit où mon père répond, et de ma meilleure voix de ventriloque, en évitant les consonnes qui nécessitent effectivement une mâchoire pour leur prononciation, je lui dis : « Gflerb sorlfd qortk, erk sairk. Srd. Erd, korst derk sairk ? Kirdo ! »

Fini, c'est tout bête, mais le téléphone n'est plus mon ami.

Et mon père dit : « S'il vous plaît ne raccrochez pas. Laissez-moi aller chercher mon épouse. »

À distance du combiné, il dit : « Leslie, réveille-toi, nous sommes finalement victimes de criminels haineux. »

Et, en arrière-plan, il y a la voix de ma mère qui dit :

« Ne leur adresse même pas la parole. Dis-leur que nous aimions et que nous chérissions notre enfant homosexuel décédé. »

Ici, c'est le milieu de la nuit. Ils doivent être au lit.

« Lot. Ordilij, dis-je. Sertra ish ka alt. Serta ish ka alt !

— Tiens », dit mon père dont la voix commence à se dissoudre. « Leslie, à toi de leur donner ce qu'ils méritent. »

Le récepteur saxophone en or pèse et fait cabotin, genre accessoire de scène, comme si ce coup de fil avait besoin d'un surplus de drame. Depuis sa penderie à manteaux, Seth hurle : « S'il te plaît. Ne te mets pas à appeler la police avant d'avoir parlé à Evie. »

Ensuite, venant du téléphone : « Allô ? » Et c'est ma mère.

« Le monde est assez vaste pour que nous puissions nous aimer les uns les autres, dit-elle. Il y a place dans le cœur de Dieu pour tous Ses enfants. Gay, lesbiens, bisexuels et transsexuels. Rien que parce que c'est du rapport anal ne signifie pas que ce n'est pas de l'amour. »

Elle dit : « J'entends beaucoup de douleur en vous. Je veux vous aider à affronter ces problèmes. »

Et Seth hurle : « Je n'allais pas te tuer. J'étais ici pour confronter Evie avec ce qu'elle t'avait fait. J'essayais seulement de me protéger. »

Au téléphone, à deux heures de route d'ici, il y a une chasse d'eau qu'on tire, ensuite la voix de mon père : « Tu parles toujours à ces fous illuminés ? »

Et ma mère : « C'est tellement excitant ! Je crois que l'un d'eux dit qu'il va nous tuer. »

Et Seth hurle : « Ton tireur, ça ne pouvait être qu'Evie. »

Puis, dans le téléphone, il y a la voix de mon père, qui rugit si fort que je suis obligée d'écarter le combiné de mon oreille, il dit : « Vous, vous êtes celui qui devrait être mort. » Il dit : « Vous avez tué mon fils, bande de foutus pervers. »

Et Seth hurle : « Ce que j'ai eu avec Evie, c'est juste un rapport sexuel. »

J'aurais pu tout aussi bien ne pas me trouver dans la pièce, ou simplement tendre le téléphone à Seth.

Seth dit : « S'il te plaît, ne crois pas une minute que je serais capable de tout simplement te poignarder dans ton sommeil. »

Et, dans le téléphone, mon père crie : « Essayez juste, monsieur. J'ai une arme ici et je vais la garder chargée et à portée de main jour et nuit. » Il dit : « Nous en avons terminé de nous laisser torturer par vous. » Il dit : « Nous sommes fiers d'être les parents d'un fils gay mort. »

Et Seth hurle : « S'il te plaît, repose simplement ce téléphone. »

Et moi je lance : « Aht ! Oahkt ! »

Mais mon père raccroche.

Mon inventaire de gens capables de me sauver se réduit à juste moi. Pas ma meilleure amie. Ou mon ancien petit ami. Pas le médecin ni les non-

167

nes. Peut-être la police, mais pas encore. L'heure n'est pas encore venue d'en finir avec ce foutoir et d'emballer tout ça en un joli petit colis légal pour poursuivre ma moins-que-vie. Hideuse et invisible à jamais et ramassant les morceaux.

Les choses sont toujours toutes foireuses et en suspens, incertaines, mais je ne suis pas prête à les solder pour tout compte. Ma zone de confort devenait plus vaste de minute en minute. Mon seuil de sensibilité au dramatique se boursouflait, prêt à éclater. Il était temps de continuer à repousser les limites de l'enveloppe. J'avais le sentiment que je pouvais faire n'importe quoi, et je ne faisais que commencer.

Ma carabine était chargée, et j'avais mon premier otage.

CHAPITRE 14

Saut à suivre jusqu'à la dernière fois que je suis revenue à la maison pour voir mes parents. C'était mon dernier anniversaire avant l'accident. Toujours avec Shane *encore* mort, je ne m'attendais pas à des cadeaux. Je ne m'attends pas à un gâteau. Cette dernière fois, je reviens à la maison juste pour les voir, mes vieux. Ça, c'est à l'époque où j'ai encore une bouche, de sorte que je ne suis pas aussi coincée à l'idée de souffler des bougies.

La maison, le canapé marron et les fauteuils inclinables marron du salon, tout est pareil sauf que mon père a mis de grands X de ruban adhésif industriel sur l'intérieur de chaque carreau de fenêtre. La voiture de M'man ne se trouve pas dans l'allée, là où ils la garent habituellement. La voiture est verrouillée à double tour dans le garage. Il y a un gros verrou à pêne dormant dont je ne me souviens pas sur la porte d'entrée. Sur le portail il y a un gros panneau « Attention au Chien » et un autre plus petit pour un système de sécurité privé.

À mon arrivée à la maison, M'man me fait vite

signe d'entrer et dit : « Tiens-toi à l'écart des fenêtres, Bobosse. Les crimes de haine sont en augmentation de soixante-six pour cent cette année par rapport à l'année dernière. »

Elle dit : « Après la tombée de la nuit, essaie de ne pas projeter ton ombre sur les persiennes pour qu'on ne puisse pas la voir de l'extérieur. »

Elle cuisine le dîner à la lueur d'une torche. Quand j'ouvre le four ou le frigo, elle panique vite, me bloquant de son corps d'un côté avant de se dépêcher de fermer ce que j'ai pu ouvrir.

« C'est l'ampoule qu'il y a à l'intérieur, dit-elle. Les violences antigay ont augmenté de plus de cent pour cent au cours des cinq dernières années. »

Mon père rentre et gare sa voiture à un demi-bloc de la maison. Ses clés cliquettent contre l'extérieur du nouveau verrou à pêne dormant pendant que M'man reste figée sur place dans l'entrée de la cuisine en me retenant contre elle. Les clés cessent leur bruit, et mon père frappe, trois coups rapides, puis deux lents.

« C'est son signal, dit M'man, mais jette un œil par le judas quand même. »

Mon père entre, en regardant par-dessus l'épaule vers la rue sombre, à surveiller les alentours. Une voiture passe, et il dit : « Roméo Tango Fox-trot six sept quatre. Vite, note-le. »

Ma mère rédige ça sur le calepin près du téléphone. « Marque ? dit-elle. Modèle ?

— Mercury, bleue, dit mon père. Zibeline. »

M'man dit : « C'est enregistré. »

170

Je dis qu'ils en font peut-être un petit peu trop.

Et mon père dit : « Ne marginalise pas notre oppression. »

Saut à suivre jusqu'à combien ç'a été une erreur de revenir à la maison. Saut à suivre jusqu'au fait que Shane devrait voir ça, à quel point nos vieux se comportent comme des bizarros. Mon père éteint la lampe que j'avais allumée dans le salon. Les rideaux de la baie vitrée sont fermés et épinglés à leur jonction. Eux, ils connaissent l'emplacement de tout le mobilier dans le noir, mais moi, je me cogne à toutes les chaises et à toutes les tables basses. Je renverse une coupe à friandises, boum, et ma mère hurle et s'effondre sur le linoléum de la cuisine.

Mon père arrive, sorti de derrière le canapé où il s'était accroupi, et dit : « Il va falloir que tu sois un peu compréhensive avec ta mère. Nous nous attendons à nous faire criminaliser par la haine d'un jour à l'autre. »

Depuis la cuisine, ma mère hurle : « Est-ce que c'était une pierre ? Est-ce qu'il y a quelque chose qui brûle ? »

Et mon père hurle : « N'appuie pas sur le bouton panique, Leslie. La prochaine fausse alarme, et il va falloir qu'on commence à payer pour chaque déclenchement. »

Maintenant je sais pourquoi on met un phare sur certains types d'aspirateurs. D'abord je ramasse le verre brisé dans le noir absolu. Ensuite je demande des pansements à mon père. Je me contente de rester debout, sans bouger, en levant ma main entaillée au-dessus du cœur, et j'attends. Mon père sort de l'obscurité avec de l'alcool et des pansements.

« C'est une guerre que nous livrons, dit-il, tous les membres de pas l'aigue. »

P.A.L.E.G. Parents et Amis de Lesbiennes Et Gays. Je sais. Je sais. Je sais. Merci, Shane.

Je dis : « Vous ne devriez même pas être membres de P.A.L.E.G. Votre fils gay est mort, et donc il ne compte plus. » Mes paroles sont plutôt blessantes, mais je saigne, moi, ici. « Désolée », je dis.

Les pansements sont serrés et l'alcool pique dans le noir, et mon père dit : « Les Wilson ont placé une pancarte PALEG dans leur cour. Deux nuits plus tard, quelqu'un leur a roulé sur la pelouse en voiture, et a tout détruit. »

Mes vieux n'ont pas de pancarte PALEG.

« Nous avons enlevé la nôtre, dit mon père. Ta mère a un autocollant de pare-chocs PALEG, c'est pour ça qu'on garde la voiture au garage. Le fait qu'on soit fiers de ton frère nous a placés en première ligne. »

Dans l'obscurité, ma mère dit : « N'oublie pas les Bradford. Ils se sont récupéré un sac enflammé de matières fécales de chien sur leur perron de façade. Ç'aurait pu leur réduire toute leur maison en cendres pendant leur sommeil, tout ça parce qu'ils avaient accroché une manche à air arc-en-ciel PALEG dans leur arrière-cour. » M'man dit : « Pas même en façade, mais dans leur *arrière-cour*.

— La haine, dit mon père, est tout autour de nous, Bobosse. Est-ce que tu sais ça ? »

Ma maman dit : « Allez, mes soldats. C'est l'heure de la graille. »

Le dîner consiste en un quelconque ragoût sorti du livre de cuisine PALEG. C'est bon, mais Dieu seul sait à quoi ça peut ressembler. Par deux fois, je renverse mon verre dans le noir. Je me saupoudre les cuisses de sel. Chaque fois que je dis un mot, mes vieux me font taire. Ma maman dit : « As-tu entendu quelque chose ? Est-ce que ça vient du dehors ? »

Dans un murmure, je leur demande s'ils se rappellent quel jour c'est demain. Rien que pour voir s'ils se rappellent, avec toute cette tension. Ce n'est pas que je m'attende à avoir un gâteau avec des bougies et un cadeau.

« Demain, dit mon papa. Naturellement que nous savons. C'est pour ça qu'on est nerveux comme des puces.

— Nous voulions te parler de demain, dit ma maman. Nous savons à quel point tu es encore bouleversée à propos de ton frère, et nous pensons que ce serait bien pour toi si tu voulais défiler avec notre groupe pendant la parade. »

Saut à suivre jusqu'à une nouvelle déception malade et givrée en train de pointer son nez à l'horizon.

Saut à suivre jusqu'à moi me faisant balayer et emporter par leur grand numéro de compensation, leur grande pénitence pour toutes ces années d'avant, mon père hurlant : « Nous ne savons pas

173

quelles sortes de maladies dégoûtantes tu nous apportes dans cette maison, mon bon monsieur, mais tu peux d'ores et déjà te trouver un autre lieu où dormir cette nuit. »

Ils appelaient ça l'amour à la dure.

Nous sommes à cette même table de dîner devant laquelle M'man a dit à Shane : « Le bureau du docteur Peterson a appelé aujourd'hui. » À moi, elle a dit : « Tu peux aller lire dans ta chambre, jeune dame. »

J'aurais pu aller sur la lune, j'aurais toujours continué à entendre les hurlements.

Shane et mes vieux étaient dans la salle à manger, moi, j'étais derrière ma porte de chambre. Mes vêtements, la majeure partie de mes vêtements de classe, étaient dehors à sécher sur la corde à linge. À l'intérieur, mon père a dit : « Ce ne sont pas des staphylocoques que tu as dans la gorge, mon bon monsieur, et nous aimerions savoir où tu es allé et ce que tu as traficoté.

— La drogue, a dit ma mère, on pourrait accepter et assumer. »

Shane n'a jamais dit un mot. Son visage était encore tout brillant et plissé de larmes.

« Une grossesse adolescente, a dit ma mère, on pourrait accepter et assumer. »

Pas un mot.

« Le docteur Peterson, a-t-elle dit. Il a déclaré qu'il n'existe pratiquement qu'une seule et unique manière d'attraper la maladie sous la forme que tu as, mais je lui ai dit, non, pas notre enfant, pas toi, Shane. »

Mon père a dit : « Nous avons appelé l'entraîneur Ludlow, et il nous a répondu que tu avais laissé tomber le basket il y a deux mois.

— Il va falloir que tu te rendes aux services de santé du comté, demain, a dit ma mère.

— Ce soir, a dit mon père. Nous voulons que tu quittes cette maison. »

Notre père.

Ces mêmes gens qui se montrent si bons et gentils, si aimants et concernés, ces mêmes personnes qui se trouvent une identité et un accomplissement personnel dans la lutte en première ligne pour l'égalité, la dignité personnelle, l'égalité des droits pour leur fils mort, ce sont là les mêmes gens que j'entends hurler à travers ma porte de chambre.

« Nous ne savons pas quelles sortes de maladies dégoûtantes tu nous apportes dans cette maison, mon bon monsieur, mais tu peux d'ores et déjà te trouver un autre lieu où dormir cette nuit. »

Je me souviens que je voulais sortir et récupérer mes vêtements, les repasser, les plier et les ranger.

Faites-moi ça sens de la maîtrise des événements.

Éclair du flash.

Je me souviens de la manière dont la porte d'entrée s'est ouverte et refermée, elle n'a pas claqué. Avec la lumière allumée dans la pièce, tout ce que je pouvais voir était mon reflet dans la fenêtre de ma chambre. Quand j'ai éteint, il y avait Shane, debout juste devant la fenêtre, qui me regardait à l'intérieur de la pièce, avec un visage de film d'horreur, tout taillardé et déformé, sombre et dur à cause de l'explosion de la bombe de laque.

Faites-moi ça terreur.

Éclair du flash.

Il ne fumait même pas à ce que je sache, mais il a allumé une allumette et mis une cigarette à sa bouche. Il a frappé à la fenêtre.

Il a dit : « Hé, laisse-moi entrer. »

Faites-moi ça refus et négation.

Il a dit : « Hé, il fait froid. »

Faites-moi ça ignorance.

J'ai allumé la lumière de ma chambre de manière à ne voir que moi dans la vitre. Ensuite j'ai tiré les rideaux. Je n'ai plus jamais revu Shane.

Ce soir, avec toutes les lumières éteintes, avec les rideaux tirés et la porte d'entrée verrouillée, avec Shane parti à l'exception de son fantôme, je demande : « Quelle parade ? »

Ma maman dit : « La parade Gay Pride. »

Mon papa dit : « Nous défilons avec les PA-LEG. »

Et ils aimeraient que je défile avec eux. Ils aimeraient que je reste assise là dans le noir à prétendre que c'est du monde extérieur que nous nous cachons. C'est quelque inconnu haineux qui va venir nous prendre cette nuit. C'est quelque maladie sexuelle fatale venue d'une autre planète. Ils aimeraient croire que c'est quelque homophobe bigot qui les terrifie. Rien de tout cela n'est de leur faute. Ils aimeraient me faire croire que j'ai quelque chose à me faire pardonner.

Je n'ai pas jeté cette bombe de laque. Tout ce que j'ai fait a été d'éteindre les lumières de la chambre. Ensuite il y a eu les sirènes des camions de pompiers dans le lointain. J'ai vu des éclairs orange à l'extérieur des rideaux, et, quand je suis sortie du lit pour regarder, mes vêtements de classe étaient en train de brûler. Suspendus bien secs sur le fil à linge et bien aérés par les courants d'air. Des robes, des robes-chasubles, des pantalons, des chemisiers, tous en flammes et tombant en morceaux sous la brise. En l'espace de quelques secondes, tout ce que j'aimais, disparu.

Éclair de flash.

Saut à suivre jusqu'à quelques années plus tard, moi ayant maintenant grandi et m'apprêtant à quitter le domicile familial. Faites-moi ça nouveau départ. J'en ai besoin.

Saut à suivre jusqu'à une nuit, quelqu'un appelant mes vieux d'un téléphone public pour demander à mes vieux, étaient-ils les parents de Shane McFarland ? Mes parents disant, *peut-être*. La personne au bout du fil ne veut pas dire où, mais elle dit que Shane est mort.

Une voix derrière l'appelant disant, *dis-leur le reste*.

Une autre voix derrière la personne au bout du fil disant, dis-leur que Mlle Shane les haïssait, ces deux haineux de service, et que ses dernières paroles ont été : *tout ça n'est pas terminé, bien loin de là*. Ensuite quelqu'un rigolant.

Saut à suivre jusqu'à nous ici seuls dans le noir avec un ragoût.

Mon père dit : « Alors, chérie, acceptes-tu de dé-filer avec ta mère et moi ? »

Ma maman dit : « Ça serait un tel plus pour les droits des gays. »

Faites-moi ça courage. J'en ai besoin.

Éclair du flash.

Faites-moi ça tolérance. J'en ai besoin.

Éclair du flash.

Faites-moi ça sagesse. J'en ai besoin.

Saut à suivre jusqu'à la vérité. Et je dis :

« Non. »

CHAPITRE 15

Saut à suivre jusqu'aux environs d'une heure du matin dans la grande maison silencieuse d'Evie quand Manus cesse de hurler et que je peux finalement réfléchir.

Evie est à Cancún, attendant probablement que la police l'appelle et lui dise : la personne qui veillait sur votre maison, le monstre sans mâchoire, eh bien, qu'elle ait abattu d'un coup de fusil votre petit ami secret jusqu'à ce que mort s'ensuive quand celui-ci est entré par effraction avec un couteau de boucher est notre meilleure hypothèse.

Vous savez qu'Evie est parfaitement éveillée en ce moment. Dans quelque chambre d'hôtel mexicaine. Evie est en train d'essayer de comprendre s'il y a un décalage horaire de trois ou de quatre heures entre sa grosse maison où je gis poignardée à mort et Cancún, où Evie est censée se trouver pour des photos-catalogue. Faut dire qu'Evie, question jugeote, elle n'est pas inscrite dans la catégorie grands cerveaux. Personne ne fait de séances-photos pour un catalogue en pleine saison, en

179

particulier quand il s'agit de grosses vachères à ossature lourde comme Evie.

Mais moi morte, ça ouvre tout un univers de possibilités.

Je suis une invisible rien-du-tout assise dans un canapé blanc en tissu damassé face à un autre canapé devant une table basse qui ressemble à un gros bloc de malachite de l'unité de valeur de Géologie en première année de fac.

Evie a couché avec mon fiancé, aussi, maintenant, je peux tout lui faire.

Au cinéma, quand quelqu'un devient tout d'un coup invisible — vous savez, une réaction nucléaire qui vous tombe dessus à l'improviste ou une recette de savant fou — et vous vous dites, qu'est-ce que je ferais si j'étais invisible... ? Comme d'aller dans les vestiaires des mecs au gymnase de chez Gold ou, mieux encore, les vestiaires des Oakland Raiders. Des trucs de ce genre. Tout un éventail de possibilités. Aller chez Tiffany et voler des tiares en diamants et des trucs en vitrine.

Rien que parce qu'il est bête à manger du foin, Manus aurait pu me poignarder cette nuit, ce soir, en croyant que j'étais Evie, en croyant qu'Evie m'avait tiré dessus, pendant que je dormais dans le lit d'Evie dans le noir.

Mon papa, il irait à mon enterrement et raconterait à tout le monde comme quoi j'étais sur le point de retourner en fac pour terminer mon diplôme de monitrice privée d'entraînement physique avant de partir, à ses yeux ça ne faisait aucun doute, en fac de médecine. Papa, Papa, Papa, Papa, petit papounet, je serais bien incapable d'aller au-delà du fœtus de cochon dans l'unité de valeur de Biologie de première année. Et maintenant, c'est moi le cadavre.

Désolée, M'man. Désolée, Seigneur.

Evie serait tout à côté de ma maman, à côté du cercueil ouvert. Evie s'avancerait en flageolant en s'appuyant sur Manus. Et vous savez, pour ma dernière tenue, Evie aurait certainement refilé quelque chose de totalement grotesque au croque-mort. Et donc Evie passe le bras autour de ma mère, et Manus s'empresse de s'écarter du cercueil comme s'il avait le feu quelque part, et moi, je suis là, gisante, dans ce cercueil de velvet bleu tout pareil à l'intérieur d'une Lincoln Town Car. Naturellement, merci, Evie : on m'a attifée d'une tenue du soir modèle concubine chinoise en soie jaune style kimono fendue sur le côté jusqu'à la taille avec bas résille noirs et broderies de dragons rouges sur le pelvis et les seins.

Et talons hauts rouges. Et pas de mâchoire.

Naturellement, Evie dit à ma maman : « Elle a toujours adoré cette robe. Ce kimono était son préféré. »

Evie, grande sensible qu'elle est, dirait : « Je crois que vous n'avez pas eu de chance avec vos deux petits. »

Evie, je pourrais la tuer.

J'irais payer des serpents pour qu'ils la mordent.

Evie, elle, porterait ce petit machin noir pour

cocktail avec jupe en satin à ourlet asymétrique et bustier sans bretelles par Rei Kawabuko. Épaules et manches en pure mousseline de soie noire. Evie, vous savez qu'elle a des bijoux, de grosses émeraudes pour ses yeux trop verts et un rechange d'accessoires dans son sac-pochette noir de manière à pouvoir un peu plus tard porter cette robe pour danser.

Je hais Evie.

Moi, je suis en train de pourrir avec tout mon sang vidé par une pompe dans ma robe déguisement de concubine un peu pétasse Tokyo Rose modèle Suzy Wong même pas à ma taille de sorte qu'il a fallu retendre tout le tissu de rab dans mon dos en le fixant par des épingles.

Morte, j'ai l'air d'une chiure.

J'ai l'air d'une chiure morte.

Evie, je te vous la poignarderais bien, là, tout de suite, par téléphone.

Non, vraiment, je dirais à Mme Cottrell pendant que nous placerions l'urne d'Evie dans le caveau familial quelque part à Horreurville, Texas. Vraiment, Evie voulait être incinérée.

Moi, aux funérailles d'Evie, je porterais cette mini-robe en cuir noir collante comme un garrot de Gianni Versace avec des mètres et des mètres de gants noirs en soie tout troussés sur les bras. Je serais assise tout à côté de Manus à l'arrière de la grosse Cadillac-corbillard noire, et j'aurais sur la tête cette roue de chariot noire de Christian Lacroix avec voilette noire qu'on peut ôter par la suite pour se rendre à quelque événement très couru, exposition à l'hôtel des ventes, vente immobilière aux enchères ou autres, et ensuite, déjeuner.

Evie, Evie serait poussière. Okay, cendres.

Seule dans son salon, je ramasse sur la table un coffret à cigarettes en cristal qui ressemble à un bloc de malachite et, bras par-dessus l'épaule, je balance en lancer rapide ce petit trésor contre les briques de la cheminée. On entend un grand fracas avec des cigarettes et des allumettes à travers tout.

Fille bourgeoise morte que je suis, je souhaite tout d'un coup n'avoir rien fait de tout cela, et je m'agenouille et je me mets en devoir de ramasser le foutoir. Le verre et les cigarettes. Seule Evie… Un coffret à cigarettes. C'est juste que ça fait tellement *toute dernière* génération.

Et les allumettes.

Une petite secousse au doigt, et me voilà coupée à un éclat si fin et si transparent qu'il en est invisible.

Oh, c'est un éblouissement.

Ce n'est que lorsque le sang apparaît pour délimiter le contour de l'éclat en rouge, ce n'est qu'à ce moment que je vois que je me suis coupée. C'est mon sang sur ce fragment de verre brisé que j'extrais. Mon sang sur une pochette d'allumettes.

Non, Mme Cottrell. Non, vraiment, Evie voulait être incinérée.

Je me relève, je me dégage de mon foutoir, et je cours en rond en laissant du sang sur tous les interrupteurs et toutes les lampes, quand je les éteins. Je passe au pas de course devant le placard, et Manus s'écrie : « S'il te plaît. »

Mais ce que j'ai en tête est trop excitant.

J'éteins toutes les lumières du rez-de-chaussée, et Manus appelle. Il doit aller aux toilettes, crie-t-il. « S'il te plaît. »

La grande maison-plantation d'Evie avec ses gros piliers en façade est complètement plongée dans le noir tandis que je reviens à tâtons vers la salle à manger. Je reconnais l'huisserie de la porte au toucher et je décompte dix pas lents en aveugle sur le tapis d'Orient vers la table de salle à manger couverte de sa nappe en dentelle.

Je craque une allumette. J'allume une des bougies du grand candélabre en argent.

Okay, ça fait vraiment roman gothique, mais j'allume les cinq bougies du candélabre en argent si lourd qu'il me faut les deux mains pour le soulever.

Toujours vêtue de mon ensemble chemise de nuit en satin et peignoir de bain en plumes d'autruche, ce que je suis, c'est le fantôme d'une belle jeune fille morte portant ce truc à bougies qui remonte le long escalier circulaire d'Evie. Je passe à côté de toutes les peintures à l'huile, puis j'emprunte le couloir du premier. Dans la chambre à coucher principale, la belle jeune fille fantôme en satin aux lueurs de bougies ouvre les armoires et les placards pleins de ses vêtements neufs, agrandis à mort par la malfaisance géante incarnée, Evie Cottrell. Tous ces corps torturés de robes, chandails, robes, pantalons, robes, jeans, robes longues, chaussures et robes, presque tout est mutilé et déformé, et tous me supplient de mettre un terme à leurs souffrances.

Le photographe dans ma tête me dit :

Faites-moi ça colère. J'en ai besoin.

Éclair du flash.

Faites-moi ça vengeance. J'en ai besoin.

Éclair du flash.

Faites-moi ça règlement de comptes total et complètement justifié.

Éclair du flash.

En fantôme déjà mort que je suis, rien-du-tout invisible aux pleins pouvoirs et imprévu absolu que je suis devenue, j'agite le candélabre devant tous ces tissus et :

Éclair du flash.

Ce que nous avons là, c'est l'énorme enfer modiste d'Evie.

C'en est un éblouissement.

C'en est tout bonnement une vraie partie de trop-plaisir ! J'essaie le couvre-lit, dentelle belge blanche, une antiquité, et ça brûle.

Les rideaux, les couvre-portes de Mlle Evie en velvet vert, ils brûlent.

Les abat-jour, ils brûlent.

La belle affaire. Belle saloperie, oui. La mousseline de soie que je porte, elle brûle aussi. J'écrase mes plumes fumantes à grandes tapes de la main et je me recule du brasier modiste dans la chambre à coucher principale d'Evie pour retrouver le couloir du premier.

Il y a dix autres chambres à coucher et quelques

salles de bains, et je vais de pièce en pièce. Les serviettes brûlent. Enfer de salle de bains ! Le Chanel Numéro Cinq, il brûle. Les peintures à l'huile de chevaux de course et de faisans morts brûlent. Les copies de tapis d'Orient brûlent. Les mauvaises compositions florales de fleurs séchées d'Evie, ce sont de petits brasiers sur dessus de tables. C'est trop mignon ! La poupée Kathy Kathy d'Evie, elle fond, ensuite elle brûle. La collection de gros animaux de carnaval en peluche d'Evie — Cootie, Poochie, PamPam, M. Bunnits, Choochie, Poo Poo et Ringer — c'est un holocauste de fourrure sur fourrure. C'est trop gentil. Trop précieux.

De retour dans la salle de bains, je pique un des rares trucs qui ne brûlent pas.

Un flacon de Valium.

Je commence à redescendre le grand escalier circulaire. Manus, quand il est entré pour me tuer, il a laissé la porte ouverte, et le brasier infernal du premier aspire une brise froide d'air nocturne dans l'escalier à mon entour. Jusqu'à m'éteindre mes bougies. Maintenant, la seule et unique lumière, c'est ce brasier infernal, bouche à air géante de radiateur ambulant en train de me sourire de sa hauteur, moi, frite à cœur dans ma mousseline cramée croustillant de ses onze herbes et épices.

Le sentiment qui est le mien, c'est que je viens de remporter quelque grand prix d'importance pour les grands hauts faits d'une vie accomplie.

Du genre, et voici Miss Amérique.

Descendez.

Et ce genre d'attention, j'adore toujours.

À la porte du placard, Manus est en train de geindre comme quoi il sent de la fumée, et s'il te plaît, s'il te plaît, s'il te plaît, ne le laisse pas mourir. Comme si j'en avais quelque chose à faire, là, en cet instant.

Non, vraiment, Manus voulait être incinéré.

Sur le calepin du téléphone, j'écris :

dans une minute j'ouvrirai la porte, mais j'ai toujours le fusil, avant ça, je fais passer des Valium sous la porte, avale-les sinon je te tue.

Et je glisse le mot sous la porte.

Nous sortons direction sa voiture dans l'allée. Je l'emmène. Il fera tout ce que je veux, sinon, où que tout cela se termine, pour lui comme pour moi, je dirai à la police qu'il s'est introduit chez moi par effraction. C'est lui qui a mis le feu et utilisé le fusil pour me kidnapper. Je cracherai tout le morceau sur Manus et Evie et leur relation amoureuse nauséeuse.

Le mot *amour* a un goût de cérumen quand je pense à Manus et Evie.

J'assène un grand coup de crosse à la porte du placard, et le coup part. À deux centimètres près, j'étais morte. Et moi morte devant la porte verrouillée du placard, Manus brûlerait.

« Oui, hurle Manus. Je ferai n'importe quoi. Mais, s'il te plaît, ne me laisse pas brûler vif, ne me tire pas dessus. N'importe quoi, mais ouvre cette porte, c'est tout. »

Avec ma chaussure, j'enfonce les cachets de Valium que j'ai renversés par terre dans le jour sous la porte de placard. Avec le fusil pointé devant moi, je déverrouille la porte et je me recule. À la lumière de l'incendie du premier, on voit bien combien la maison se remplit de fumée. Manus sort en chancelant, les yeux bleu foncé impérieux en billes de loto, les mains en l'air, et je le fais avancer jusqu'à sa voiture, le canon appuyé dans son dos. Même au bout d'un fusil, la peau de Manus offre une sensation tonique et sexy. Au-delà, je n'ai aucun plan. Tout ce que je sais, c'est que je ne veux rien voir se résoudre avant un moment. Où que cela se termine, pour lui comme pour moi, je ne veux tout bonnement pas revenir à la normale.

Je verrouille Manus dans le coffre de son Spider Fiat. Belle voiture, c'est une belle voiture, rouge, avec la capote baissée. J'assène un grand coup de crosse à l'abattant du coffre.

Pas de réaction de la part de ma cargaison d'amour. Je me demande alors s'il ne lui faut pas faire pipi.

Je balance le fusil sur le siège passager et je retourne dans la plantation infernale d'Evie. Dans le hall, sauf que maintenant c'est une cheminée, c'est une soufflerie avec l'air froid qui se rue par la porte d'entrée et monte dans la fournaise et la lumière au-dessus de moi. Le hall a toujours son bureau avec téléphone-saxophone en or. La fumée est partout, et un chœur de toutes les sirènes de chaque détecteur de fumée sirène tellement fort que j'en ai mal.

C'est tout simplement méchant, laisser ainsi à

Cancún Evie éveillée si longtemps à attendre les bonnes nouvelles.

Aussi j'appelle le numéro qu'elle a laissé. Vous savez qu'Evie décroche toujours à la première sonnerie.

Et Evie dit : « Allô ? »

Il n'y a rien que le bruit de tout ce que j'ai fait, les détecteurs de fumées et les flammes, le tintement du lustre que la brise fait carillonner, c'est tout ce qu'il y a à entendre à son bout de la ligne.

Evie dit : « Manus ? »

Quelque part, dans la salle à manger peut-être, le plafond dégringole, des étincelles et des cendres jaillissent en trombe de la porte de la salle à manger et atterrissent sur le sol du hall d'entrée.

Evie dit : « Manus, ce n'est pas le moment de jouer. Si c'est bien toi, je t'ai dit que je ne voulais pas te voir. »

Et juste à ce moment-là :

Patatras.

Une demi-tonne de cristal autrichien taillé main, blanc-lumière, étincelant, plein de reflets, le grand lustre tombe du centre du plafond de l'entrée et explose trop près.

À deux centimètres près, j'étais morte.

Comment puis-je ne pas rire. Je suis déjà morte.

« Écoute, Manus, dit Evie. Je t'ai dit de ne pas m'appeler sinon je raconterai à la police comment tu as expédié ma meilleure amie à l'hôpital avec un visage en moins. T'as pigé ? »

Evie dit : « Tu es allé trop loin, c'est aussi simple. J'obtiendrai un ordre de la cour pour te faire interner s'il le faut. »

Manus ou Evie, je ne sais lequel croire, tout ce que je sais, c'est que j'ai les plumes qui brûlent.

CHAPITRE 16

Saut à suivre jusqu'à une séance de photos de mode dans cette casse pleine de carcasses de bagnoles toutes sales où Evie et moi sommes obligées de grimper et de marcher sur les vieux tas de ferraille, vêtues d'un maillot de bain de Hermaun Mancing, un string tellement étroit qu'il faut se coller un « couvre-chatte » en sparadrap par-dessous, et Evie qui commence : « En ce qui concerne ton frère mutilé… »

Ce ne sont pas non plus mes photographe et directeur artistique préférés.

Et moi qui lui rétorque : « Ouais ? » Tout occupée à me cambrer le popotin.

Et le photographe qui y va de son : « Evie ? *Mais ce n'est pas une moue, ça !* »

Plus les vêtements à présenter étaient laids, plus on nous faisait poser dans les endroits les pires pour que l'article ait l'air à son avantage. Des casses pleines de ferraille. Des abattoirs. Des usines de retraitement d'eaux usées. C'est la même tactique que de se choisir une fille d'honneur laide pour paraître potable uniquement par comparaison. À une séance pour Industry JeansWear, j'étais sûre qu'il allait nous falloir poser en embrassant des cadavres.

Ces bagnoles réduites en tas de ferraille étaient toutes percées de trous rouillés, aux bords en dents de scie, et moi, je suis tellement *à moins de deux doigts* d'être nue et j'essaie de me souvenir de la date de ma dernière vaccination antitétanique. Le photographe baisse son appareil et dit : « Je ne fais que gâcher de la pellicule, les filles, si vous ne vous décidez pas à rentrer le ventre. »

De plus en plus, être belle exigeait tant d'efforts. Rien que les irritations après le passage du rasoir vous donnaient envie de pleurer. Les épilages à la cire pour bikinis. Evie est sortie de son injection de collagène dans les lèvres en disant qu'elle ne craignait plus du tout l'enfer. Dans l'ordre du pire, venait tout de suite après Marcus qui vous arrache brutalement le couvre-chatte si vous n'êtes pas rasée d'assez près.

À propos d'enfer, j'ai dit à Evie : « C'est là, notre séance-photos de demain. »

Et maintenant il y a le directeur artistique qui dit : « Evie, est-ce que tu pourrais monter de deux voitures plus haut sur le tas ? »

Et ça, avec des hauts talons, mais Evie y va. De petits diamants de verre sécurit parsèment tous les endroits où on pourrait chuter.

À travers son gros sourire ringard, Evie dit : « Plus précisément, comment il s'est retrouvé mutilé, ton frère ? » Un vrai sourire, on ne peut le tenir qu'un temps limité, après, c'est juste que des dents.

Le directeur artistique s'avance avec son petit applicateur de mousse et retouche l'endroit où le bronzant est zébré sur les fesses de mon joufflu.

« C'est une bombe de laque à cheveux que quelqu'un avait jetée dans l'incinérateur familial, dis-je. Mon frère faisait brûler les ordures et elle a explosé. »

Et Evie dit : « Quelqu'un ? »

Et je dis : « On pourrait croire que ç'a été M'man, vu la manière dont elle a hurlé en essayant d'arrêter les saignements. »

Et le photographe dit : « Les filles, est-ce que vous pouvez vous mettre un petit peu sur la pointe des pieds ? »

Evie lance : « Une grosse bombe de trois cent cinquante millilitres de laque HairShell ? Je parie que ça lui a arraché la moitié de la peau du visage. »

Nous nous mettons toutes deux sur la pointe des pieds.

Et moi je réponds : « Ce n'était pas si méchant.

— Attendez une seconde, dit le directeur artistique. J'ai besoin que vos pieds ne soient pas aussi rapprochés. » Puis, il dit : « Plus écartés. » Puis : « Un petit peu plus écartés. » Ensuite il nous tend de gros outils chromés pour qu'on les tienne.

Le mien doit peser sept kilos.

« C'est un marteau à pannes rondes, dit Evie. Et tu le tiens de travers.

— Chérie, dit le photographe à Evie, est-ce que tu pourrais tenir la tronçonneuse un peu plus près de ta bouche ? »

Le soleil est chaud sur le métal des automobiles, aux toits complètement raplatis par le poids des véhicules empilés les uns sur les autres. Ce sont des voitures aux avants totalement enfoncés d'où on sait que personne n'est sorti vivant. Des voitures avec des flancs en T-bone dans lesquelles des familles entières ont trouvé la mort ensemble. Des voitures réduites de moitié dont les sièges arrière sont repoussés tout collés au tableau de bord. Des voitures d'avant les ceintures de sécurité. Des voitures d'avant les airbags. D'avant les Mâchoires de la Vie, ces grosses pinces coupantes pour l'extraction des victimes. D'avant les infirmiers. Des voitures laissées béantes à l'entour de leur réservoir explosé.

« Ça fait tellement riche, cet endroit, dit Evie, à croire que j'ai bossé toute ma vie rien que pour me retrouver ici. »

Le directeur artistique dit d'y aller et de coller nos seins contre les voitures.

« Tout le temps que j'ai grandi, jour après jour, dit Evie, je me disais juste que le fait d'être femme serait… pas une telle déception. »

Tout ce que j'aie jamais voulu être, c'est fille unique.

Le photographe dit : « Perfecto. »

CHAPITRE 17

Ce à quoi vous avez droit avec les sœurs Rhea, c'est trois hommes, des Blancs qui n'ont que la peau et les os, et qui restent une journée de long assis dans une suite du Congress Hôtel en combinaison de Nylon avec les bretelles qui ont glissé d'une épaule ou de l'autre, des hauts talons aux pieds, à fumer leurs cigarettes. Kitty Litter, Sofonda Peters, et la Vivace Vivienne VaVane, le visage luisant de crème et de masque au blanc d'œuf, elles écoutent cette musique cha-cha pas-deux-trois qu'on n'entend plus que dans les ascenseurs. Les chevelures des sœurs Rhea, leur chevelure, elle est courte, sans gonflant, pleine de graisse, et raplatie bien plat sur le crâne tout hérissé de pinces à cheveux. Peut-être qu'elles se mettent un filet à perruque bien tendu sur les pinces si dehors ce n'est pas l'été. La plupart du temps, elles ne savent pas quelle saison c'est. Les persiennes ne sont jamais ouvertes, et il y a peut-être une douzaine de ces disques cha-cha empilés sur le chargeur automatique.

Tout le mobilier est blond et le meuble-stéréo,

un gros truc sur quatre pieds RCA Philco. La stéréo, on pourrait labourer un champ avec sa vieille
pointe de lecture, et son bras ton métallique pèse
bien un kilo.

Puis-je les présenter :

Kitty Litter.

Sofonda Peters.

La Vivace Vivienne VaVane.

Alias les sœurs Rhea quand elles sont sur scène,
c'est là toute la famille qu'elle a, m'a appris Brandy
Alexander dans le bureau de l'orthophoniste. Pas
la première fois qu'on s'est rencontrées, ça, ce
n'était pas la fois où j'ai pleuré et raconté à Brandy
comment j'avais perdu mon visage. Ce n'était pas
non plus la deuxième fois, la fois où Brandy a apporté son panier à couture plein de toutes les fa-
çons de masquer le fait que j'étais un monstre.
Ç'a été une des tonnes d'autres fois où on se ca-
chait en douce pendant que j'étais encore à l'hôpital. Et le bureau de l'orthophoniste, c'était
simplement là qu'on se retrouvait.

« D'habitude, me dit Brandy, Kitty Litter déco-
lore et arrache à la pince à épiler les poils super-
flus qu'elle a sur le visage. Ce poil indigne des
regards est capable de bloquer une salle de bains
pendant des heures, mais Kitty te porte toujours
ses Ray-Ban à l'envers, tellement elle aime à regarder son reflet. »

Les Rhea, elles ont fait de Brandy ce qu'elle est
aujourd'hui. Brandy, elle leur doit tout.

Brandy verrouillait le cabinet de l'orthophoniste, et, si quelqu'un venait à frapper, Brandy et

moi, on lâchait des cris d'orgasmes simulés. À hurler, japper, taper par terre. Je claquais des mains pour faire ce bruit de fessée si spécial que tout le monde connaît. Quel que soit le frappeur, il se dépêchait vite de repartir.

Ensuite on en revenait à nous, rien qu'à se maquiller et bavarder.

« Sofonda, me disait Brandy, Sofonda Peters, c'est elle le cerveau, la Sofonda. Mlle Peters passe toute sa journée ses ongles de porcelaine collés dans le cadran circulaire du téléphone princesse en communication avec un agent ou un promoteur de ventes, à vendre, vendre, vendre. »

Quelqu'un venait à frapper à la porte de l'orthophoniste, alors je lâchais un miaulement de chatte et je me claquais la cuisse.

Les sœurs Rhea, Brandy me disait, elle serait morte sans elles. Quand elles l'avaient trouvée, la princesse reine suprême, elle faisait une taille cinquante-quatre, et de la synchro-lèvres dans les soirées pour amateurs en veine de micro. De la synchro-lèvres de contes de fées comme Thumbelina.

Sa chevelure, sa silhouette, sa démarche Brandy Alexander hanche-hanche en avant, c'était les sœurs Rhea qui avaient inventé tout ça.

Saut à suivre jusqu'à deux camions à incendie qui me croisent tandis que je me dirige sur l'autoroute vers le centre-ville, loin de la maison en feu d'Evie. Dans le rétroviseur intérieur du Spider

Fiat de Manus, la maison d'Evie est un feu de joie de plus en plus petit. L'ourlet rose pêche du peignoir d'Evie est coincé dans la portière et les plumes d'autruche me fouettent dans les masses d'air froid de la nuit qui s'écoulent autour du pare-brise de la décapotable.

La fumée, c'est toute l'odeur que je dégage. La carabine sur le siège passager est pointée vers le plancher.

Pas un mot ne sort de la bouche de ma cargaison d'amour dans le coffre.

Et il ne reste qu'un seul et unique endroit où aller.

Absolument exclu que je contacte l'opératrice et que je me contente de lui demander d'appeler Brandy. Absolument exclu que l'opératrice me comprenne, donc, nous voilà en chemin vers le centre-ville, direction le Congress Hôtel.

Saut à suivre jusqu'à l'origine de tout l'argent des sœurs Rhea qui leur vient d'une poupée répondant au nom de Kathy Kathy. Ça, c'est quoi d'autre Brandy m'a raconté entre deux orgasmes simulés dans le bureau de l'orthophoniste. C'est une poupée, Kathy Kathy, une de ces poupées couleur chair hautes de trente centimètres aux mensurations impossibles. Ce qu'elle serait en femme réelle reviendrait à 115-40-65. Comme femme réelle, Kathy Kathy pourrait acheter un total de rien du tout sur un présentoir. Vous savez que vous l'avez vue, cette poupée. Nue dans un emballage sous bulle plastique, elle est à vous pour un dollar, mais ses vêtements coûtent une fortune, ça vous donne une idée de son réalisme. Vous pouvez acheter environ quatre cents minuscules coordonnés-mode qui se mélangent, s'accordent et se désaccordent pour ne créer au final que trois ensembles de bon goût. De ce côté-là, la poupée est extraordinairement à l'image de la vie. À vous en donner froid dans le dos, même.

C'est Sofonda Peters qui a accouché de l'idée. Elle a inventé Kathy Kathy, fabriqué le prototype, vendu la poupée, et c'est elle qui a conclu tous les contrats. Cependant elle est comme qui dirait mariée à Kitty et Vivienne et il y a assez d'argent pour les entretenir toutes les trois.

Ce qui a fait vendre Kathy Kathy, c'est que c'est une poupée qui parle, mais, au lieu du cordon-tirette, elle a, elle, une petite chaînette en or qui lui sort du dos. On tire la chaînette, et elle dit :

« Cette robe est bien, je veux dire, si c'est *vraiment* ce look-là que vous voulez avoir. »

« Votre cœur est ma piñata. »

« Est-ce que c'est ça que vous allez porter ? »

« Je pense que ce serait bien pour notre relation si nous sortions avec d'autres. »

« Bisou bisou. »

Et : « Ne touchez pas à mes cheveux ! »

Les sœurs Rhea, elles se sont fait un pactole. Rien que la petite veste boléro de Kathy Kathy, ils font monter cette veste au Cambodge pour un dixième de dollar et ils la vendent ici en Amérique pour seize dollars. Les gens paient ça.

Saut à suivre jusqu'à moi en train de garer la Fiat avec son coffre plein de ma cargaison d'amour dans une rue adjacente, et moi qui remonte Broadway en me dirigeant vers le portier du Congress Hôtel. Je suis une femme avec un demi-visage qui arrive à un hôtel de luxe, l'un de ces grands palaces en terre cuite vitrée construit il y a cent ans, où les portiers arborent des redingotes avec fourragère tressée dorée sur les épaules. Je porte, moi, un ensemble de nuit et un peignoir. Pas de voiles. La moitié du peignoir est restée coincée dans une portière de voiture, à traîner sur l'autoroute ces derniers trente-cinq kilomètres. Mes plumes d'autruche sentent la fumée, et j'essaie de garder secret le fait que j'ai une carabine nichée sous le bras modèle béquille.

Ouais, et j'ai aussi perdu une chaussure, en plus, une des mules à talons hauts.

Le portier en redingote ne me regarde même pas. Ouais, et mes cheveux, je les vois se refléter dans la grande plaque de laiton qui dit The Congress Hôtel. L'air frais de la nuit a transformé ma coiffure givrée façon crème au beurre en un foutoir minable qui pendouille comme un tas de ficelles.

Saut à suivre jusqu'à moi au bureau de la réception du Congress Hôtel où j'essaie de me donner un regard séducteur. On dit toujours que ce que les gens remarquent en premier, ce sont vos yeux. J'ai l'attention de ce qui doit être le comptable de

200

nuit, le chasseur, le directeur, et un employé. Les premières impressions sont tellement importantes. Ça doit être la manière dont je suis habillée. Ou le fusil. En me servant du trou qui est le haut de ma gorge, avec ma langue qui en sort et tous les tissus cicatriciels qui l'entourent, je dis : « Gerl terk nahdz gah sssid. »

Tout le monde se fige instantanément, tout bonnement subjugué par mon regard si séducteur.

Je ne sais pas comment, mais à cet instant la carabine se retrouve sur le bureau, sans rien pointer en particulier.

Le directeur s'avance dans son blazer bleu marine avec petite plaque d'identité en laiton M. *Baxter*, et il dit :

« Nous pouvons vous donner tout l'argent qu'il y a dans le tiroir, mais personne ici ne peut ouvrir le coffre du bureau. »

La carabine sur le bureau pointe exactement sur la plaquette d'identité en laiton *M. Baxter*, détail qui n'est pas passé inaperçu. Je claque des doigts et montre un morceau de papier pour qu'il me le donne. Avec le crayon de courtoisie sur sa chaînette, j'écris :

dans quelle suite sont les sœurs Rhea ? ne m'obligez pas à frapper à chaque porte du quatorzième étage, c'est le milieu de la nuit.

« Ce doit être la suite 15-G », dit M. Baxter, les mains pleines d'argent liquide que je ne veux pas tendues vers moi par-dessus le bureau. « Les ascenseurs, dit-il, sont sur votre droite. »

Saut à suivre jusqu'à moi étant Daisy St. Patience le premier jour où Brandy et moi sommes restées assises ensemble. Le jour de la dinde surgelée après que tout un été durant j'ai attendu que quelqu'un me demande ce qui était arrivé à mon visage et que j'ai tout raconté à Brandy.

Brandy, quand elle m'a assise dans le fauteuil encore chaud de son cul et qu'elle a bouclé la porte de l'orthophoniste cette première fois, elle m'a sortie de mon avenir en me nommant. Elle m'a nommée Daisy St. Patience et n'a jamais voulu connaître le nom sous lequel j'avais passé la porte. J'étais l'héritière légitime de la maison de mode internationale, la Maison de St. Patience.

Brandy, elle ne faisait que parler et parler. Nous en arrivions à court d'air tellement elle parlait, et je ne veux pas simplement dire nous seulement, Brandy et moi. Je veux dire, le monde. Le monde arrivait à court d'air, tellement Brandy parlait. C'est simple, le Bassin amazonien ne pouvait tout bonnement pas suivre.

« Celle que tu es d'un instant sur l'autre, a dit Brandy, n'est rien qu'une histoire. »

Ce dont j'avais besoin était une nouvelle histoire.

« Laisse-moi faire pour toi, a dit Brandy, ce que les sœurs Rhea ont fait pour moi. »

Faites-moi ça courage. J'en ai besoin.

Éclair du flash.

Faites-moi ça avec du cœur. J'en ai besoin.

Éclair du flash.

Aussi maintenant, saut à suivre jusqu'à moi, Daisy St. Patience, en train de monter dans cet ascenseur, et Daisy St. Patience empruntant ce large couloir moquetté jusqu'à la suite 15-G. Daisy frappe et personne ne répond. À travers la porte, on peut entendre cette musique cha-cha.

La porte s'ouvre de quinze centimètres, mais la chaîne est mise, donc elle se bloque.

Trois visages blancs apparaissent dans l'ouverture large de quinze centimètres, l'un au-dessus de l'autre, Kitty Litter, Sofonda Peters et la vivace Vivienne VaVane, leurs visages luisant de crème. Leur chevelure courte est raplatie bien plat avec pinces à cheveux et filets à perruque.

Les sœurs Rhea.

Qui est qui, je n'en sais rien. Le poteau totem des drag-queens dans l'entrebâillement de porte dit :

« Ne nous enlevez pas la queen, la reine suprême. »

« Elle est tout ce que nous avons à faire de nos vies. »

« Elle n'est pas encore terminée. Nous n'en sommes pas à la moitié, et il y a juste tellement plus qu'il nous reste à faire sur elle. »

Je leur offre un petit coup de coucou en mousseline rose de la carabine, et la porte claque.

A travers la porte, on entend la chaîne qui se défait. Et alors la porte s'ouvre en grand.

Saut à suivre jusqu'à une fois, tard une nuit, au volant entre Nulle Part, Wyoming, et DieuSaitOù,

Montana, quand Seth dit comment le fait de votre naissance transforme vos parents en Dieu. Vous leur devez votre vie, et ils peuvent être vos maîtres.

« Ensuite la puberté vous transforme en Satan, dit-il, uniquement parce que vous voulez quelque chose de mieux. »

Saut à suivre jusqu'à l'intérieur de la suite 15-G avec son mobilier blond, la musique cha-cha et bossa-nova, la fumée de cigarettes, et les sœurs Rhea en train de s'éparpiller à travers toute la pièce en combinaison Nylon aux bretelles glissées d'une épaule ou d'une autre. Je n'ai rien à faire d'autre que de pointer la carabine.

« Nous savons qui vous êtes, Daisy St. Patience, l'une d'elles dit, en allumant une cigarette. Avec un visage comme ça, Brandy ne parle plus que de vous.

Dans toute la pièce, il y a ces gros, gros cendriers de verre en flaques-éclaboussures année 1959, tellement gros que vous n'avez à les vider que tous les deux ans.

La sœur à la cigarette me donne sa longue main aux ongles porcelaine et dit :

« Je suis Pie Rhea[1]. »

« Je suis Die Rhea[2] », dit une autre, près de la stéréo.

Celle à la cigarette, Pie Rhea, dit : « Ce sont là nos noms de scène. »

1. Littéralement, Pyorrhée alvéolaire.
2. Littéralement, Diarrhée.

Elle montre la troisième Rhea, sur le canapé, en train de manger chinois à même un carton de repas à emporter.

« Ça, dit-elle en montrant du doigt, Cette Miss En Train De Se Bâfrer Gras A Lard, vous pouvez l'appeler Gon Rhea[1]. »

La bouche pleine de rien qu'on voudrait voir, Gon Rhea dit : « Enchantée, je vous assure. »

Plaçant sa cigarette partout sauf dans sa bouche, Pie Rhea dit : « La reine n'a tout bonnement pas besoin de vos problèmes, pas ce soir. » Elle dit : « Nous sommes toute la famille dont la super-fille a besoin. »

Sur la stéréo est posée une photographie encadrée d'argent, une fille, belle sur fond de papier sans joints, en train de sourire dans l'objectif d'un appareil photo qu'on ne voit pas, tandis qu'un photographe invisible lui dit :

Fais-moi ça passion.

Éclair du flash.

Fais-moi ça joie.

Éclair du flash.

Fais-moi ça jeunesse et énergie, innocence et beauté.

Éclair du flash.

« La première famille de Brandy, sa famille de naissance, n'a pas voulu d'elle, aussi l'avons-nous adoptée », dit Die Rhea. Pointant un long doigt sur la photo souriant sur la stéréo blonde, Die Rhea dit : « Sa famille de naissance croit qu'elle est morte. »

1. Littéralement, Gonorrhée.

Saut à suivre jusqu'à une fois à l'époque où j'avais un visage et que je faisais cette séance-photos pour la couverture du magazine *BabeWear*.

Saut arrière à suivre jusqu'à la suite 15-G et la photo sur ta stéréo blonde, c'est moi, ma couverture du magazine *BabeWear*, encadrée avec Die Rhea pointant le doigt sur moi.

Saut arrière à suivre jusqu'à nous deux assises dans le cabinet de l'orthophoniste avec la porte verrouillée et Brandy qui me dit combien elle a eu de la chance que les sœurs Rhea la trouvent. Ce n'est pas tout le monde qui a droit à une seconde chance de naître et d'être élevée une seconde fois, mais cette fois par une famille qui l'aime.

« Kitty Litter, Sofonda et Vivienne, dit Brandy, je leur dois tout. »

Saut à suivre jusqu'à la suite 15-G et Gon Rhea en train d'agiter ses baguettes vers moi en disant : « Ne vous avisez pas d'essayer de nous la prendre. Nous n'en avons pas encore terminé avec elle.

— Si Brandy part avec vous, dit Pie Rhea, il faudra qu'elle se règle toute seule sa facture d'œstrogènes conjugués. Et sa vaginoplastie. Et sa plastie des lèvres. Sans parler de son électrolyse du scrotum. »

À l'adresse de la photo sur la stéréo, de ce visage stupide souriant dans son cadre en argent, Die Rhea dit : « Rien de tout ça n'est bon marché. » Die Rhea prend la photo et la lève vers moi, mon passé me regardant droit dans les yeux, et Die Rhea dit : « Ça, ça c'est ce à quoi Brandy voulait ressembler, à sa salope de sœur. Ça, c'était il y a deux ans, avant qu'elle ait son opération chirurgicale au laser pour amincir ses cordes vocales et ensuite sa réduction de trachée. Elle s'est fait avancer son cuir chevelu de trois centimètres pour obtenir la bonne ligne de cheveux. Nous avons payé pour le rabotage du front afin d'ôter la crête osseuse au-dessus des yeux qu'avait Mlle Mâle. Nous avons payé pour lui refaire le modelé du maxillaire et la féminisation de son front.

— Et, dit Gon Rhea, la bouche pleine de chinois bien mastiqué, et chaque fois qu'elle revenait de l'hôpital à la maison, avec le front cassé et réaligné ou sa pomme d'Adam rabotée jusqu'à n'être plus qu'un petit rien qui n'aurait pas déparé une dame, qui croyez-vous qui se soit occupé d'elle pendant ces deux années ? »

Saut à suivre jusqu'à mes vieux endormis dans leur lit au-delà des montagnes et des déserts loin d'ici. Saut à suivre jusqu'à eux et leur téléphone et des années auparavant, quand un cinglé, quelque sale pervers hurlant, les a appelés en leur gueulant que leur fils était mort. Leur fils dont ils ne voulaient pas, Shane, il était mort du sida, et cet homme, au bout du fil, n'a pas voulu dire où ni quand et ensuite il a ri et il a raccroché.

Retour arrière jusqu'à l'intérieur de la suite 15-G et Die Rhea m'agitant une vieille photo de moi à la figure en disant : « Voici à quoi elle voulait ressembler et, des dizaines de milliers de poupées Kathy Kathy plus tard, voici à quoi elle ressemble. »

Gon Rhea dit : « Bon Dieu. Brandy a *bien meilleure* allure que ça.

— Nous sommes celles qui aimons Brandy Alexander, dit Pie Rhea.

— Mais vous êtes celle que Brandy aime parce que vous avez *besoin* d'elle », dit Die Rhea.

Gon Rhea dit : « L'être que vous aimez et l'être qui vous aime ne sont jamais, au grand jamais, la même personne. » Elle dit : « Brandy nous quittera si elle pense que vous avez besoin d'elle, mais nous avons besoin d'elle nous aussi. »

Celui que j'aime est verrouillé dans le coffre d'une voiture au-dehors, l'estomac plein de Valium, et je me demande s'il a encore besoin de faire pipi. Mon frère que je hais est revenu d'entre les morts. Shane mort, c'était juste trop beau pour être vrai.

D'abord l'explosion de la bombe de laque qui est incapable de le tuer.

Ensuite notre famille qui n'a tout bonnement pas pu l'oublier.

Et maintenant le mortel virus du sida sur lequel je n'ai même pas pu compter.

Mon frère n'est rien qu'une succession de putains de déceptions l'une après l'autre.

On entend une porte quelque part, qui s'ouvre et se referme, puis une autre porte, puis une autre porte qui s'ouvre et Brandy est là qui dit : « Daisy, chérie », avant de s'enfoncer dans la fumée et la musique cha-cha, vêtue d'une sorte de modèle sidérant de Bill Blass, un tailleur de voyage genre Première Grande Dame en bon tissu vert irlandais ourlé de passepoil blanc, avec hauts talons verts et un sac à main vraiment élégant vert lui aussi. Sur la tête elle arbore une variété goûteuse éco-incorrecte de vaporisation de plumes vertes de perroquet de forêt tropicale transformées en chapeau, et Brandy dit : « Daisy, chérie, ne pointe pas un fusil sur les gens que j'aime. »

Dans chacune de ses grosses mains emperlées de bagues, Brandy porte un bagage insolent blanc cassé Touriste Américain. « Un coup de main, quelqu'un. Ce ne sont là que les hormones royales. » Elle dit : « Mes vêtements dont j'ai besoin sont dans l'autre pièce. »

À Sofonda, Brandy dit : « Mlle Pie Rhea, je ne peux pas m'empêcher, faut que j'y aille. »

À Kitty, Brandy dit : « Mlle Die Rhea, j'ai fait tout ce que nous pouvions faire à ce stade. Nous avons fait l'avancement de la ligne des cheveux, le lifting du front, l'abrasion des arcades sourcilières. Nous avons fait la réduction de trachée, la reprise du nez, la rectification du maxillaire, le réalignement du front… »

Et, après ça, comment s'étonner que je n'aie pas reconnu mon vieux frère mutilé.

À Vivienne, Brandy dit : « Mlle Gon Rhea, il me reste des mois encore dans le cadre de ma Formation à la Vraie Vie, et je ne vais pas les passer terrée ici dans cet hôtel. »

Saut à suivre jusqu'à nous qui nous éloignons dans le Spider Fiat où s'empilent les bagages.

Imaginez des réfugiés désespérés de Beverly Hills avec dix-sept éléments de bagages assortis en train de migrer à travers le pays pour démarrer une nouvelle vie dans le Middle West des bouseux. Le tout très élégant et d'un goût très sûr, une de ces vacances familiales modèle Joad[1], seulement en sens inverse. En laissant derrière elle une traînée d'accessoires abandonnés, chaussures et gants, écharpes et chapeaux, de manière à alléger le chargement afin de pouvoir franchir les Rocheuses, ce serait tout à fait nous.

Cela se situe après l'arrivée de la police, sans doute après le coup de fil du directeur de l'hôtel annonçant qu'une psycho mutilée avec un fusil menaçait tout le monde au quatorzième étage. Cela se situe après que les sœurs Rhea ont descendu tous les bagages de Brandy quatre à quatre par l'escalier à incendie. Cela se situe après que Brandy a dit qu'elle doit partir, elle a besoin de réfléchir, vous savez, avant sa grosse opération. Vous savez. La transformation.

1. Héros des *Raisins de la colère* de Steinbeck.

Cela se situe après que je ne cesse de regarder Brandy en me demandant, *Shane ?*

« C'est juste que c'est un tel engagement, dit Brandy, d'être une fille, tu sais. À jamais. »

Prendre les hormones. Pour le restant de ses jours. Les pilules, les patchs, les injections, pour le restant de ses jours. Et qu'en serait-il s'il se trouvait quelqu'un, rien qu'une personne qui l'aimerait, qui pourrait lui faire une vie heureuse, telle qu'en elle-même, rien de plus, sans les hormones, sans le maquillage, sans les vêtements, les chaussures et la chirurgie ? Elle doit bien quand même voir un peu le monde et chercher. Brandy explique tout cela, et les sœurs Rhea se mettent à pleurer et font de grands signes et empilent les Touriste Américain dans la voiture.

Et toute la scène serait tellement déchirante, à vous briser le cœur, et je serais en train de chialer à grands boo-hoo, moi aussi, si je ne savais pas que Brandy est mon frère mort et que la personne dont il veut se faire aimer est moi, sa sœur haineuse, toujours à échafauder des plans pour le tuer. Oui. Moi l'échafaudeuse de plans, échafaudant de tuer Brandy Alexander. Moi avec plus rien à perdre, échafaudant ma grande vengeance sous les projecteurs.

Faites-moi ça fantasmes violents de vengeance comme mécanisme de survie. C'est ce qu'il me faut.

Éclair du flash.

Faites-moi ça à la première occasion. C'est juste ce qu'il me faut.

Éclair du flash.

Brandy au volant, elle se tourne vers moi, les yeux tout araignés de larmes et de mascara, et dit : « Sais-tu ce que sont les Lignes directrices standard de Benjamin ? »

Brandy démarre la voiture et passe en prise. Elle baisse le frein à main et tend le cou pour voir la circulation. Elle dit : « Il faut que je vive une année entière avec des hormones dans mon rôle de membre d'un nouveau sexe avant ma vaginoplastie. On appelle ça la Formation à la Vraie Vie. »

Brandy s'engage dans la rue et nous voilà presque enfuies. Des équipes des brigades d'intervention de la police tout en noir chic et basique accessoirisées de gaz lacrymogènes et d'armes semi-automatiques sont en train de charger devant le portier en redingote et fourragères or qui tient la porte. Les Rhea nous courent aux basques, agitant les bras et lançant des baisers, un peu comme le laideron de fille d'honneur en plein dans son numéro jusqu'à ce qu'elles chancellent, haletantes, dans la rue, leurs talons hauts complètement bousillés.

Il y a une lune dans le ciel. Des immeubles de bureaux clous encanyonnent de chaque côté de la rue. Il y a toujours Manus dans le coffre, et nous sommes déjà en train de mettre une distance scandaleuse entre moi et ma capture.

Brandy met sa grosse main sur ma cuisse et serre.

Incendie criminel, enlèvement, je crois que je suis

prête pour le meurtre. Peut-être que tout cela va m'attirer un zeste d'attention, pas celle qui est belle, bonne et glorieuse, non, rien que la variété média à échelle nationale.

La Fille-Monstre Massacre sa Frère-Fille Copine Secrète.

« Il me reste huit mois avant mon année de F.V.V., dit Brandy. Tu crois que tu réussiras à me garder occupée pendant les huit mois qui viennent ? »

CHAPITRE 18

La moitié de ma vie, je la passe à me cacher dans les salles de bains des riches.

Saut arrière à suivre jusqu'à Seattle, jusqu'à ce moment où Brandy, Seth et moi sommes sur la route, à la chasse aux médicaments. Saut à suivre jusqu'au lendemain de la soirée où nous sommes allés à l'Aiguille de l'Espace, à l'instant où Brandy est étalée de tout son long sur le sol d'une salle de bains de maître de maison. D'abord je l'ai aidée à ôter sa veste et j'ai déboutonné le dos de son chemisier, et me voilà assise sur une cuvette de toilettes à l'overdoser avec la régularité d'une torture à l'eau chinoise en lui faisant goutter des Valium dans sa bouche Plumbago. Le truc à savoir, pour les Valium, dit la fille Brandy, c'est qu'ils n'éliminent pas la douleur mais qu'au moins on ne fait pas la gueule si on vous fait souffrir.

« File m'en un », dit Brandy, et elle me fait une moue de poisson.

Le truc concernant Brandy, c'est qu'elle a une telle accoutumance aux médicaments qu'il faut une éternité pour la tuer. Ça, plus le fait qu'elle est si costaude, et que du muscle pour l'essentiel, ça prendrait des flacons et des flacons de n'importe quoi.

Je laisse goutter un Valium. Un petit Valium bleu bébé, un autre Valium bleu poudre, d'un bleu clair Tiffany pareil à un cadeau de chez Tiffany, le Valium tombe cul par-dessus tête dans l'intérieur de Brandy.

Le tailleur dont j'aide Brandy à sortir, c'est un modèle style Âge de l'Espace de Pierre Cardin en blanc tout pur, la jupe-tube droite absolument fraîche et stérile juste au-dessus du genou, la veste, elle, hors d'âge et clinique par sa coupe simple et ses manches trois-quarts. Son chemisier en dessous est sans manches. Ses chaussures sont des bottes en Vinyle blanc à bouts carrés. C'est le genre de tenue qu'on accessoiriserait d'un compteur Geiger plutôt que d'un sac à main.

Au Bon Marché, alors qu'elle sort de la cabine d'essayage pareille à un mannequin défilant sur son podium, tout ce que je peux faire, c'est applaudir. Il va se produire une dépression postpartum la semaine prochaine quand elle viendra rapporter cet ensemble au magasin.

Saut à suivre jusqu'au petit déjeuner, ce matin, Brandy et Seth renfloués aux as grâce à la revente de médicaments, et nous nous étions fait monter les repas par le service de chambres, lorsque Seth dit que Brandy pourrait faire un voyage dans le temps à Las Vegas sur une autre planète dans les années cinquante et coller parfaitement dans le paysage. La planète Krylon, dit-il, où des robots glamoureux vous liposuceraient le gras pour vous reprendre.

Et Brandy qui dit : « Quel gras ? »

Et Seth dit : « J'adore l'idée que tu pourrais parfaitement être en visite du futur lointain *via* les années soixante. »

Et je remets un peu plus de Premarin dans la prochaine dose de café de Seth quand il s'agira de le resservir. Encore plus de Darvon dans le Champagne de Brandy.

Saut à suivre jusqu'à nous dans la salle de bains, Brandy et moi.

« File m'en un », dit Brandy.

Ses lèvres paraissent toutes relâchées et complètement étirées, et j'y laisse goutter un *nouveau* cadeau de chez Tiffany.

Côté déco, cette salle de bains dans laquelle nous nous cachons, elle dépasse toute idée de déco, bien au-delà du bel effet ou de la petite touche chic. Au total, on en a fait une grotte sous-marine. Même le téléphone de la princesse est glauque, mais quand on regarde par les gros hublots en verre et laiton, on voit Seattle depuis le sommet de Capitol Hill.

La cuvette de toilettes sur laquelle je suis assise, assise, c'est tout, le couvercle m'a refermé un *merci* sous le cul, mais la cuvette proprement dit est une grosse coquille d'escargot en céramique boulonnée au mur. Le lavabo est une grosse demi-palourde boulonnée au mur.

C'est le pays-Brandy, terrain de jeu sexuel à la face des étoiles, et elle me dit : « File m'en un. »

Saut à suivre jusqu'au moment où nous sommes arrivées ici, avec l'agent immobilier pareil à une grosse dent en marche. Un de ces boursiers-footballeurs-universitaires chez lesquels les sourcils se mettent si fort à pousser à l'unisson sur le nez qu'ils en oublient de décrocher un diplôme en quoi que ce soit.

Comme si je pouvais la ramener, moi, avec mes seize cents unités de valeur validables.

Voici donc cet agent immobilier avec son club de clientèle millionnaire en dollars qui s'est trouvé un boulot comme on jette un bel os à quelqu'un grâce à un ancien élève de sa fac reconnaissant qui se cherchait juste un gendre capable de rester éveillé pendant six ou sept matchs de ballon d'affilée pendant la saison estivale. Mais peut-être que je suis un petit peu portée sur les jugements hâtifs.

Brandy ne se sentait plus tellement elle mouillait en femme qu'elle était. Devant ce mec avec chromosome Y supplémentaire en costard croisé de serge bleue, ce mec dont les paluches font paraître petites même les grosses mains de Brandy.

« M. Parker », dit Brandy, sa main cachée à l'intérieur de la grosse paluche. La bande-son de l'amour par Hank Mancini se lit dans ses yeux. « Nous nous sommes parlé ce matin. »

Nous nous trouvons dans le salon de réception d'une maison sur Capitol Hill. Encore une de ces maisons de riches où tout est exactement ce qu'il paraît. Les roses Tudor en arabesques complexes sculptées dans le plafond sont en plâtre, pas des moulages rapportés, pas du staff en fibre de verre. Les torses des nus grecs tout martyrisés sont en marbre, pas en plâtre patiné marbre. Les boîtes dans la vitrine en demi-cercle du vaisselier ne sont pas émaillées *à la manière de Fabergé*. Ce sont bien des boîtes à pilules Fabergé, et il y en a onze. Les dentelles sous les boîtes ne sont pas de la camelote tissée-machine.

Non pas simplement les dos, mais toutes les reliures, première et quatrième de couverture, de tous les livres sur toutes les étagères de la bibliothèque sont en maroquin, et les pages sont coupées. Inutile d'en dégager un, de livre, pour savoir ça.

L'agent immobilier, M. Parker, il a encore les joues plates des deux côtés du cul. Sur le devant, il y a juste assez d'un petit plus dans une jambe de pantalon pour signifier caleçon plutôt que slip.

Brandy fait un signe de tête dans ma direction.

« Voici Mlle Arden Scotia, des papeteries Scotia, propriétaires de la compagnie Denver River Logging and Paper. » Encore une victime du Programme Brandy Alexander de Réincarnation des Témoins.

La grosse main de Parker engloutit ma petite main, complètement, gros poisson sur petit poisson, en une bouchée.

La chemise blanche amidonnée de Parker vous fait penser à un repas sur une nappe toute propre, tellement bien aplatie, avec un tel aplomb qu'on pourrait servir des boissons à même l'étagère de son poitrail en barrique.

« Et voici — hochement de tête de Brandy vers Seth — le demi-frère de Mlle Scotia, Ellis Island. »

Le gros poisson de Parker mange le petit poisson d'Ellis.

Brandy dit : « Mlle Scotia et moi aimerions visiter la maison seules. Ellis est mentalement et émotionnellement dérangé. »

Ellis sourit.

« Nous avions espéré que vous le surveilleriez, dit Brandy.

— Ça marche », dit Parker. Il dit : « Naturellement. »

Ellis sourit et tire avec deux doigts sur la manche du tailleur de Brandy.

Ellis dit : « Ne me laissez pas trop longtemps, mademoiselle. Si je ne prends pas suffisamment de pilules, je vais avoir encore une attaque.

— Des attaques ? » dit Parker.

Ellis dit : « Parfois, Mlle Alexander, elle oublie que j'attends, et elle ne me donne pas mes médicaments.

— Vous avez des attaques ? dit Parker.

— Première nouvelle », dit Brandy, et elle sourit. « Tu n'auras pas d'attaque », dit Brandy à mon nouveau demi-frère, Ellis, « je t'interdis d'avoir une attaque. »

Saut à suivre jusqu'à nous en train de camper dans la grotte sous-marine.

« File m'en un. »

Le sol sous le dos de Brandy, c'est du carrelage froid avec carreaux en forme de poissons posés de telle manière qu'ils s'encastrent l'un dans l'autre, une queue de poisson entre les têtes de deux autres poissons, à la manière dont on met certaines sardines en boîte, et comme ça sur toute la surface de la salle de bains.

Je laisse goutter un Valium entre les lèvres Plumbago.

« T'ai-je jamais raconté comment ma famille m'a jetée dehors ? » dit Brandy après avoir avalé son petit bleu. « Je veux parler de ma famille d'origine. Ma famille de naissance. T'ai-je jamais raconté cette petite histoire dégoûtante ? »

Je mets la tête entre les genoux et je regarde droit sur la reine suprême en dessous de moi, sa tête entre mes pieds.

« Ma gorge me faisait mal depuis deux jours, et donc j'ai manqué l'école et tout ça », dit Brandy. Elle dit : « Mlle Arden ? Hou-hou ? »

Je baisse les yeux sur elle. C'est si facile de l'imaginer morte.

« Mlle Arden, s'il te plaît, dit-elle. Tu m'en files un ? »

Je laisse goutter un autre Valium.

Brandy avale. « C'était du genre, je n'ai rien pu avaler pendant des jours, dit-elle. Tellement j'avais la gorge douloureuse. C'est tout juste si je pouvais parler. Mes vieux, bien sûr, ils se sont dit que c'était une angine à streptocoques. »

La tête de Brandy est presque à la verticale de la mienne quand je baisse les yeux. Sauf que le visage de Brandy est à l'envers. Mon regard est planté droit dans l'intérieur sombre de sa bouche Plumbago, mouillure sombre qui s'enfonce à l'intérieur de ses organes et de sa machine à gaz et de tout ce qui ne se voit pas. Les Coulisses de Brandy Alexander. À l'envers elle pourrait passer pour une parfaite inconnue.

Et Ellis avait raison, vous posez aux gens des questions les concernant uniquement pour que vous puissiez leur parler de vous-même.

« La culture microbienne, dit Brandy. Le prélèvement de gorge qu'ils m'ont fait pour mon angine à streptocoques est revenue positif. Une chaude-pisse. Tu sais, la troisième sœur Rhea. La gonorrhée, dit-elle. La blennorragie. Ce tout petit minuscule microbe, le gonocoque. J'avais seize ans, et j'avais une chaude-pisse. Mes vieux n'ont pas bien pris la chose. »

Non, non, c'est un fait. Ils ne l'ont pas bien pris.

« Ça les a complètement fait disjoncter », dit Brandy.

Ils l'ont viré de la maison.

« Ils ont hurlé et gueulé comme quoi j'étais complètement malade », dit Brandy.

Et alors ils l'ont viré de chez eux.

« Par "malade", je crois qu'ils voulaient dire "gay" », dit-elle.

Et alors ils l'ont viré de chez eux.

« Mlle Scotia ? dit-elle. File m'en un. »

Et donc je lui en ai filé un.

« Et alors ils m'ont viré de cette foutue bara-que. »

Saut à suivre jusqu'à M. Parker devant la porte de la salle de bains, qui dit : « Mademoiselle Alexan-der ? C'est moi, mademoiselle Alexander. Made-moiselle Scotia, vous êtes là ? »

Brandy commence à se rasseoir et se met en appui sur un coude.

« C'est Ellis », dit M. Parker à travers la porte. « Je pense que vous devriez descendre. Mademoi-selle Scotia, votre frère est en train d'avoir une crise ou quelque chose. »

Médicaments et produits de beauté s'étalent à travers tous les dessus de tablettes bleu-vert, et Brandy est vautrée à moitié nue sur le sol au beau milieu d'un semis de pilules, de cachets, de gélu-les.

« C'est son demi-frère », s'écrie Brandy en re-tour.

Le bouton de porte s'agite et branle. « Il faut que vous m'aidiez, dit Parker.

— Arrêtez-vous tout de suite, monsieur Par-ker ! lance Brandy, et le bouton de porte cesse de tourner. Calmez-vous. N'entrez pas dans cette pièce, dit Brandy. Ce qu'il vous faut faire », et Brandy me regarde en disant cela, « ce qu'il vous faut faire, c'est épingler Ellis au sol de manière qu'il ne se fasse pas mal. Je descends dans une minute. »

Brandy me regarde et étire ses grosses lèvres Plumbago en grand arc. « Parker ? dit-elle. Vous m'écoutez ?

— S'il vous plaît, dépêchez-vous », nous arrive à travers la porte.

« Une fois que vous aurez épinglé Ellis au sol, dit Brandy, maintenez-lui la bouche ouverte en y coinçant quelque chose. Est-ce que vous avez un portefeuille ? »

Un instant se passe.

« C'est de la peau d'anguille, mademoiselle Alexander.

— En ce cas, vous devez en être très fier, dit Brandy. Vous allez devoir l'enfoncer de force entre ses dents pour lui garder la bouche ouverte. Asseyez-vous sur lui s'il le faut », Brandy, c'est juste le mal souriant incarné à mes pieds.

Un bruit d'authentique cristal au plomb qui se fracasse nous arrive à travers la porte depuis le rez-de-chaussée.

« Dépêchez-vous ! crie Parker. Il est en train de tout démolir ! »

Brandy se pourlèche les lèvres. « Une fois que vous aurez forcé sa bouche à rester ouverte, Parker, tendez-y les doigts et attrapez sa langue. Si vous ne faites pas ça, il va s'étrangler, et vous ne serez plus assis que sur un cadavre. »

Silence.

« Vous m'entendez ? dit Brandy.

— Lui attraper la langue ? »

Quelque chose de bien réel, pas bon marché du tout et lointain, vole en éclats.

« Monsieur Parker, mon chou, j'espère que vous êtes assuré par votre entreprise », dit la princesse Alexander, le visage tout bouffi rouge à force de ravaler son envie de rigoler. « Oui, dit-elle, attrapez la langue d'Ellis. Épinglez-le au sol, gardez-lui sa bouche ouverte, et sortez sa langue aussi loin que vous pouvez jusqu'à ce que je descende vous aider. »

Le bouton de porte tourne.

Mes voiles sont tous sur la tablette de la coiffeuse, hors de ma portée.

La porte s'ouvre juste assez pour toucher le pied entalonné haut de Brandy, vautrée à glousser et à moitié remplie de Valium, là, à moitié nue dans les médicaments au sol. Cela suffit pour que j'entrevoie le visage de Parker avec son sourcil unique en deux pièces raboutées, et cela suffit pour que ledit visage me voie assise sur la cuvette des toilettes.

Brandy hurle : « Je suis en train de m'occuper de Mlle Arden Scotia ! »

Face au choix qui lui est offert d'attraper une langue inconnue ou de contempler un monstre lâcher sa crotte dans une coquille d'escargot géante, le visage bat en retraite et claque la porte derrière lui.

Des pieds de boursier-footballeur-universitaire enfilent le couloir au pas de charge.

Avant de marteler de tout leur poids les marches de l'escalier.

Cette grosse dent en marche de Parker, ses pas martèlent le hall de l'entrée vers le salon.

Le hurlement d'Ellis, aussi soudain qu'il est sincère et lointain, remonte à l'étage depuis le rez-de-chaussée. Et, soudainement, s'arrête.

« Et maintenant, dit Brandy, où en étions-nous ? »

Elle est allongée sur le dos, la tête entre mes pieds.

« As-tu continué à réfléchir à la chirurgie plastique ? » dit Brandy.

Puis elle dit : « File m'en un. »

CHAPITRE 19

Lorsque vous sortez avec un ivrogne, vous remarquerez la manière dont un ivrogne remplit votre verre afin de pouvoir vider le sien. Tant que vous buvez, boire, c'est okay. Deux, c'est déjà la foule. Boire, c'est chouette. S'il y a une bouteille, même si votre verre est vide, il vous servira, un peu, avant de remplir le sien.

Ce n'est que de la générosité de façade.

Cette Brandy Alexander, elle est toujours à me tanner avec sa chirurgie plastique. Du genre, pourquoi est-ce que, vous savez, je ne m'intéresse pas à ce qui se fait dans le domaine ? Avec sa poitrine siliconée, ses hanches liposucées, son format sablier Kathy Kathy 115-40-65, cette marraine-fée refaite et grimée de partout, ma fair lady Pygmalion à moi qu'elle est, mon frère revenu d'entre les morts, Brandy Alexander est très investie dans la chirurgie plastique.

Et vice versa.

Papotage de toilettes.

Brandy est toujours étalée sur le sol de carrelage froid, tout au sommet de Capitol Hill à

Seattle. M. Parker est venu puis s'en est reparti. Rien que Brandy et moi tout l'après-midi. Je suis toujours assise sur l'embouchure d'une énorme coquille d'escargot en céramique boulonnée au mur. À essayer de la tuer en torchant le boulot à ma manière débile. La tête de cheveux châtains de Brandy est entre mes pieds. Tubes de rouge à lèvres et cachets de Demerol, fond de teint et pilules de Percocet-5, fard à paupières Aubergine Dreams et capsules de Nembutal de Sodium sont éparpillés sur toute la surface des plans bleu-vert à l'entour du lavabo de la coiffeuse.

Ma main, j'y tiens une poignée de cachets de Valium depuis si longtemps que j'en ai la paume toute bleu Tiffany. Rien que moi et Brandy tout l'après-midi avec le soleil qui entre sous des angles de plus en plus bas sur l'horizon à travers les grosses fenêtres-hublots verre et laiton.

« Ma taille », dit Brandy. La bouche Plumbago paraît un peu trop bleue, bleu Tiffany si vous voulez mon avis. Une overdose de bleu bébé. « Sofonda a dit que je devais avoir une taille de quarante centimètres de tour », dit Brandy. J'ai dit : « Mademoiselle Sofonda, j'ai une grosse ossature. Je mesure un mètre quatre-vingts. Absolument impossible que je descende jusqu'à un tour de taille de quarante centimètres. »

Assise sur la coquille d'escargot, je n'écoute que d'une oreille.

« Sofonda, dit Brandy, Sofonda me répond, il y a un moyen, mais il faut que je lui fasse confiance. Quand je me réveillerai dans la salle de réanimation, j'aurai une taille de quarante centimètres. »

Ce n'est pas que je n'ai pas déjà entendu cette même histoire dans une douzaine de toilettes-salles de bains. Un autre flacon sur le plan de la vasque, des capsules de Bilax, je vérifie dans le *Physician's Desk Reference*. Le Vidal américain.

Capsules de Bilax. Purgatif évacuateur.

Peut-être faudrait-il que je laisse goutter quelques-unes de ces petites choses dans cette bouche sans fin entre mes pieds.

Saut à suivre jusqu'à Manus qui me regarde faire cette pub commerciale. Nous étions si beaux. Moi avec un visage. Lui pas aussi plein d'œstrogènes conjugués.

Je croyais que nous formions une vraie relation amoureuse. Si, c'est vrai. J'étais très investie dans l'amour, mais il s'agissait juste de ce truc de sexe long, long, qui pouvait s'arrêter à tout moment parce que, après tout, il ne s'agissait que de s'envoyer en l'air et de prendre son pied. Manus fermait ses yeux bleu foncé impérieux et tordait la tête, d'un côté puis de l'autre, un peu, si peu, et déglutissait.

Et, Oui, je disais à Manus. J'ai joui exactement au même moment que lui.

Papotages sur l'oreiller.

Pratiquement tout le temps, vous vous dites que vous aimez quelqu'un alors que vous êtes simplement en train de vous servir de lui.

Ça ne ressemble qu'à l'amour.

Saut à suivre jusqu'à Brandy sur le sol de la salle de bains, en train de dire : « Sofonda et Vivienne et Kitty étaient toutes les trois avec moi à l'hôpital. » Ses mains se retroussent et se lèvent du carrelage, et elle les fait passer de bas en haut sur les côtés de son chemisier. « Toutes les trois portaient des combinaisons d'employé du nettoyage, vertes et tout en plis, trop grandes, et des filets à cheveux sur leur perruque, avec des broches en strass à la duchesse de Windsor épinglées à leur tenue de récureuses, dit Brandy. Elles voletaient en tous sens derrière le chirurgien et les lumières, et Sofonda me disait de décompter à l'envers depuis cent. Tu sais... quatre-vingt-dix-neuf... quatre-vingt-dix-huit... quatre-vingt-dix-sept... »

Les yeux Aubergine Dreams se ferment. Brandy, respirant à longues inspirations égales et régulières, dit : « Les médecins, ils m'ont enlevé la dernière côte flottante de chaque côté de la poitrine. » Ses mains frottent à l'endroit, et elle dit : « Je n'ai pas pu m'asseoir dans mon lit pendant deux mois, mais j'avais une taille de quarante centimètres. »

Une des mains de Brandy s'ouvre jusqu'à pleine floraison et glisse sur les terres plates de l'endroit où son chemisier s'enfonce dans la ceinture de sa jupe. « Ils m'ont coupé et enlevé deux côtes, et je ne les ai jamais revues, dit Brandy. Il y a quelque chose dans la Bible à propos de côtes qu'on nous sort du corps. »

La création d'Ève.

Et Brandy dit : « Je ne sais pas pourquoi je les ai laissés me faire une chose pareille. »

Et Brandy, elle s'endort.

Saut à suivre jusqu'à la nuit où Brandy et moi avons entamé ce voyage sur les routes, la nuit où nous avons quitté le Congress Hôtel avec Brandy qui conduisait à la façon dont on ne conduit qu'à deux heures trente du matin dans une voiture de sport décapotée avec une carabine chargée et un otage overdosé. Brandy cache ses yeux derrière des Ray Ban de manière à pouvoir conduire avec un peu d'intimité. Glamour instantané venu d'une autre planète dans les années cinquante, Brandy passe un foulard Hermès sur ses cheveux châtains et le noue sous son menton.

Tout ce que je peux voir, c'est moi en reflet dans les Ray Ban de Brandy, minuscule et horrible. Toujours perturbée et complètement en morceaux épars sous l'air froid de la nuit à l'entour du pare-brise. Le peignoir de bain toujours pendouillant coincé dans la portière. Mon visage, on touche mon visage explosé plein de tissus cicatriciels et on jurerait toucher des morceaux de pelure d'orange et de cuir.

Direction plein est, je ne suis pas sûre de savoir ce que nous fuyons. Evie ou la police ou M. Baxter ou les sœurs Rhea. Ou personne. Ou l'avenir. Le destin. Le fait de grandir, le fait de vieillir. Ramasser les morceaux. Comme si en fuyant il ne nous faudra pas en continuer avec nos vies. Je me trouve avec Brandy en cet instant parce que je ne peux m'imaginer échapper à tout cela sans l'aide de Brandy. Parce que, en cet instant, j'ai besoin d'elle.

Elle. Non pas que je l'aime vraiment d'amour. Lui. Shane.

Déjà le mot amour me paraît plutôt mince.

Foulard Hermès sur sa tête, Ray Ban sur sa tête, maquillage sur son visage, je la regarde, la reine suprême, dans le pulse-pulse, pulse-pulse, puis pulse-pulse des phares qui arrivent en face de nous. Ce que je vois quand je regarde Brandy, c'est ce que Manus a vu quand il m'a emmenée faire de la voile.

En cet instant précis, regardant les éclairs de Brandy à côté de moi dans la voiture de Manus, je sais ce que j'aimais d'amour en elle. Ce que j'aime, c'est moi-même. Brandy Alexander ressemble exactement à celle que j'étais avant mon accident. Et pourquoi pas ? Elle est mon frère, Shane. Shane et moi étions pratiquement de la même taille, nés à un an d'intervalle. Même teint, même couleur de peau. Mêmes traits. Mêmes cheveux, sauf que les cheveux de Brandy sont en meilleur état.

Ajoutez à cela sa lipo, ses silicones, sa réduction de trachée, son rabotage de sourcils, son rabaissement de ligne d'implantation des cheveux, son réalignement de front, son charcutage de nez pour en adoucir la définition, ses opérations des maxillaires pour mettre sa mâchoire en forme.

Ajoutez à cela des années d'électrolyse et une poignée d'hormones et d'antiandrogènes au quotidien, et ce n'est pas étonnant que je ne l'ai pas reconnue.

Plus l'idée que mon frère était mort depuis des années. On ne s'attend tout bonnement pas à rencontrer des morts.

Ce que j'aime, c'est moi-même. J'étais tellement belle.

Ma cargaison d'amour, Manus SousCléDansLeCoffre, Manus QuiEssaieDeMeTuer, comment puis-je continuer à croire que j'aime Manus? Manus n'est rien de plus que le dernier homme qui pensait que j'étais belle. Qui m'embrassait sur les lèvres. Qui me touchait. Manus n'est rien de plus que le dernier homme qui m'ait jamais dit qu'il m'aimait.

On décompte les faits et c'est tellement déprimant.

Je ne peux manger que de la nourriture pour bébé.

Ma meilleure amie a baisé mon fiancé.

Mon fiancé a failli me poignarder à mort.

J'ai mis le feu à une maison et j'ai passé ma nuit à pointer ma carabine sur des innocents.

Mon frère que je hais est revenu d'entre les morts pour me voler la vedette.

Je suis un monstre invisible, et je suis incapable d'aimer quiconque. Impossible de savoir ce qui est pire.

Saut à suivre jusqu'à moi en train de mouiller un gant de toilette dans le lavabo. Dans la grotte-salle de bains souterraine même les serviettes et les gants de toilette sont bleu-vert et bleus, avec motif de coquille Saint-Jacques le long de l'ourlet. Je pose le gant froid et mouillé sur le front de Brandy et je la réveille, de manière qu'elle puisse prendre d'autres pilules. Mourir dans la voiture plutôt que dans cette salle de bains.

Je tire Brandy pour la remettre sur ses pieds et je refourre la princesse dans sa veste de tailleur.

Nous devons la faire marcher avant qu'on la voie dans cet état.

Je sangle ses hauts talons à ses pieds. Brandy, elle s'appuie sur moi. Elle s'appuie contre le rebord de la tablette. Elle ramasse une poignée de capsules de Bilax et plisse les yeux sur ce qu'elle tient.

« Mon dos me tue, dit Brandy. Pourquoi donc les ai-je donc laissés me coller d'aussi grosses doudounes ? »

La reine suprême a l'air prête à avaler une poignée de n'importe quoi.

Je secoue la tête : non.

Brandy se tourne vers moi, les yeux en fente : « Mais j'en ai besoin. »

Dans le *Physician's Desk Reference*, je lui montre Bilax, purgatif évacuateur.

« Oh », Brandy retourne la main pour en vider les capsules dans son sac à main, et quelques-unes restent collées à sa paume en sueur. « Une fois qu'ils t'ont donné des doudounes, tu as les tétons tout de travers et beaucoup trop hauts, dit-elle. Ils utilisent un rasoir et ils te les rasent, tes tétons, pour les re-localiser ailleurs. »

C'est ça, son mot.

Re-localiser.

Le Programme Brandy Alexander de Re-localisation des Tétons.

Mon frère mort, feu Shane, secoue sa paume moite pour la débarrasser des derniers purgatifs évacuateurs. Brandy dit : « Mes tétons sont complètement insensibles. »

Je reprends mes voiles sur la tablette et je les replace, couche après couche, sur ma tête.

Merci de ne pas partager.

Nous arpentons le couloir du premier dans un sens, puis dans l'autre, jusqu'à ce que Brandy dise qu'elle est prête pour les escaliers. Une marche à la fois, doucement, nous descendons jusqu'au hall d'entrée. De l'autre côté de l'entrée, à travers les doubles portes fermées sur le salon de réception, on entend la voix grave de M. Parker en train de répéter à satiété de petites choses douces et tendres.

Brandy appuyée sur moi, les pieds en pointes, nous nous offrons une petite course sur trois pattes, depuis le bas des escaliers jusqu'aux portes du salon de réception. Nous entrouvrons lesdites portes de quelques centimètres et nous collons la figure dans l'entrebâillement.

Ellis est étendu sur la moquette du salon.

M. Parker est assis sur la poitrine d'Ellis, un richelieu pointure cinquante planté de chaque côté de la tête d'Ellis.

Les mains d'Ellis claquent le gros cul de M. Parker, griffent le dos du costume croisé. La fente unique de la veste de M. Parker est déchirée le long de la couture dans le milieu du dos jusqu'au col.

Les mains de M. Parker, le bas de paume d'une main tient enfoncé entre les dents sur jaquette d'Ellis un portefeuille en peau d'anguille mâchonné et trempé de salive.

Le visage d'Ellis est rouge foncé et tout luisant, exactement la tête qu'on aurait si on se récupérait la tourte aux cerises lors d'un concours de dégustation de gâteaux. Une peinture au doigt, vrai foutoir tout dégoulinant de sang coulé du nez et de larmes, de morve et de bave.

M. Parker, il a les cheveux dans les yeux. Son autre main est un poing serré autour des douze centimètres de la langue d'Ellis complètement sortie.

Ellis claque et gifle entre deux haut-le-cœur au milieu des épaisses jambes de M. Parker.

Des vases Ming et autres objets de collection brisés s'étalent par terre tout autour d'eux.

M. Parker dit : « C'est bien. Continuez comme ça. C'est gentil. Décontractez-vous, c'est tout. »

Brandy et moi, qui regardons.

Moi voulant voir Ellis détruit, c'est juste que tout ça est trop parfait pour le gâcher.

Je tire la manche de Brandy. Brandy, chérie. Nous ferions bien de te remonter au premier. Que tu te reposes encore un peu. Que je te redonne une belle poignée toute fraîche de maxi-gélules de Benzédrine.

CHAPITRE 20

Concernant la chirurgie plastique, j'ai passé un été entier, propriété du Memorial Hospital de La Paloma, à m'intéresser à ce que la chirurgie plastique était capable de faire pour moi.

Il y a eu des chirurgiens plastiques, il y en a eu des tas, et il y a eu les livres que les chirurgiens apportaient avec eux. Avec des photos. Les photos que j'ai vues étaient en noir et blanc, Dieu merci, et les chirurgiens m'ont dit à quoi je pourrais éventuellement ressembler après des années de souffrance.

Pratiquement toute chirurgie plastique commence par quelque chose qui se nomme *pédicules*. Recette à suivre.

Ça va devenir horrible, je vous préviens. Même ici, en noir et blanc.

Avec tout ce que j'ai appris, je pourrais être médecin.

Désolée, M'man. Désolée, Seigneur.

Manus a dit un jour que vos vieux sont Dieu. Vous les aimez et vous voulez les rendre heureux, mais vous voulez quand même instituer vos propres règles.

Les chirurgiens ont dit : vous ne pouvez pas vous contenter de couper un bout de peau à un endroit et le coller comme un pansement à un autre. Vous n'êtes pas en train de greffer un arbre. L'irrigation sanguine, les veines et capillaires ne seraient tout bonnement pas connectés pour garder la greffe en vie. Le bout de peau mourrait, et il tomberait.

Ça fiche la trouille, mais maintenant, quand je vois quelqu'un rougir, ma réaction n'est pas : oh, comme c'est mignon. Un coup de fard me rappelle seulement combien le sang est partout sous la surface de toutes choses.

Pratiquer une dermabrasion, m'a dit ce chirurgien plastique, c'est pratiquement la même chose que de presser une tomate mûre sur une ponceuse à bande. Ce pour quoi vous payez, essentiellement, c'est pour le foutoir obtenu.

Afin de re-localiser un morceau de peau, afin de reconstruire une mâchoire, il vous faut écorcher un long ruban de peau à votre cou. On sectionne à la base du cou, mais ne jamais sectionner le haut de la bandelette.

Représentez-vous une sorte de bannière ou languette de peau qui pendouille le long de votre cou mais qui est toujours attachée au bas de votre visage. La peau vous est toujours attachée de sorte qu'elle continue à recevoir du sang. Cette languette de peau est vivante. Prenez la bande de peau et roulez-la en tube ou en colonne. Laissez-la roulée jusqu'à ce qu'elle cicatrise en un long lambeau de chair pendouillante, suspendu au bas de votre visage. Du tissu vivant. Plein de chair, de sang vif et sain, battant et pendouillant tout chaud contre votre cou. Ça, ça s'appelle un pédicule.

Rien que pour la cicatrisation, ça peut prendre des mois.

Saut à suivre jusqu'au Spider Fiat rouge avec Brandy derrière ses lunettes de soleil et Manus sous clé dans le coffre, et Brandy nous conduit au sommet de Rocky Butte, les ruines en sommet de colline de quelque fortin de surveillance panoramique où, si ce n'était pas un soir de semaine où il y a école, les gamins de Parkrose, Grant et Madison, trois lycées de la ville, seraient en train de casser des bouteilles de bière et de prendre leur pied à du sexe sans protection ici même, dans ces vieilles ruines.

Le vendredi soir, ce sommet de colline serait plein de gamins disant : regarde, là-bas, tu peux voir ma maison. Cette lumière bleue dans la fenêtre, c'est mes vieux qui regardent la télé.

Les ruines se résument à quelques couches de blocs de pierre toujours montés les uns sur les autres. À l'intérieur des ruines, le sol est plan et caillouteux, couvert de verre brisé et de dactyle grossier. Tout autour de nous, dans toutes les directions, excepté la route qui monte, les flancs de Rocky Butte sont des falaises qui se dressent depuis le réseau de lampadaires des rues et leur maillage en pied de poule.

Vous pourriez vous étouffer rien qu'avec le silence.

Ce dont nous avons besoin, c'est d'un endroit où nous poser. Jusqu'à ce que j'arrive à comprendre ce qui va suivre. Jusqu'à ce que nous trouvions un peu d'argent. Nous avons devant nous deux, peut-être trois jours avant qu'Evie revienne à la maison et nous devons être partis. Ensuite, je me dis, j'appellerai juste Evie et je la ferai chanter.

Evie me doit. Et pas qu'un peu.

Je peux tirer mon épingle de ce jeu-là.

Brandy engage la Fiat à toute blinde dans le secteur le plus sombre des ruines, puis elle éteint les phares et écrase les freins. Brandy et moi, on s'arrête si vite qu'il n'y a que nos ceintures de sécurité pour nous empêcher d'aller voir le tableau de bord de plus près.

Tintements et tintinnabulations de métal contre métal carillonnent et font le gong dans la voiture autour de nous.

« Désolée, je crois, dit Brandy. Il y a des merdes sur le plancher, elles ont glissé sous la pédale de frein quand j'ai essayé d'arrêter. »

Une musique brillante comme l'argent s'échappe de sous nos sièges. Des ronds de serviette et des petites cuillères en argent se ruent en avant pour s'arrêter contre nos pieds. Brandy a des chandeliers entre les pieds. Un plateau en argent illuminé par la lueur des étoiles a glissé à moitié de sous le siège de Brandy, à reluquer entre ses longues jambes.

Brandy me regarde. Le menton collé à la poitrine, Brandy fait glisser ses Ray Ban jusqu'au bout du nez et arque ses sourcils crayonnés.

Je hausse les épaules. Je sors libérer ma cargaison d'amour.

Même avec le coffre ouvert, Manus ne bouge pas. Il a les genoux aux coudes, les mains plaquées sur le visage, les pieds collés sous le popotin ; Manus pourrait être un fœtus en treillis. Tout autour de lui, je n'avais pas remarqué. J'ai eu à supporter beaucoup de stress cette nuit, aussi pardonnez-moi si je n'ai pas remarqué tout à l'heure au départ de chez Evie, mais tout autour de Manus flashent des articles d'argenterie. Un trésor pirate dans le coffre de la Fiat, entre autres choses.

Des reliques.

Un long cierge blanc, il y a un cierge.

Brandy sort en claquant la portière et vient voir, elle aussi.

« Oh ma merde ! » dit Brandy en roulant des yeux. « *Oh ma merde.* »

Il y a un cendrier, non, c'est un moulage en plâtre d'une petite main, tout à côté du popotin inconscient de Manus. C'est le genre de moulage qu'on fait en maternelle quand on presse la main dans une tourtière de plâtre humide pour en faire un cadeau de fête des mères.

Brandy dégage quelques mèches de cheveux du front de Manus. « Il est vraiment mignon tout plein, dit-elle, mais je crois que cet individu va avoir des séquelles au cerveau. »

Ça prendrait bien trop de temps et d'efforts pour expliquer tout ça par écrit, cette nuit, à Brandy, mais Manus avec des séquelles au cerveau, ce serait une redondance.

Pas de bol vraiment que ce ne soit que l'effet des Valium.

Brandy ôte ses Ray Ban pour y voir d'un peu plus près. Elle ôte son foulard Hermès et secoue sa chevelure, libre de toute entrave, l'air superbe, se mordant les lèvres, se mouillant les lèvres juste au cas où Manus se réveillerait. « Les mecs mignons, dit Brandy, il est habituellement préférable de leur donner des barbituriques. »

Je crois que je vais me souvenir de ça.

Je hisse Manus pour qu'il tienne assis avec les jambes pendantes par-dessus le pare-chocs. Les yeux de Manus, bleu foncé impérieux, tremblotent, cillent, tremblotent, se plissent.

Brandy se penche en avant pour le regarder de plus près. Mon frère à l'œuvre pour me voler mon fiancé. À ce stade, je veux juste voir tout le monde mort.

« Réveille-toi, mon chou, dit Brandy, une main en coupe sous le menton de Manus.

Et Manus plisse les yeux : « Man-man ?

— Réveille-toi, mon chou, dit Brandy. Tout va bien. Pas de problèmes.

— Maintenant ? dit Manus.

— Pas de problèmes. »

On entend un petit bruit de précipitation, le bruit de la pluie sur le toit d'une tente ou d'une décapotable fermée.

« Oh, Seigneur, se recule Brandy. Oh, doux Jésus. »

Manus cligne des yeux et regarde Brandy, puis son propre giron. Une jambe de son treillis militaire devient sombre, plus sombre, encore plus sombre, jusqu'au genou.

« Mignon, dit Brandy, mais il vient de faire pipi dans son pantalon. »

Saut à suivre jusqu'à la chirurgie plastique. Saut à suivre jusqu'au jour de bonheur où vous avez cicatrisé. Vous avez ce long bandeau de peau qui vous pendouille au cou depuis deux mois, sauf que le bandeau n'est pas tout seul. Il y a probablement plus d'une demi-douzaine de pédicules car autant en faire beaucoup à la fois pour que le chirurgien ait plus de tissu à sa disposition pour travailler.

Pour la reconstruction, vous garderez ces longs bandeaux de peau pendouillant au bas de votre visage pendant environ deux mois.

On dit que ce que les gens remarquent chez vous en premier, ce sont les yeux. Vous abandonnerez cet espoir-là. Vous ressemblez à quelque sous-produit carné passé au hachoir et recraché comme un petit caca par la machine-usine à encas Num Num.

Une momie qui se défait en lambeaux sous la pluie.

Une piñata brisée.

Ces bandeaux de chair chaude voletant à l'entour de votre cou sont de bons tissus vivants bien irrigués. Le chirurgien soulève chaque bandeau et en attache la partie cicatrisée à votre visage. De cette façon, le gros du tissu est transféré, greffé à

votre visage sans que jamais cesse l'irrigation sanguine. Ils tirent sur toute cette peau lâche et la
mettent en bottes pour lui donner le modelé grossier d'une mâchoire. Votre cou, ce sont les cicatrices de l'endroit où cette peau était. Votre
mâchoire, c'est cette masse de tissus greffés dont
les chirurgiens espèrent qu'ils vont se développer
et rester en place.

L'espace d'un mois encore, vous et les chirurgiens espérez. Un autre mois, vous vous cachez
dans l'hôpital et vous attendez.

Saut à suivre jusqu'à Manus assis au milieu de
sa pisse et de son argenterie dans le coffre de sa
voiture de sport rouge. Flash-back sur l'apprentis-
sage du pot. Ces choses-là arrivent.

Moi, je suis accroupie devant lui, cherchant la
bosse de son portefeuille.

Manus se contente de scruter Brandy de tous
ses yeux. À penser probablement que Brandy est
moi, l'ancienne moi avec un visage.

Brandy a perdu tout intérêt. « Il ne se souvient
plus. Il croit que je suis sa mère, dit Brandy. Une
sœur, peut-être, mais une mère ? »

Tellement déjà vu[1]. Essaie donc frère.

Il nous faut un endroit où nous poser, et Manus
doit avoir un nouvel appart. Pas l'ancien, celui
que lui et moi avons partagé. Il nous laisse nous
cacher chez lui, sinon je raconte aux flics qu'il m'a

1. En français dans le texte.

kidnappée et qu'il a incendié la maison d'Evie. Manus ne saura rien de M. Baxter et des sœurs Rhea qui m'ont vue armée d'une carabine par toute la ville.

Avec le doigt, j'écris au sol :

il faut qu'on trouve son portefeuille.

« Son pantalon, dit Brandy, est mouillé. »

Maintenant, c'est moi que Manus scrute, il se redresse et se racle la tête contre le couvercle du coffre ouvert. Oh, bon sang, mec, bon sang, tu sais que ça fait mal, mais il n'y a rien là de bien tragique jusqu'à ce que Brandy en fasse un peu trop et vienne carillonner de son : « Oh, pauvre petit. »

Et alors Manus éclate en bou-hou-hou. Manus Kelly, la dernière personne à avoir le droit de faire une chose pareille, pleure.

Je hais ça.

Saut à suivre jusqu'au jour où la greffe de peau prend, mais, même alors, les tissus auront besoin d'un support. Même si les greffes se cicatrisent et prennent là où elles ressemblent à une mâchoire grossière toute bosselée, il vous faut malgré tout un os maxillaire. Sans mandibule, la masse de tissus tendres, vivants et viables en tant que tels, serait susceptible, tout bonnement, de se réabsorber.

C'est le mot que les chirurgiens plastique ont utilisé.

Réabsorber.

À l'intérieur de mon visage, comme si je n'étais qu'une éponge faite de peau.

Saut à suivre jusqu'à Manus en train de pleurer et Brandy penchée sur lui, cajolant et tapotant sa chevelure sexy.

Dans le coffre, il y a une paire de chaussures de bébé en bronze[1], un poêlon de table en argent, une image de dindon fabriquée à partir de macaronis collés à du papier Canson.

« Vous savez », renifle Manus en se passant le dos de la main sous le nez, « en ce moment, je plane complètement, alors c'est pas un problème, ce que je vais vous dire. » Manus regarde Brandy penchée sur lui et moi accroupie dans la poussière. « D'abord, dit Manus, vos parents, ils vous donnent la vie, mais, par la suite, c'est leur vie à eux qu'ils essaient de vous donner. »

Pour fabriquer un os maxillaire, les chirurgiens vous briseront des morceaux de vos tibias, sans oublier l'artère qui y est attachée. D'abord, ils exposent l'os et le sculptent sur place, à même votre jambe.

Une autre façon de procéder, c'est que les chirurgiens brisent plusieurs autres os, probablement des os longs des bras et des jambes. À l'intérieur de ces os se trouve la pulpe molle de l'os spongieux.

C'était le mot des chirurgiens et le mot utilisé dans les livres.

Spongieux.

1. Tradition américaine : on trempe les premiers chaussons de bébé dans le bronze pour les garder comme souvenirs.

« Ma maman, dit Manus, et son nouveau mari — ma maman se marie beaucoup —, ils ont acheté cet appart en bord de mer à Bowling River en Floride. Les personnes âgées de moins de soixante ans ne peuvent être propriétaires là-bas. Ils ont une loi comme ça. »

Je regarde Brandy, toujours en mère qui en fait trop, agenouillée, en train de dégager les cheveux du front de Manus. Je regarde par-dessus le rebord de la falaise toute proche. Toutes ces petites lumières bleues dans toutes les maisons, ce sont des gens qui regardent la télévision. Bleu clair de chez Tiffany. Bleu Valium. Des gens en captivité.

D'abord ma meilleure amie, et maintenant mon frère qui essaie de me voler mon fiancé.

« Je suis allé leur rendre visite à Noël, l'année dernière, dit Manus. Ma maman, leur appart est juste sur le green du huitième trou, et ils l'adorent. C'est comme si toute la moyenne de classe d'âge était foirée à Bowling River. Ma maman et mon beau-papa, ils viennent d'avoir soixante ans, et donc c'est des jeunots. Moi, tous ces vieillots me reluquent de la tête aux pieds comme un vol à effraction de voiture garanti cent pour cent. »

Brandy se lèche les lèvres.

« Selon la moyenne d'âge acceptée à Bowling River, dit Manus, je ne suis pas encore né. »

Vous devez briser et dégager des morceaux suffisamment importants de cette pulpe d'os molle et sanglante. Ce machin spongieux. Ensuite vous devez insérer ces esquilles et ces morceaux dans la masse de tissus mous que vous avez greffés à votre visage.

En réalité, ce n'est pas vous qui faites ça, c'est les chirurgiens tout le temps que vous êtes endormi.

Si les esquilles sont suffisamment proches les unes des autres, elles formeront des cellules fibroblastes qui se souderont les unes aux autres. À nouveau, un mot sorti des livres.

Fibroblaste.

À nouveau, cela prend des mois.

« Ma maman et son mari », dit Manus, assis dans le coffre ouvert de son Spider Fiat au sommet de Rocky Butte, « pour Noël, le plus gros cadeau qu'ils m'ont fait, c'est cette boîte tout emballée de papier cadeau. Elle a la taille d'un ensemble stéréo posé debout ou d'un téléviseur à grand écran. Ça, c'est ce que j'espère. Je veux dire par là, ç'aurait pu être n'importe quoi d'autre, j'aurais certainement plus apprécié. »

Manus glisse un peton au sol, puis l'autre. Une fois sur ses pieds, Manus se retourne vers la Fiat pleine d'argenterie.

« Non, dit-il. Ce qu'ils m'ont offert, c'est ces merdes. »

Manus dans ses Rangers et ses treillis de commando se saisit d'une grosse théière ventrue en argent dans le coffre et contemple son reflet obèse sur la face convexe. « La boîte tout entière, dit Manus, elle est pleine de toutes ces merdes, tous ces trucs de famille dont personne d'autre ne veut. »

Exactement comme moi lançant le coffret à cigarettes en cristal contre la cheminée, Manus soulève et expédie d'un lancer rapide la théière dans les ténèbres. Par-dessus le rebord de la falaise, tout là-bas, dans les ténèbres et les lumières banlieusardes, la théière vole si loin qu'on ne l'entend pas atterrir.

Sans se retourner, Manus tend la main dans le dos et attrape un autre quelque chose. Un chandelier en argent. « Ça, c'est mon héritage », dit Manus. Lancé avec élan, bras au-dessus de l'épaule, le chandelier bascule cul par-dessus tête, silencieux comme on s'imagine qu'un satellite vole silencieux.

« Vous savez », Manus lance une poignée de ronds de serviette miroitants, « comment vos parents sont comme qui dirait Dieu. Bien sûr, vous les aimez et vous voulez savoir qu'ils sont toujours là, mais vous ne les voyez jamais réellement sauf s'ils veulent quelque chose. »

Le poêlon de table vole à son tour, il monte, il monte, il monte, jusqu'aux étoiles, avant de retomber pour atterrir quelque part au milieu des lumières bleues des téléviseurs.

Et, après que les esquilles d'os se sont soudées les unes aux autres pour vous donner un maxillaire tout neuf à l'intérieur des bosselures de peau greffée, alors le chirurgien peut essayer de remettre ça en forme pour en faire une chose avec laquelle vous puissiez parler et manger en la gardant tartinée de maquillage.

Ça, c'est des années de douleur plus tard.

Des années passées à vivre dans l'espoir que ce que vous obtiendrez sera mieux que ce que vous avez. Des années passées à paraître pire, à se sentir pire, dans l'espoir incertain que vous aurez meilleur aspect.

Manus attrape le cierge, le cierge blanc dans le coffre.

« Ma maman, dit Manus, son cadeau de Noël numéro deux à son fils a été une boîte pleine de tous les trucs et machins de quand j'étais minot et qu'elle avait gardés. » Manus dit : « Visez-moi un peu ça », et il lève le cierge, « mon cierge de baptême. »

Direction les ténèbres, Manus lance le cierge.

Les chaussures de bébé en bronze passent ensuite.

Enveloppées dans une robe de baptême.

Ensuite une pluie de dents de lait qui s'éparpillent.

« Qu'elle aille se faire foutre, dit Manus, la petite souris de mes deux. »

Une mèche de cheveux blonds à l'intérieur d'un

médaillon, la chaînette balancée avant d'être libérée style bola de la main de Manus, disparaît dans le noir.

« Elle m'a dit qu'elle me donnait tous ces trucs et ces machins parce qu'elle n'avait tout bonnement plus la place pour les garder, dit Manus. Ce n'est pas qu'elle n'en voulait pas. »

L'empreinte en plâtre de la section des moyens de maternelle part cul par-dessus tête, direction les ténèbres.

« Eh bien, maman, si c'est pas assez bon pour toi, dit Manus, moi non plus, je ne veux pas me trimballer avec ces merdes. »

Saut à suivre jusqu'à toutes les fois où Brandy me tombe sur le paletot à propos de la chirurgie plastique, et ensuite je me mets à penser aux pédicules. À la réabsorption. Aux cellules fibroblastes. Aux os spongieux. Aux années de souffrance et d'espoir, et comment puis-je ne pas en rire.

Le rire est le seul son restant que je puisse faire et que les gens comprendront.

Brandy, reine suprême toujours si pleine de bonnes intentions avec ses doudounes siliconées au point qu'elle ne peut pas se tenir droit, elle dit : « Regarde juste pour voir ce qui se fait dans le domaine. »

Comment puis-je cesser de rire.

Je suis sérieuse, Shane, je n'ai pas un besoin d'attention aussi désespéré que ça.

Je continuerai simplement à porter mes voiles.

Si je ne peux pas être belle, je veux être invisible.

Saut à suivre jusqu'à la louche à punch en argent qui s'envole vers nulle part.

Saut à suivre jusqu'à chaque petite cuillère, disparue.

Saut à suivre jusqu'à tous les bulletins de classe d'école primaire et toutes les photos de classe s'en partant naviguer dans les airs.

Manus froisse un épais morceau de papier.

Son acte de naissance. Et il le balance hors de son existence. Ensuite Manus reste planté là à se balancer d'avant en arrière, orteils-talon, orteils-talon, en se blottissant sur lui-même.

Brandy est en train de me regarder pour dire quelque chose. Dans la terre, avec mon doigt, j'écris :

manus où habites-tu ces temps-ci ?

De petites caresses froides m'atterrissent sur la tête et mes épaules rose pêche. Il pleut.

Brandy dit : « Écoutez, je ne veux pas savoir qui vous êtes, mais si vous pouviez être n'importe qui, qui seriez-vous ?

— Une chose est sûre, c'est que je ne vais pas vieillir, dit Manus en secouant la tête. En aucune manière. Pas question. » Bras croisés, il se balance orteils-talon, orteils-talon. Manus engonce son menton dans sa poitrine et se balance en baissant les yeux sur toutes les bouteilles cassées.

Il pleut plus fort. Il est impossible de sentir mes

plumes d'autruche enfumées ou L'Air du Temps de Brandy.

« En ce cas, vous êtes M. Denver Omelet, dit Brandy. Denver Omelet, je vous présente Daisy St. Patience. » La main emperlée de bagues de Brandy s'ouvre à pleine floraison et se pose sur ses cent quinze centimètres de gloire siliconée. « Et ceux-ci, dit-elle, ceci est Brandy Alexander. »

CHAPITRE 21

Saut à suivre jusqu'à cette fois rien de spécial, rien que Brandy et moi dans le cabinet de l'orthophoniste, quand Brandy me surprend avec mes mains sous mes voiles, à toucher les coquillages marins et l'ivoire de mes molaires à l'air libre, à caresser le cuir estampé de mes tissus cicatriciels, secs et polis par mon souffle qui y passe et repasse. Je suis en train de toucher la salive là où elle sèche encore gluante et brute le long des deux côtés de mon cou, et Brandy dit de ne pas me regarder de trop près.

« Chérie, dit-elle, à des moments comme celui-ci, ça aide de penser à toi-même comme à un canapé ou un journal, des choses fabriquées par des tas d'autres gens mais qui ne sont pas faites pour durer à jamais. »

Le rebord ouvert de ma gorge offre la sensation d'un plastique amidonné, d'un tricot à côtes tout raidi, d'une interface chargée d'apprêt. C'est la même sensation que le rebord supérieur d'une robe ou d'un maillot sans bretelles, tenu par une ossature cousue de fil de fer ou de plastique. Dure mais chaude à la manière dont le rose peut être chaud. Osseuse mais couverte de peau douce et touchable.

Ce genre de mandibulectomie traumatique aiguë sans reconstruction, avant décanulation du tube de trachéotomie, peut conduire à l'apnée du sommeil, ont dit les médecins. Ça, c'était eux qui se parlaient entre eux pendant les visites du matin.

Et dire que c'est *moi* que les gens trouvent difficilement compréhensible.

Ce que les médecins m'ont dit, c'est qu'à moins de me reconstruire une sorte de mâchoire, au moins un genre de rabat ou d'abattant, ont-ils dit, je pouvais mourir chaque fois que je m'endormais. Je pouvais tout bêtement cesser de respirer et ne pas me réveiller. Une mort rapide et sans douleur.

Sur mon calepin avec mon stylo, j'écris :
ne venez pas me faire envie s'il vous plaît.

Nous dans le bureau de l'orthophoniste, Brandy qui dit : « Ça aide de savoir que tu n'es pas plus responsable de ce à quoi tu ressembles qu'une voiture de son look, dit Brandy. Tu es tout autant un produit. Un produit d'un produit d'un produit. Les gens qui conçoivent les voitures, ce sont des produits. Tes parents sont des produits. Leurs parents sont des produits. Tes professeurs, des produits. Le ministre du culte de ton église, un autre produit », dit Brandy.

Parfois la meilleure façon de se comporter face aux merdes qui arrivent, dit-elle, c'est de ne pas se convaincre d'être une petite chose unique, précieuse et remarquable.

« Mon point étant, dit Brandy, que tu ne peux pas échapper au monde, et que tu n'es pas responsable de ce à quoi tu ressembles, que tu sois belle-salon de beauté ou avec une tronche de cul. Tu n'es pas responsable de ce que tu éprouves ni de ce que tu dis ni de la manière dont tu te comportes ni de rien que tu fasses. Tout cela t'échappe complètement », dit Brandy.

De la même manière qu'un compact disc n'est pas responsable de ce qu'il porte enregistré, c'est comme ça que nous sommes. Tu es à peu près aussi libre d'agir qu'un ordinateur programmé. Tu es à peu près aussi unique en ton genre qu'un billet de un dollar.

« Il n'y a pas le moindre vrai *toi* en *toi*, dit-elle. Même ton corps physique, en l'espace de huit ans, toutes tes cellules seront remplacées. »

Peau, os, sang et organes se transplantent de personne en personne. Même ce qu'il y a à l'intérieur de toi, ces colonies de microbes et de germes qui mangent ta nourriture à ta place, sans eux, tu mourrais. Rien de toi n'est complètement-totalement à toi. Tout de toi est hérité.

« Décontracte-toi, dit Brandy. Quoi que tu penses, un million d'autres pékins le pensent. Quoi que tu fasses, ils sont en train de le faire, et aucun d'entre vous n'est responsable. Tous autant que vous êtes, vous n'êtes qu'un effort de coopération. »

Là-haut, sous mon voile, je me tripote du doigt l'excroissance mouillée d'un moignon de langue, reste de quelque produit saccagé. Les médecins avaient émis la suggestion d'utiliser une partie de mon intestin grêle pour me faire une gorge plus longue. Ils avaient émis la suggestion de sculpter les tibias, les péronés de ce produit humain que je suis, mettant les os en forme et les greffant pour me construire, construire le produit, un nouvel os maxillaire.

Sur mon calepin, j'ai écrit :

l'os de jambe relié à l'os de tête[1] ?

Les médecins n'ont pas pigé.

Maintenant entendez la parole du Seigneur.

« Tu es un produit de notre langage, dit Brandy, et aussi de la manière dont nos lois s'organisent, de notre manière de nous convaincre de l'image que Dieu veut voir en nous. Le moindre des morceaux de molécule de toi a déjà été pensé et éprouvé par quelques millions de personnes avant toi, dit-elle. Tout ce que tu peux faire est ennuyeux et si ancien et si parfaitement okay. Tu es en sécurité tellement tu es prise au piège à l'intérieur de ta culture. Tout ce que tu peux concevoir est bien justement *parce que tu peux le concevoir*. Tu ne peux imaginer aucune manière

---

1. Référence à une vieille chanson de minstrels : l'os de jambe relié à l'os de hanche. L'os de hanche relié à l'échine. L'échine reliée à la nuque. Et maintenant, entendez la parole du Seigneur.

de t'échapper. Il n'y a aucun moyen pour toi de t'en sortir », dit Brandy.

« Le monde, dit Brandy, est ton berceau et ton piège. »

Ça, c'est après mon laps sans relaps. J'ai écrit à mon imprésario à l'agence en lui demandant quelles étaient mes chances d'obtenir un boulot côté mains et pieds. À me faire mannequin montres et chaussures. Mon agent m'avait envoyé quelques fleurs à l'hôpital tout au début. Peut-être pourrais-je obtenir des engagements comme mannequin-jambes. Combien Evie leur en avait-elle déblatéré, je n'en savais rien.

Pour être mannequin-main, m'a-t-il écrit en retour, il faut avoir une taille sept pour les gants et une taille cinq pour les bagues. Un mannequin-pieds doit avoir des ongles d'orteils parfaits et une taille de chaussures trente-sept. Un mannequin-jambes ne peut se permettre de pratiquer aucun sport. Elle ne peut se permettre d'avoir la moindre veine visible. Si vos doigts et vos orteils n'ont pas belle allure à trois fois leur taille normale en photo dans une revue, ou en affiche à deux cents fois leur taille, m'a-t-il écrit, ne comptez pas trouver du travail à l'article et à la pièce corporelle.

Ma main fait huit. Mon pied, trente-huit et demi.

Brandy dit : « Et si tu n'es pas capable de trouver un moyen de t'échapper de notre culture, alors, ça aussi, c'est un piège. Le simple fait de vouloir sortir du piège ne fait que renforcer ledit piège. »

Les livres sur la chirurgie plastique, les documentations et les brochures, tous promettaient de m'aider à vivre une vie heureuse et plus normale ; mais, de moins en moins, cela ressemblait à ce que j'aurais voulu. Ce que je voulais ressemblait de plus en plus à ce à quoi j'avais toujours été formée à vouloir et désirer. Ce que tout le monde veut et désire.

Faites-moi ça à l'attention. C'est ça que je veux.

Éclair du flash.

Faites-moi ça à la beauté. C'est ça que je veux.

Éclair du flash.

Faites-moi ça paix et amour. C'est ça que je veux. Une relation pleine d'amour, et une maison parfaite.

Éclair du flash.

Brandy dit : « La meilleure manière est de ne pas lutter contre ça, simplement se laisser aller. Ne passe pas tout ton temps à essayer de remettre les choses en état. Ce que tu fuis ne fait que rester en toi plus longtemps. Quand tu luttes contre une chose, tu ne fais que la rendre plus forte. »

Elle dit : « Ne fais pas ce que tu veux. »

Elle dit : « Fais ce que tu ne veux pas. Fais ce à quoi tu as été formée à ne pas vouloir et désirer. »

C'est tout le contraire de suivre les voies de ta félicité.

Brandy me dit : « Fais les choses qui te font le plus peur. »

CHAPITRE 22

À Seattle, il y a plus de cent soixante ans que je contemple Brandy faire son somme dans notre grotte sous-marine. Moi, je suis assise ici avec une pile de brochures sur papier glacé illustrant des chirurgiens en train de montrer des exemples de chirurgie de ré-affectation sexuelle. Des opérations de transition transsexuelle. Des changements de sexe.

Les photos en couleurs représentent pratiquement le même cliché de vagins de qualités différentes. Des plans avec objectif à l'intérieur même de l'obscure ouverture vaginale. Des doigts aux ongles laqués de rouge posés en coupe sur chaque cuisse pour écarter les grandes lèvres. Le méat urinaire doux et rose. La toison pubienne taillée et réduite à l'état de chaumes sur certains. La profondeur vaginale donnée comme quinze centimètres, vingt centimètres, cinq centimètres. Non-résection du corps spongieux formant sur certains un monticule autour de l'ouverture de l'urètre. Le clitoris encapuchonné, le frein du clitoris, les minuscules plis de peau sous le capuchon qui joint le clitoris aux lèvres.

De méchants vagins bon marché dont la peau du scrotum normalement poilue a servi à former l'intérieur, où les poils continuent à pousser, qui étouffent sous les poils.

Des vagins à la photo parfaite, dans les règles de l'art, rallongés en utilisant des segments de côlon, autonettoyants et lubrifiés par leur propre mucus. Des clitoris sensualistes fabriqués en taillant et redistribuant des fragments du gland du pénis. La Cadillac de la vaginoplastie. Certaines de ces Cadillac se révèlent de tels succès que le flux de mucosités du côlon implique de porter quotidiennement des serviettes absorbantes.

Certains sont des vagins à l'ancienne mode qu'il fallait quotidiennement étirer et distendre avec un moulage en plastique. Toutes ces brochures sont des souvenirs de l'avenir proche de Brandy.

Après que nous avons vu M. Parker assis sur Ellis, j'ai aidé le corps Brandy en mort apparente médicamenteuse, autant le faire, à remonter au premier et je l'ai sortie à nouveau de ses vêtements. Elle les a recrachés quand j'ai essayé de lui glisser quelques Darvon de plus dans la gorge, aussi je l'ai rallongée sur le sol de la salle de bains, et, quand j'ai plié sa veste de tailleur sur mon bras, il y avait quelque chose en carton glissé dans la poche intérieure. Le livre de Miss Rona. Glissé dans le livre se trouve un souvenir de mon propre avenir.

J'aime tellement Seth Thomas qu'il faut que je le détruise. Je surcompense en adorant la reine suprême. Seth ne m'aimera jamais. Personne plus jamais ne m'aimera jamais.

Comme c'est gênant.

Faites-moi ça conneries émotionnelles geignardes dans le besoin.

Éclair du flash.

Faites-moi ça fadaises égocentriques égotistes.

Seigneur.

Va te faire foutre, moi. Je suis tellement fatiguée d'être moi. Moi belle. Moi laide. Blonde. Brunette. Un million de putains de maquillages de mode qui me laissent tout simplement prise au piège d'être moi.

Celle que j'étais avant l'accident n'est plus maintenant que de l'histoire ancienne. Un récit. Tout ce qui précède maintenant, avant maintenant, avant l'instant maintenant, n'est qu'un récit que je transporte à la ronde. Je crois que ça pourrait s'appliquer à n'importe qui sur cette terre. Ce dont j'ai besoin, c'est d'un nouveau récit sur celle que je suis.

Ce dont j'ai besoin, c'est de foirer si fort et si méchamment que je ne pourrai plus me sauver moi-même, au-delà de toute délivrance.

CHAPITRE 23

C'est donc ainsi, la vie, dans le Programme Brandy Alexander de Réincarnation des Témoins.

À Santa Barbara, Manus qui était Denver nous a enseigné comment trouver des médicaments. Nous sommes restés tous les trois serrés comme des sardines dans ce Spider Fiat de Portland à Santa Barbara, et Brandy voulait juste mourir. Tout le temps, tenant ses deux mains pressées sur le bas des reins, Brandy ne cessait de répéter :

« Arrête la voiture. Il faut que je m'étire. Je suis en train de m'en-spasmer. Il faut qu'on s'arrête. »

Il nous a fallu deux jours pour descendre de l'Oregon à la Californie, et les deux États ont pourtant une frontière commune. Avec Manus qui passait son temps à regarder Brandy, à l'écouter, en amour d'elle si évident que je n'avais qu'une envie, les tuer de manière encore pire et plus douloureuse encore.

À Santa Barbara, nous sommes tout juste en ville que Brandy veut descendre et aller marcher un peu. Le problème, c'est qu'il s'agit là d'un quartier vraiment bien en Californie. Immédiatement dans les collines au-dessus de Santa Barbara. Vous vous promenez dans le coin, par ici, la police ou une quelconque patrouille de sécurité privée vient à passer vitesse de croisière, et les mecs veulent savoir qui vous êtes et voir une pièce d'identité, s'il vous plaît.

Malgré tout, Brandy, elle est à nouveau en train de spasmer, et la princesse hystérique a passé une jambe par la portière, elle est à moitié sortie du Spider avant que Denver Omelet songe même à arrêter. Ce que veut Brandy, ce sont les gélules de Tylox[1] qu'elle a laissées dans la suite 15-G du Congress Hôtel.

« On ne peut pas être beau », dit Brandy à peu près un millier de fois, « si on ne se sent pas beau. »

Tout ici-haut dans les collines, nous nous rangeons contre le trottoir devant un panneau MAISON À VENDRE — VISITES. La maison qui nous surplombe est une grande hacienda, assez espagnole pour donner envie de danser le flamenco sur une table, se balancer à un lustre en fer forgé, porter un sombrero et une cartouchière en bandoulière.

« Allez, lui dit Denver. Fais-toi belle, et je te montrerai comment nous pouvons escroquer quelques analgésiques sous ordonnance. »

1. DCI : oxycodone.

Saut à suivre jusqu'aux trois jours que nous avons passés dans l'appartement de Denver avant de pouvoir nous trouver un peu de pognon. Brandy, elle a concocté un quelconque nouveau plan. Avant de passer sous le bistouri, elle a décidé de retrouver sa sœur.

La moi qui veut danser sur sa tombe.

« Une vaginoplastie, c'est quand même une chose qui risque de durer pratiquement à jamais, dit-elle. Ça peut attendre pendant que je règle quelques petits problèmes. »

Elle a décidé de retrouver sa sœur et de tout lui raconter, à propos de la blennorragie, à propos de pourquoi Shane n'est pas mort, ce qui s'est passé, tout, quoi. Repartir sur de nouvelles bases. Probable qu'elle serait surprise de voir combien sa sœur en sait déjà.

Je veux juste me trouver hors de la ville au cas où un mandat d'arrêt pour incendie criminel serait en cours de diffusion, donc je menace Denver, s'il refuse de venir avec nous, je vais courir à la police et l'accuser. D'incendie criminel, de kidnapping, de tentative de meurtre. À Evie, j'écris une lettre.

À Brandy, j'écris :

on n'a qu'à se balader un peu en voiture, et voir ce qui arrivera, mets un bémol.

Tout cela fait un peu cher en main-d'œuvre, mais nous avons tous quelque chose à fuir. Et quand je dis nous, je veux parler de n'importe qui sur cette terre. Donc Brandy croit que nous sommes en tournée pour retrouver sa sœur, et que

Denver vient parce qu'il est soumis à un chantage. Ma lettre à Evie attend dans sa boîte aux lettres au bout de son allée conduisant aux restes calcinés d'une maison. Evie est à Cancún, peut-être.

La lettre à Evie dit :

À Mademoiselle Evelyn Cottrell

Manus dit qu'il m'a tiré dessus et que tu l'as aidé à cause de votre saloperie de relation à tous les deux. Afin que tu restes hors de PRISON, *je te prie de chercher à obtenir un règlement par les assurances des dégâts occasionnés à ton domicile et tes effets personnels dès que possible. Convertis l'intégralité de ce règlement en monnaie américaine, billets de dix et de vingt, et expédie-moi le tout aux bons soins de la Poste restante à Seattle, Washington. Je suis la personne dont tu portes la responsabilité de l'état qui est le sien, à savoir sans fiancé, toi,* mon *ancienne meilleure amie, quels que soient les mensonges que tu te racontes. Envoie l'argent, et je considérerai la chose réglée et ne me rendrai pas à la police ni ne te ferai arrêter et expédier* EN PRISON, *où il te faudra te battre jour et nuit pour ta dignité et ta vie pour sans l'ombre d'un doute perdre les deux. Oui, et j'ai aussi subi une intervention chirurgicale réparatrice majeure, et donc j'ai même plus belle allure que moi-même, et j'ai Manus Kelley avec moi et il m'aime toujours et il dit qu'il te hait et qu'il témoignera contre toi au tribunal que tu es une salope.*

SIGNÉ, MOI.

Saut à suivre jusqu'au-dessus du bord de l'océan Pacifique, garés contre le trottoir devant l'hacienda espagnole MAISON À VENDRE. Denver dit à Brandy et moi comment monter au premier pendant qu'il occupe l'agent immobilier. La chambre à coucher de maître aura la meilleure vue, c'est comme ça qu'on la trouve. La salle de bains de maître contiendra les meilleurs médicaments.

Bon d'accord, Manus a été inspecteur de police aux Mœurs, si vous considérez que tortiller du popotin dans les taillis de Washington Park vêtu d'un cuissard de cycliste une taille trop petit en espérant qu'un affamé du sexe solitaire viendra se coller la queue à l'air libre, si ça, c'est du travail d'inspecteur, alors, bon, d'accord, Manus a été inspecteur.

Parce que la beauté, c'est le pouvoir à la manière dont l'argent est le pouvoir à la manière dont une arme chargée est le pouvoir. Et Manus avec ses mâchoires carrées, sa belle gueule tout en pommettes pourrait très bien être une affiche de recrutement nazie.

Alors que Manus était encore combattant du crime, je l'ai trouvé un matin en train de couper la croûte d'une tranche de pain. Le pain sans la croûte m'a fait repenser à quand j'étais toute petite. C'était tellement gentil, mais moi je pensais qu'il me faisait des toasts au pain de mie. Ensuite Manus va se poster devant un miroir de l'appartement que nous partagions, arborant son cuissard blanc, et il demande, si j'étais gay est-ce que j'aurais envie de lui ramoner le cul ? Ensuite il s'est changé, a mis un cuissard rouge, et a reposé la question. Tu sais, dit-il, vraiment lui fourrer sa descente à caca ? Lui labourer le cow-boy ? Ce n'est pas une matinée que je voudrais revoir en vidéo.

« Ce dont j'ai besoin, dit Manus, c'est d'avoir le service trois-pièces qui a belle allure, mais mon cul toujours adolescent. » Il prend la tranche de pain et se la fourre dans le froc, entre lui-même et l'entrejambe du cuissard. « Ne t'en fais pas, c'est comme ça que les mannequins à dessous se donnent meilleure allure, dit-il. De cette manière, tu obtiens une belle grosseur toute lisse et non choquante. » Il se place de profil devant le miroir et dit : « Tu crois qu'il me faudrait une seconde tranche ? »

Lui inspecteur signifiait qu'il se baladait quand il faisait beau, en faisant crisser le gravier sous ses sandales, avec son cuissard rouge porte-chance, tandis que deux flics en civil tout proches attendaient dans une voiture garée que quelqu'un morde à l'appât. Ce qui se produisait plus souvent que vous l'imagineriez. Manus était une campagne de nettoyage de Washington Park à lui tout seul. Jamais il n'avait remporté autant de succès comme policier normal et, de cette façon, personne ne lui tirait jamais dessus.

Tout ça faisait très Bond, James Bond. Très cape et épée. Très espion contre espion. Plus qu'il s'y gagnait un super-bronzage. Plus qu'il avait le droit de déduire de ses impôts sa carte de membre au club de gym et ses achats de nouveaux cuissards.

Saut à suivre jusqu'à l'agent immobilier à Santa Barbara en train de me serrer la main en répétant mon nom, Daisy St. Patience, encore et encore, à cette manière qui est la nôtre quand on veut faire bonne impression, mais sans me regarder dans mes voiles. C'est Brandy et Denver qu'il regarde.

Charmé, je vous assure.

La maison est juste ce à quoi on s'attend vu de l'extérieur. Il y a une énorme table sur tréteaux, toute balafrée, style mission espagnole, dans la salle à manger, sous un lustre en fer forgé auquel on pourrait se balancer. S'étale sur la table un châle espagnol à franges et broderies en argent.

Nous représentons une personnalité de la télévision qui souhaite rester anonyme, dit Denver à l'agent immobilier. Nous sommes une équipe d'éclaireurs à la recherche d'une maison de weekend pour cette célébrité anonyme. Mlle Alexander, elle est experte en toxicité des produits, vous savez, les vapeurs et sécrétions létales que dégagent les intérieurs des foyers.

« Une nouvelle moquette, dit Denver, continuera à exsuder du formaldéhyde empoisonné jusqu'à deux années après avoir été posée. »

Brandy dit : « Je connais bien cette sensation. »

Les choses en sont arrivées au point où, quand

son entre-deux ne conduisait pas les hommes à leur perte, Manus était au tribunal en complet trois-pièces, au banc des témoins, et déclarait comment le défendeur l'avait approché de quelque abominable façon d'exhibitionniste public masturbateur pour lui quémander une cigarette.

« Comme si quelqu'un pouvait me regarder en pensant que je fume », disait Manus.

On ne savait pas quel vice lui semblait le plus rédhibitoire.

Après Santa Barbara, nous sommes descendus à San Francisco pour y vendre le Spider Fiat. Moi, j'écris tout le temps sur des serviettes de comptoir en papier : peut-être que ta sœur est dans la prochaine ville, elle pourrait être n'importe où.

Dans l'hacienda de Santa Barbara, Brandy et moi avons trouvé de la Benzédrine et de la Dexédrine[1] et des vieux Quaaludes et Soma[2], ainsi que des gélules de Diasole qui se sont révélées être un ramollissant fécal. Et aussi de la crème Solaquin Forte qui s'est révélée un dépigmenteur de peau.

À San Francisco, nous avons vendu la Fiat et quelques médicaments pour acheter le gros Vidal américain, le *Physician's Reference Book*, de manière à ne plus voler de ramollissants fécaux et dépigmenteurs de peau complètement sans valeur. À San Francisco, il y a des vieilles gens par-

1. Amphétamines.
2. DCI : carisoprodol. Relaxant musculaire non commercialisé en France.

tout qui vendent leurs grosses maisons de riches pleines de médicaments et d'hormones. Nous avions des Demerol et des Darvocet-N. Non pas les petits tout minus Darvocet N 50. Brandy se sentait belle pendant que moi j'essayais de l'over-doser à coups de gros mastards de Darvocet à 100 milligrammes.

Après la Fiat, nous avons loué une grosse déca-potable Seville. Rien qu'entre nous, nous étions les mômes Zine :

Moi, j'étais Comp Zine.

Denver était Thor Zine.

Brandy, Stella Zine[1].

C'est à San Francisco que j'ai démarré Denver sur sa thérapie secrète et personnelle aux hormo-nes, pour le détruire.

La carrière d'inspecteur de Manus avait com-mencé à partir en quenouille quand son taux d'ar-restations est tombé à un par jour, puis un par semaine, puis zéro, puis encore zéro. Le pro-blème, c'était le soleil, le bronzage, et le fait qu'il vieillissait et qu'il était connu comme appât, aucun des hommes plus âgés qu'il avait arrêtés ne s'approchait plus de lui. Les plus jeunes le trou-vaient tout simplement trop vieux.

Aussi Marcus est-il devenu téméraire. De plus en plus ses cuissards se faisaient petits, ce qui ne

1. Littéralement, les trois noms correspondent à trois types de tran-quillisants puissants utilisés en psychiatrie.

faisait pas non plus un look chouette. La pression était mise pour le faire remplacer par un nouveau mannequin. Ce qui faisait qu'il était maintenant obligé d'engager la conversation. Bavarder. Être drôle. Se donner vraiment du mal pour rencontrer des mecs. Se développer une personnalité, et, malgré tout, les mecs plus jeunes, les seuls qui ne s'enfuyaient pas en le voyant arriver, un mec plus jeune malgré tout déclinait l'offre quand Manus suggérait qu'ils aillent se balader entre les arbres, dans les fourrés.

Mêmes les hommes plus jeunes les plus en manque qui reluquaient tout ce qui passait disaient : « Euh, non, merci. »

Ou : « Je veux juste rester seul pour l'instant. »

Ou pis encore : « Recule-toi, espèce de vieux troll, sinon j'appelle un flic. »

Après San Francisco et San José et Sacramento, nous sommes allés à Reno, et Brandy a transformé Denver Omelet en Chase Manhattan. Nous avons zigzagué partout où je pensais que nous trouverions suffisamment de médicaments. L'argent d'Evie pouvait attendre.

Saut à suivre jusqu'à Las Vegas et Brandy transforme Chase Manhattan en Eberhard Faber. Nous roulons en Seville dans le ventre de Las Vegas. Tous ces spasmes de néons, les lumières de poursuite rouges dans une direction, les lumières de poursuite blanches dans l'autre. Las Vegas ressemble à l'idée qu'on se fait du paradis la nuit. Nous n'avons jamais mis la capote à la Seville, deux semaines qu'on l'a eue, jamais mis la capote.

À vitesse de croisière dans le ventre de Las Vegas, Brandy s'est assise sur l'arrière avec le cul sur l'abattant du coffre et les pieds sur la banquette arrière, arborant un fourreau en brocart métallisé sans bretelles aussi rose que le cœur brûlant d'une fusée éclairante avec corselet incrusté de joyaux et longue cape en taffetas de soie détachable avec manches-ballons.

Avec cette super-allure qu'elle avait, Las Vegas, avec toutes ses lumières et ses miroirs aux alouettes n'était rien de plus qu'un autre des accessoires-mode de marque de Brandy Alexander.

Brandy lève les bras, arborant ces longs gants d'opéra roses, et elle hurle, c'est tout. Tellement elle a l'air et se sent bien en cet instant. Et la longue cape détachable en taffetas de soie aux manches-ballons, elle se détache.

Et s'en part flotter au vent dans la circulation de Las Vegas.

« Fais le tour du bloc, hurle Brandy. Cette cape doit retourner chez Bullock's demain matin. »

Après que la carrière de Manus a commencé à descendre la pente, nous avons été obligés de nous entraîner à la salle de gym tous les jours, et, certains jours, deux fois. Aérobic, bronzage, nutrition, toutes les stations de la croix. Il faisait du culturisme, si ce que cela signifie implique bien de boire sa bouillie-substitut-repas à même le mixer six fois par jour au-dessus de l'évier de la cuisine. Ensuite Manus se faisait livrer sur catalogue, par poste, des maillots de bain impossibles à acheter dans ce pays, petites poches sur string et technologie en microfilaments qu'il enfilait à la maison dès notre retour de la salle de gym, avant de me suivre comme un petit toutou en me demandant : est-ce que j'étais d'avis que son popotin paraissait trop plat ?

Et si j'étais un mec gay, est-ce que j'étais d'avis qu'il aurait besoin de se tailler la toison pubienne ? Moi étant un mec gay, serais-je d'avis qu'il avait l'air trop au désespoir ? Trop distant ? Sa poitrine était-elle assez grosse ? Trop grosse, peut-être ?

« Je détesterais l'idée que des mecs pensent que je ne suis qu'une grosse vache stupide, c'est tout », disait Manus.

Est-ce qu'il avait l'air, vous savez, trop gay ? Les mecs gay ne voulaient que des mecs qui se comportaient en hétéros.

« Je ne veux pas que les mecs me voient comme un gros derrière passif, disait Manus. Je ne vais certainement pas juste m'étaler là et laisser n'importe quel mec m'enfiler. »

Manus laissait un anneau de poils et de merdouille bronzante tout autour de la baignoire en s'attendant à ce que je récure.

Toujours en arrière-plan, il y avait dans l'idée de retourner à une affectation où les gens vous tiraient dessus, des criminels qui n'avaient rien à perdre si vous vous faisiez tuer.

Et peut-être que Manus pourrait alpaguer quelque vieux touriste qui avait trouvé le secteur péripatéticien de Washington Park par accident, mais, presque tous les jours, le commandant du poste lui tombait sur le paletot pour qu'il forme un remplaçant plus jeune.

Presque tous les jours, Manus dépatouillait un mini-slip string métallisé argent à rayures tigrées du fouillis de nœuds empêtrés de son tiroir à sous-vêtements. Il tortillait son cul pour le forcer dans ce petit rien à bonnet A avant de se regarder dans le miroir de profil, de face, de dos, avant d'arracher la chose et laisser l'empreinte de ce petit animal agrandi à mort sur le lit pour que je le trouve. Et cela continuait ainsi de rayures zèbre à rayures tigre, de taches léopard à taches guépard, panthère, puma, ocelot, jusqu'à ce qu'il n'ait plus le temps.

« Ça, ce sont mes petits "kinis" porte-bonheur, me disait-il. Sois honnête. »

Être honnête ? Je ne saurais où commencer. Je manquais tellement de pratique.

Après Las Vegas, nous avons loué un de ces vans familiaux. Eberhard Faber est devenu Hewlett Packard. Brandy portait une longue robe en piqué de coton blanc à flancs ouverts avec jupe fendue haut totalement inadaptée pour tout l'État de l'Utah. Nous nous sommes arrêtés et nous avons goûté le Grand Lac Salé.

Ça nous paraissait tout bonnement la chose à faire.

J'étais toujours en train d'écrire dans le sable ou la poussière sur la voiture :

peut-être que ta sœur est dans la ville voisine.

J'écrivais : tiens, prends encore quelques Vicodin.

C'est après que Manus n'est plus parvenu à obtenir des mecs qu'ils l'approchent pour le sexe qu'il s'est mis à acheter ces revues de sexe mec-sur-mec et à fréquenter les boîtes gay.

« Recherche », disait-il.

« Tu peux venir, disait-il, mais ne reste pas trop près, je ne veux pas rayonner du mauvais signal. »

Après l'Utah, Brandy a transformé Hewlett Packard en Harper Collins[1] à Butte. Là-bas, au Montana, nous avons loué une Ford Probe et Harper conduisait avec moi toute coincée sur le siège arrière, et régulièrement, de temps à autre, Harper disait :

« Nous roulons à cent quatre-vingts à l'heure. »

Brandy et moi, nous haussions les épaules.

L'excès de vitesse ne paraissait pas si terrible dans un lieu aussi vaste que le Montana.

peut-être que ta sœur n'est même pas aux états-unis, j'ai écrit au rouge à lèvres sur un miroir de salle de bains à Great Falls.

---

1. Nom d'une maison d'édition.

Donc pour conserver à Marcus son boulot, nous allions dans les bars gay, et je m'asseyais toute seule en me disant que c'était différent pour les hommes, ce truc de belle gueule. Manus flirtait et dansait et offrait des verres au comptoir à quiconque ressemblait à un défi. Manus se glissait sur le tabouret voisin du mien et chuchotait du coin des lèvres.

« Je n'arrive pas à croire qu'il est avec ce mec », disait-il.

Manus hochait alors la tête juste assez pour que je puisse comprendre de quel mec il parlait.

« La semaine dernière, il aurait refusé de me donner l'heure », fulminait Marcus entre ses dents. « Je n'étais pas assez bien pour lui, et ce tas de débris-poubelle ringard et minable blond oxygéné est censé être mieux ? »

Manus se courbait sur son verre et disait : « Les mecs sont tellement foirés. »

Et moi, je répondais, genre, sans dec.

Et je me disais que tout baignait. Toutes les relations dans lesquelles je pouvais m'engager avaient toujours de ces moments un peu durs.

Saut à suivre à Calgary, Alberta, où Brandy a mangé des suppositoires Nebalino enveloppés de papier métallisé or parce qu'elle croyait que c'était des chocolats aux amandes Almond Roca. Ça l'a fichue dans une telle rogne, elle a transformé Harper Collins en Addison Wesley. La majeure part de Calgary, Brandy a porté un blouson de ski blanc capitonné avec col en fausse fourrure et petit bas-bikini blanc de chez Donna Karan. Un look fun et spirituel, nous nous sentions légers avec plein de succès.

Le soir exigeait une robe-manteau descendant jusqu'au sol à rayures blanches et noires que Brandy n'a jamais pu garder boutonnée, sur mini-short en laine noire. Addison Wesley s'est transformé en Nash Rambler, et nous avons loué une autre Cadillac.

Saut à suivre jusqu'à Edmonton, Alberta, Nash Rambler transformé en Alfa Romeo. Brandy portait ces jupons de quadrille en crinoline tout courts-courts sur collants noirs enfoncés dans des bottes western. Brandy portait ce bustier corseté remontant en cuir estampé au fer rouge de toutes les marques de bétail locales.

Dans un beau bar d'hôtel à Edmonton, Brandy dit : « Je déteste voir la jonction de la coupe et de la tige dans un verre à martini. Je veux dire, je la sens, cette jonction. C'est tellement *cheap*. »

Elle croulait sous les mecs. Comme des projecteurs, je me souviens de ce genre d'attention. À travers tout ce pays, là-bas, jamais Brandy n'a eu à se payer son verre, pas une fois.

Saut à suivre jusqu'à Manus qui perd son affectation comme agent spécial opérationnel sous contrat auprès de la division des inspecteurs des services de police métropolitaine. Je veux dire, il ne s'en est jamais vraiment remis.

Il commençait à être à court d'argent. Ce n'est pas qu'il en ait jamais eu beaucoup à la banque pour commencer. Ensuite les oiseaux m'ont dévoré le visage.

Ce que je ne savais pas, c'est, il y avait Evie Cottrell qui vivait seule dans sa grande maison solitaire avec tout son argent des pétroles et terres texans, disant, hé, elle avait besoin de bosser un peu. Et Manus avec ce besoin forcené de prouver qu'il peut toujours pisser sur tous les arbres qui se présentent. Ce genre de pouvoir à la miroir-miroir. Le reste, vous le savez déjà.

Saut à suivre jusqu'à nous sur la route, après l'hôpital, après les sœurs Rhea, et moi qui continue à refiler en douce des hormones, Provera, Climara et Premarin, dans tout ce qu'il boit et mange. Whiskey et estradiol. Vodka et ethinyl estradiol. C'était tellement facile que ça fichait la trouille. Il faisait tout le temps ses grands yeux de vache à Brandy.

Nous fuyions tous quelque chose. La vaginoplastie. L'âge. L'avenir.

Saut à suivre jusqu'à Los Angeles.

Saut à suivre jusqu'à Spokane.

Saut à suivre jusqu'à Boise et San Diego et Phœnix.

Saut à suivre jusqu'à Vancouver, Colombie britannique, où nous étions des expatriés italiens dont l'anglais était la seconde langue jusqu'à ce qu'il ne reste plus une seule langue natale entre nous trois.

« Vous avez deux des seins d'une jeune femme », a dit Romeo à l'agente immobilière dans je ne me souviens plus quelle maison.

Au départ de Vancouver, nous sommes re-rentrés aux États-Unis comme Brandy, Seth et Bubba-Joan *via* la bouche très professionnelle de la Princesse Princesse. Tout le trajet jusqu'à Seattle, Brandy nous a lu comment une petite fille juive souffrant d'une mystérieuse maladie musculaire s'était transformée en Rona Barrett.

Tous les trois regardant les grandes et riches maisons, piquant les médicaments, louant des voitures, achetant des vêtements, et rapportant les vêtements.

« Raconte-nous une histoire personnelle dégueulasse », dit Brandy en route vers Seattle.

Brandy tout le temps à me la jouer patronne, de moi. À *deux tout petits doigts* de sa propre mort.

Déchire-toi, ouvre-toi.

Raconte-moi l'histoire de ma vie avant que je meure.

Recouds-toi jusqu'à te refermer.

CHAPITRE 24

Saut à suivre jusqu'à une séance-photos de mode dans cet abattoir où des cochons entiers sans leurs intérieurs sont pendus aussi denses qu'une frange à une chaîne mobile. Evie et moi portons des robes de soirée en acier inoxydable de chez Bibo Kelley tandis que la chaîne défile derrière nous à environ cent cochons à l'heure, et Evie dit : « Après que ton frère a été mutilé, alors quoi ? »

Le photographe regarde sa cellule et dit : « Nan. Pas moyen. »

Le directeur artistique dit : « Les filles, nous avons trop de reflets brillants des carcasses. »

Chaque cochon passe aussi gros qu'un arbre creux, l'intérieur tout rouge et brillant et couvert de cette vraiment jolie peau de porc sur l'extérieur après que quelqu'un a cramé les soies à l'aide d'un chalumeau. Ce qui me fait me sentir toute mal rasée par comparaison, et il faut que je compte pour remonter à ma dernière épilation à la cire.

Et Evie qui lance : « Ton frère ? »

Et moi je suis là, je compte à rebours, vendredi, jeudi, mercredi, mardi...

« Comment a-t-il fait pour passer de l'état de mutilé à celui de cadavre ? » dit Evie.

Ces cochons continuent à passer trop vite pour que le directeur artistique puisse atténuer leurs reflets en les poudrant. C'est à se demander comment font les cochons pour se garder une aussi belle peau. Si maintenant les fermiers n'utilisent pas de l'écran total ou quoi. Probablement, je me dis qu'il y a un mois que je n'ai pas été aussi lisse et douce qu'eux. À voir comment certains salons utilisent leurs nouveaux lasers, même avec le gel rafraîchissant, ils pourraient tout aussi bien se servir de chalumeaux.

« Hé, la fille de l'espace, me dit Evie. Tu veux bien redescendre sur terre ? »

Toute cette salle à cochons est bien trop réfrigérée pour qu'on s'y promène en robe en acier inoxydable. Des mecs en blanc, bottes à talons plats et manteau, haut cintré et bas évasé, ont la charge de faire gicler de la vapeur super réchauffée là où se trouvaient les intérieurs des cochons, et je suis prête à changer de place avec eux. Je suis prête à changer de place avec les cochons, même. À Evie, je dis : « La police n'a pas voulu avaler l'histoire de la bombe de laque. Les flics étaient sûrs que mon père s'était défoulé sur la figure de Shane. Ou que ma mère avait mis la bombe de laque à la poubelle. Ils ont qualifié ça de "négligence". »

Le photographe dit : « Et si on regroupait les carcasses pour les éclairer à contre-jour ? »

— Trop d'effets strobo à leur passage », dit le directeur artistique.

Evie dit : « Pourquoi les flics pensaient ça ?

— J'en sais rien du tout, je dis. Quelqu'un n'arrêtait pas de leur passer des coups de fil anonymes. »

Le photographe dit : « Peut-on arrêter la chaîne ? »

Le directeur artistique dit : « Pas possible, à moins de faire en sorte que les gens arrêtent de manger de la viande. »

Il nous reste des heures avant de pouvoir prendre une vraie pause, et Evie dit : « Quelqu'un a menti à la police ? »

Les mecs des cochons sont en train de nous reluquer, et certains sont plutôt mignons. Ils rigolent et font glisser les mains en aller-retour rapides le long de leurs tuyaux à vapeur noirs et luisants. À retrousser la langue dans notre direction. À flirter.

« Ensuite Shane s'est enfui, je dis à Evie. Aussi simple que ça. Il y a deux ans, mes vieux ont reçu un coup de fil comme quoi il était mort. »

Nous nous reculons autant qu'il est possible contre les cochons qui défilent, encore chauds. Le plancher a vraiment l'air graisseux, et Evie se met à me parler d'une idée qu'elle a de faire un remake de *Cendrillon*, seulement, au lieu que les petits oiseaux et animaux lui fabriquent une robe, ils font de la chirurgie esthétique. Les oiseaux bleus pratiquent un lifting. Les écureuils exécutent des implants. Les serpents, une liposuccion.

En plus, Cendrillon démarre comme petit garçon solitaire.

« Il avait beau recevoir toute l'attention qu'il voulait, je dis à Evie, je parierais que c'est mon frère qui a mis cette bombe de laque dans le feu lui-même. »

CHAPITRE 25

Saut à suivre jusqu'à une fois, un endroit rien de spécial, juste Brandy et moi en train de faire des emplettes dans la grande rue marchande de quelque ville de l'Idaho, avec succursale Sears, un restau, une boulangerie garantie frais de la journée, et une agence avec notre M. White Westinghouse personnel à l'intérieur en train d'entuber quelque agent immobilier. Nous entrons dans une boutique de robes d'occasion. La boutique est juste à côté de la boulangerie qui vend ses articles périmés à prix réduits, et Brandy raconte comment son père montait son arnaque avec ses cochons juste avant de les emmener au marché. Elle dit comment il les nourrissait de desserts périmés qu'il achetait par cargaisons entières dans ce genre de terminal de boulangerie industrielle. Le soleil descend sur nous dans l'air limpide. Ours et montagnes sont à distance de marche.

Brandy me regarde par-dessus un portant de robes de seconde main. « Tu sais comment ça fonctionne, ce genre d'escroque ? Celle aux cochons, ma douce ? » dit-elle.

Il fourrait les tuyaux de poêle aux pommes de terre, son père. Vous tenez le sac de jute ouvert et vous y placez debout une longueur de tuyau de poêle. Tout autour du tuyau, vous placez de grosses pommes de terre de la récolte de l'année. À l'intérieur du tuyau, vous mettez les pommes de terre de l'année passée, molles, abîmées, coupées, pourrissantes, de manière que les gens ne puissent les voir à travers le jute. Vous ressortez le tuyau, et vous cousez le sac bien fermé pour que rien ne puisse y bouger. Vous vendez vos pommes de terre en bordure de route en vous faisant aider par vos gamins et, même à bas prix, vous vous faites de l'argent.

Nous avions une Ford ce jour-là en Idaho. Elle était marron à l'intérieur et à l'extérieur.

Brandy écarte les cintres, inspectant toutes les robes sur le portant. « As-tu jamais entendu fourberie plus sournoise de toute ta vie ? » dit-elle.

Saut à suivre jusqu'à Brandy et moi dans un magasin d'occasion sur cette même rue marchande, derrière un rideau, entassées toutes deux dans un salon d'essayage de la taille d'une cabine téléphonique. La majeure part de l'entassement vient d'une robe de bal que Brandy ne peut pas enfiler sans mon aide, une vraie Grace Kelly, cette robe, avec Charles James écrit à travers tout le tissu. Pleins, creux et plans et tout ce squelettage préformé mis en œuvre scientifiquement à l'intérieur d'une peau d'organdi rose moiré ou de velvet bleu glace.

Ces robes des plus incroyables, Brandy me dit, les robes de bal structurées, les robes du soir fabriquées sur armature avec cerceaux et corselet sans bretelles, leur cols en fer à cheval bien raides sur dos à épaulettes bien larges, leurs tailles pincées, volants et baleines en godets, tout ça ne dure jamais bien longtemps. La tension, les contraintes en traction-extension du satin, du crêpe de Chine essayant de prendre la mesure du fil métallique et des baleines qu'ils recouvrent, la bataille du tissu contre le métal, cette tension va les réduire en lambeaux. À mesure que les parties extérieures vieillissent, le tissu, la face que l'on voit, à mesure qu'il s'use et s'affaiblit, l'intérieur commence à en ressortir et perce le tout.

Princesse Princesse, elle dit : « Il faudra au moins trois Darvon pour que je puisse entrer dans cette robe. »

Elle tend la main, et j'y secoue l'ordonnance.

Son père, dit Brandy, il passait toujours son bœuf à la moulinette avec de la glace pilée pour qu'il soit plein d'eau avant de le vendre. Il passait le bœuf à la moulinette avec ce qu'il appelait du granulé pour taureau afin qu'il soit plein de céréales.

« Ce n'était pas le méchant homme, dit-elle. Hormis peut-être qu'il était un peu trop à cheval sur les règles. »

Non pas tant les règles relatives à la justice et à l'honnêteté, dit-elle, que celles concernant la protection de sa famille de la pauvreté. Et de la maladie.

Certaines nuits, dit Brandy, son père venait se faufiler dans sa chambre pendant qu'elle dormait.

Je ne veux pas entendre ça. Le régime de Brandy, Provera et Darvon, l'a marquée de ses effets secondaires en lui donnant ce genre de boulimie affective qui la rend incapable de garder pour elle le moindre petit secret un peu vicieux. Je lisse mes voiles sur mes oreilles. *Merci de ne pas partager.*

« Mon père venait s'asseoir sur mon lit certaines nuits, dit-elle, et il me réveillait. »

Notre père.

La robe de bal voit sa glorieuse résurrection sur les épaules de Brandy, revenue à la vie, plus vaste que la vie elle-même, modèle conte de fées totalement impossible à porter nulle part depuis ces cinquante dernières années. Une fermeture à glissière aussi épaisse que mon échine remonte sur le côté juste sous le bras de Brandy. Les panneaux du corselet pincent Brandy à la taille et ses balconnets la font exploser au sommet, ses seins, ses bras nus et son long cou. La jupe est une succession de couches jaune pâle de soie à côtes et de tulle. Les broderies d'or et les semences de perles sont tellement trop que le moindre bijou serait trop.

« Cette robe, c'est un palais, dit Brandy, mais même avec les médicaments elle fait mal. »

Les extrémités cassées des fils métalliques d'armature ressortent autour du cou, et s'enfoncent dans la chair de la taille. Les panneaux de fanons de baleine en plastique, leurs coins et leurs rebords acérés poignardent et coupent. La soie est chaude, le tulle, rugueux. Seul le souffle de Brandy, inspiration-expiration, transforme acier et celluloïd, et les engonce sous le tissu, bien cachés, en duo désaccordé, auquel seule Brandy bien vivante fait mordre et mâchonner le tissu et sa peau.

Saut à suivre jusqu'à la nuit, quand le père de Brandy, il venait dire, dépêche-toi. Habille-toi. Réveille ta sœur.

Moi.

Prenez vos manteaux et montez à l'arrière du camion, disait-il.

Et c'est ce que nous faisions, tard le soir, après que les chaînes de télé avaient passé l'hymne national avant d'interrompre leurs programmes. Mettant un terme à leur journée de diffusion. Pas une âme sur les routes à part nous, nos vieux dans la cabine du camion et nous deux à l'arrière, Brandy et sa sœur, roulées en boules sur le flanc contre la tôle ondulée du plateau du camion, le couinement de la suspension aux ressorts à lames, le bourdonnement de la transmission nous traversant par tout le corps. Les ornières font méchamment rebondir nos têtes de citrouille sur le plancher du plateau. Nos mains se verrouillent sur nos visages pour nous empêcher de respirer la sciure et le fumier desséché qui volent alentour à jamais. Nos yeux aux paupières si serrées pour la même raison. Nous allions nous ne savions pas où, en essayant malgré tout de deviner. Un virage à droite, puis un virage à gauche, puis une longue ligne droite à une vitesse que nous ne connaissions pas, puis un nouveau virage à droite qui nous faisait rouler sur le flanc gauche. Nous ne savions pas combien de temps. On ne pouvait pas dormir.

Faisant exploser sa robe en miettes, complètement immobile, Brandy dit : « Tu sais, j'ai été pratiquement livrée à moi-même depuis l'âge de seize ans. »

À chaque inspiration, même à ses petites goulées d'air de déglutition pour son overdosage de Darvon, Brandy fait la grimace. Elle dit : « Il y a eu un accident quand j'avais quinze ans, et, à l'hôpital, la police a accusé mon père de m'avoir maltraitée. Et ç'a continué, sans fin. Et moi je ne pouvais rien leur dire parce qu'il n'y avait rien à dire. »

Elle inspire et fait la grimace : « Les interrogatoires, les entretiens-conseils, la thérapie interventionniste, ç'a continué, sans fin, encore et encore. »

La camionnette à plateau ralentissait et rebondissait sur le bas-côté en quittant l'asphalte, sur le gravier ou la terre ondulée pareils à une planche à laver, et le camion tout entier sautait et claquait encore un peu, avant de s'arrêter.

C'est vous dire combien nous étions pauvres.

Toujours sur le plateau du camion, on ôtait ses mains du visage, et on était à l'arrêt. Poussière et fumier se stabilisaient. Le père de Brandy baissait le hayon du camion, et on se retrouvait sur un chemin de terre le long d'un mur brisé impressionnant de wagons renversés sur le flanc, de droite ou de gauche, hors des rails. Les wagons de marchandises étaient éventrés, tout ouverts. Les plates-formes étaient couchées dans un éparpillement de rondins et de chevrons. Les wagons-citernes fuyaient, tout tordus. Les wagons de matériaux en vrac pleins de charbon ou de copeaux de bois étaient cul par-dessus tête, leur cargaison déversée en tas noirs ou dorés. L'odeur violente de l'ammoniaque. La bonne odeur du cèdre. Le soleil était encore juste sous l'horizon dans une lumière tout autour de nous qui venait de sous le monde.

Il y avait du bois de charpente à charger dans le camion. Des caisses de pudding instantané au caramel. Des caisses de papier-machine, de papier hygiénique, de piles R-6, de pâte dentifrice, de pêches en boîte, de livres. Des diamants de verre sécurit écrasé s'étalaient partout autour des wagons transportant des voitures et couchés sur le flanc avec les bagnoles flambant neuves à l'intérieur complètement dévastées, leurs pneus noirs et propres en l'air.

Brandy soulève le col de la robe et reluque à l'intérieur le patch d'Estraderm sur un sein. Elle ôte la pellicule de protection d'un nouveau patch qu'elle colle sur son autre sein, avant de prendre une nouvelle inspiration-coup de poignard, et fait la grimace.

« Toute cette pagaille est morte de sa belle mort après trois mois, toute l'enquête sur les brutalités à enfant, dit Brandy. Ensuite, un jour d'entraînement de basket, je sors du gymnase et un homme s'approche. Il est de la police, dit-il, et il s'agit d'un interrogatoire complémentaire confidentiel. »

Brandy inspire, fait la grimace. Elle soulève une nouvelle fois le col et sort une disquette de Méthadone d'entre ses seins, en mord la moitié et laisse retomber le reste en place.

Il fait tellement chaud dans la cabine d'essayage, et elle est si petite avec nous deux à l'intérieur entassées en compagnie de cet énorme projet de génie civil qu'est la robe.

Brandy dit : « Darvon. » Elle dit : « Vite, s'il te plaît. » Et elle claque des doigts.

Je farfouille et ressors une autre gélule rose et rouge qu'elle avale à sec.

« Ce mec, dit Brandy, il me demande de monter dans sa voiture, pour bavarder, rien que pour bavarder, et il me demande s'il y a quelque chose que j'aimerais dire que peut-être j'avais eu trop peur de dire aux membres des services de l'enfance. »

La robe se défait de partout, la soie craquant à

chaque couture, le tulle explosant sous la pression des seins, et Brandy dit : « Ce mec, cet inspecteur, je lui dis : "non", et il dit : "bien". Il dit que ça lui plaît bien, un gamin qui sait garder des secrets. »

Sur le site d'un déraillement de train, on pouvait ramasser des crayons par deux mille à la fois. Des ampoules d'éclairage encore parfaites sans bruissement à l'intérieur. Des matrices à clés par centaines. La camionnette ne pouvait contenir qu'une quantité limitée, et, à ce stade, d'autres camions avaient fait leur apparition, avec les gens qui chargeaient les céréales à la pelle sur les banquettes arrière et des gens qui nous regardaient avec nos tas en trop-plein quand nous décidions qu'il nous en fallait plus, dix mille lacets ou mille pots de sel de céleri. Les cinq cents courroies de ventilateur toutes d'une taille dont nous n'avions pas besoin mais que nous pouvions revendre, ou les piles R-6. La caisse de matière grasse qu'on ne pourrait jamais consommer complètement avant qu'elle rancisse ou les trois cents bombes de laque à cheveux.

« Le gars de la police », dit Brandy, avec toutes les tiges de l'armature métallique sortant de sa soie jaune moulante, « il pose la main sur moi, il la remonte sous la jambe de mon short, et il dit que nous n'avons pas à rouvrir le dossier. Nous n'avons pas à créer de nouveaux problèmes à ma famille. » Brandy dit : « Cet inspecteur dit que la police veut arrêter mon père sur présomptions. Lui peut arrêter ça, dit-il. Il dit : tout dépend de moi. »

Brandy inspire, et la robe part en lambeaux, elle respire et chaque inspiration la dénude à de nouveaux emplacements.

« Qu'est-ce que j'en savais, moi ? dit-elle. J'avais quinze ans. Je ne savais rien. »

Par une centaine de trous déchirés, transparaît la chair nue.

Sur le site du déraillement, mon père a dit que la sécurité serait là d'une minute à l'autre.

La manière dont j'ai compris ça, moi, c'était : nous allions être riches. Plus de peur de l'avenir. Mais ce qu'il voulait dire, en fait, était qu'il fallait nous dépêcher, sinon nous allions nous faire attraper et tout perdre.

Bien sûr que je me souviens.

« Ce gars de la police, dit Brandy, il était jeune, vingt et un, vingt-deux ans. Ce n'était pas un vieux dégoûtant. Ça n'a pas été horrible, dit-elle, mais ce n'était pas de l'amour. »

Avec plus encore de la robe déchirée, le squelette jaillit comme un ressort à différents endroits.

« Pour l'essentiel, dit Brandy, ça m'a mélangé les esprits pendant un long moment. »

C'est comme ça que j'ai grandi, ce genre de déraillements de train. Notre seul dessert de l'époque, de l'âge de mes six ans jusqu'à neuf, a été du pudding au caramel. Il se trouve que je hais le caramel. Même la couleur. Tout particulièrement la couleur. Et le goût. Et l'odeur.

La manière dont j'ai fait la connaissance de Manus, c'est quand j'avais dix-huit ans, et qu'un beau mec est arrivé à la porte de la maison de mes parents et a demandé : avions-nous jamais eu de nouvelles de mon frère après qu'il s'est enfui ?

Le mec était un peu plus âgé, mais dans des limites encore acceptables. Vingt-cinq ans maxi. Il m'a donné une carte disant Manus Kelley. Agent Spécial Indépendant sous Contrat aux Mœurs. La seule autre chose que j'aie remarquée a été qu'il ne portait pas d'alliance. Il a dit : « Vous savez, vous ressemblez beaucoup à votre frère. » Il avait un superbe sourire et il a dit : « Comment vous appelez-vous ? »

« Avant que nous retournions à la voiture, dit Brandy, il faut que je te dise quelque chose à propos de ton ami. M. White Westinghouse. »

Anciennement M. Chase Manhattan, anciennement Nash Rambler, anciennement Denver Omelet, anciennement agent spécial sous contrat aux mœurs Manus Kelley. Je fais mon petit devoir de calcul : Manus a trente ans. Brandy, vingt-quatre.

Quand Brandy avait seize ans, j'en avais quinze. Quand Brandy avait seize ans, peut-être bien que Manus faisait déjà partie de nos existences.

Je ne veux pas entendre ça.

La plus belle ancienne parfaite robe n'est plus. La soie et le tulle ont glissé, ils sont retombés, affaissés en tas au sol de la cabine d'essayage, et l'armature métallique et les baleines cassées ont jailli de leur enfermement, ne laissant que quelques marques rouges qui disparaissent déjà sur la peau de Brandy avec Brandy plantée là bien trop près de moi avec rien que ses dessous sur elle.

« C'est drôle, dit Brandy, mais ce n'est pas la première fois que je détruis la belle robe de quelqu'un d'autre », et un gros œil Aubergine Dreams cligne à mon adresse.

Son haleine et sa peau sont chaudes, c'est vous dire qu'elle est près.

« Le soir où je me suis enfuie de chez moi, dit Brandy, j'ai brûlé pratiquement jusqu'à leur dernier point tous les vêtements que ma famille avait accrochés à la corde à linge. »

Brandy sait pour moi, ou elle ne sait pas. Elle m'ouvre son cœur, ou elle me titille en me narguant. Si elle sait, elle pourrait bien mentir à propos de Manus. Si elle ne sait pas, alors, l'homme que j'aime est un prédateur sexuel taré, vicieux et déjanté.

Soit Manus soit Brandy me mentent, salement,

méchamment, ils me mentent à moi, le parangon de vertu et de vérité ici présent. Manus ou Brandy, je ne sais lequel des deux haïr.

Moi et Manus ou Moi et Brandy. Ce n'était pas horrible, mais ce n'était pas de l'amour.

CHAPITRE 26

Il devait exister quelque meilleure manière de tuer Brandy. Pour me libérer. Un genre de façon de clore toute l'affaire rapide et permanente. Un genre de feu croisé duquel je pourrais me sortir sans encombre. À ce stade, Evie me hait. Brandy a exactement la même allure que celle qui était la mienne. Manus est toujours tellement amoureux de Brandy qu'il la suivrait au bout du monde, sans même être sûr des raisons qui l'y poussent. Tout ce que j'aurais à faire, c'est de coller Brandy dans le croisillon de lunette face à la carabine d'Evie.

Papotages de salle de bains.

Le tailleur de Brandy avec sa petite taille aseptisée et ses manches trois-quarts si mode est toujours replié sur la tablette bleu-vert à côté de la grosse coquille de palourde. Je ramasse la veste, et mon souvenir de l'avenir en tombe. C'est une carte postale de ciels de 1962 propres délavés par le soleil le jour d'ouverture de l'Aiguille de l'Espace. Vous pourriez regarder par les fenêtres-hublots de la salle de bains et voir ce que l'avenir est devenu. Envahi par des Goths en sandales en train de faire tremper des lentilles à la maison, l'avenir que je voulais n'est plus. Tout ce que j'espérais voir. Cette manière dont tout était censé devenir. Bonheur et paix, amour et confort.

Quand donc l'avenir, a écrit un jour Ellis au dos d'une carte postale, *a-t-il cessé d'être une promesse pour se changer en menace ?*

J'enfonce la carte entre les brochures de vaginoplastie et les prospectus de labioplastie collés entre les pages du livre de Miss Rona. Sur la couverture, il y a une photo satellite de l'Ouragan Blonde juste en bordure de la côte ouest de son visage. La blonde est envahie de perles et ce qui pourrait être des diamants étincelle ici et là.

Elle a l'air très heureuse. Je remets le livre dans la poche intérieure de la veste de Brandy. Je ramasse les produits de beauté et les pilules éparpillés sur les tablettes et je les range. Le soleil brille par les fenêtres-hublots sous un angle bas, bas, et la poste va bientôt fermer. Il y a toujours l'argent de l'assurance d'Evie à récupérer. Au moins un demi-million de dollars, j'imagine. Ce qu'on peut faire avec une telle masse d'argent, je ne sais pas, mais il est sûr que je vais trouver.

Brandy est tombée en état de première urgence capillaire, aussi je la secoue.

Les yeux Aubergine Dreams de Brandy tressautent, cillent, tressautent, se plissent.

Ses cheveux, ils sont complètement raplatis à l'arrière.

Brandy se redresse sur un coude. « Tu sais, dit-elle, je prends des médicaments, aussi ce n'est pas un problème ce que je vais te dire. » Brandy me regarde penchée sur elle, lui offrant ma main pour l'aider à se relever. « Il faut que je te dise, dit Brandy, mais je t'aime vraiment d'amour. » Elle dit : « Je ne peux pas dire ce qu'il en est de ton côté, mais je veux que nous soyons une famille. »

Mon frère veut m'épouser.

J'aide Brandy à se relever. Brandy s'appuie sur moi, Brandy, elle s'appuie sur le bord de la tablette.

Elle dit : « Ce ne serait pas un truc comme deux sœurs. »

Brandy dit : « Il me reste encore quelques jours dans ma Formation à la Vraie Vie. »

À voler des médicaments, à vendre des médicaments, à acheter des vêtements, à louer des voitures de luxe, à rapporter les vêtements, à commander des cocktails au mixer, ce n'est pas ce que j'appellerais la Vraie Vie, et de très loin.

Les mains emperlées de bagues de Brandy s'ouvrent à pleine floraison et étalent le tissu de sa jupe sur le devant. « J'ai encore tout mon équipement d'origine », dit-elle.

Les grosses mains sont encore en train de tapoter et de lisser l'entre-deux de Brandy lorsqu'elle se tourne de côté vers le miroir et contemple son profil. « C'était censé tomber tout seul après un an, mais alors je t'ai rencontrée, dit-elle. J'avais mes bagages prêts au Congress Hotel depuis des semaines avec l'espoir que tu viendrais à ma rescousse. » Brandy présente son autre côté au miroir et fouille. « C'est juste que je t'aimais tellement, je me disais qu'il n'est peut-être pas trop tard. »

Brandy étale du brillant en pot sur sa lèvre supérieure, puis sa lèvre inférieure, se tamponne les lèvres avec un mouchoir en papier, et laisse tomber le gros baiser Plumbago dans la cuvette en coquille de palourde. Brandy dit avec ses nouvelles lèvres : « T'as une idée de comment on tire la chasse à ce truc ? »

Des heures que j'ai passées assise sur cette cuvette, et non, je n'ai jamais vu comment tirer la chasse. Je sors dans le couloir de sorte que, si Brandy veut continuer à papoter, il va lui falloir suivre.

Brandy s'emmêle les pieds dans l'embrasure de porte de la salle de bains, là où le carrelage rejoint la moquette du couloir. Sur une chaussure, le talon est cassé. Son bas est filé là où il a raclé l'huisserie de la porte. Elle s'est agrippée à un porte-serviettes pour garder l'équilibre et a écaillé son vernis à ongles.

Reine anale brillant de perfection, elle dit : « Putain. »

Princesse Princesse, elle me hurle derrière : « Ce n'est pas que je veuille vraiment être une femme. » Elle hurle : « Attends-moi ! »

Brandy hurle : « Je fais ça uniquement parce que c'est justement la plus grosse erreur que je crois pouvoir commettre. C'est stupide et destructeur, et tous ceux à qui tu poses la question te répondent que j'ai tort. C'est pour ça qu'il faut que j'aille jusqu'au bout. »

Brandy dit : « Tu ne vois donc pas ? Parce qu'on est tellement formés et entraînés à vivre la vie comme il faut la vivre. *À ne pas commettre d'erreurs.* » Brandy dit : « Je me dis, plus l'erreur paraît grosse, plus j'ai de chances de casser le moule et de vivre une vraie vie. »

Tout comme Christophe Colomb naviguant vers le désastre aux limites du monde.

Tout comme Fleming et sa moisissure de pain.

« Nos véritables découvertes viennent du chaos, hurle Brandy, du fait d'aller jusqu'à cet endroit qui paraît stupide, imbécile, dans l'erreur complète. »

Sa voix impériale partout dans la maison, elle hurle : « Tu ne t'éloignes *pas* de moi quand je prends une minute pour m'expliquer ! »

Son exemple est une femme qui escalade une montagne, il n'existe aucune raison rationnelle pour grimper aussi dur, et, pour certaines personnes, c'est une folie stupide, une mésaventure, une erreur. Une alpiniste, peut-être qu'elle meurt de faim et de froid, épuisée, souffrant toutes les douleurs de son corps des jours durant, mais elle grimpe jusqu'au sommet. Et peut-être qu'elle est changée par ça, mais tout ce qu'elle a à en montrer, c'est son histoire.

« Mais moi », dit Brandy, toujours dans l'embrasure de la porte de la salle de bains, toujours à regarder son vernis à ongles écaillé, « je commets la même erreur, seulement en bien pire, la douleur, l'argent, le temps, et me faisant larguer par mes vieux amis, et, dans le même temps, mon corps tout entier est mon histoire. »

Une opération chirurgicale de réaffectation sexuelle est un miracle pour certains, mais si vous n'en voulez pas, c'est la forme ultime d'automutilation.

« Non pas que ce soit mal d'être une femme. Ce pourrait être merveilleux, si je voulais être une femme. Le point étant, dit Brandy, être une femme est la dernière chose que je veuille. C'est juste la plus grosse erreur que je pensais pouvoir commettre. »

C'est donc la voie de la plus grande découverte.

C'est parce que nous sommes tellement pris au piège de notre culture, dans l'étant être humain sur cette planète avec le cerveau que nous avons, les mêmes deux bras, les mêmes deux jambes que tout le monde. Nous sommes tellement pris au piège que toutes les manières que nous pourrions imaginer trouver de nous en échapper ne seraient rien qu'une autre partie du piège. Tout ce que nous voulons, nous avons été formés et entraînés à le vouloir.

« Ma première idée avait été de me faire amputer d'un bras et d'une jambe, côté gauche, ou côté droit », elle me regarde et hausse les épaules, « mais aucun chirurgien n'a accepté de m'aider. » Elle dit : « J'ai envisagé le sida, pour l'expérience, mais ensuite tout le monde a eu le sida, et c'est devenu tellement courant dominant et tendance. » Elle dit : « C'est ce que les sœurs Rhea ont dit à ma famille de naissance, je suis pratiquement sûre. Ces salopes peuvent être tellement possessives. »

Brandy sort une paire de gants blancs de son sac à main, le genre de gants avec bouton de perle blanche à l'intérieur de chaque poignet. Elle enfile péniblement chaque main dans un gant et met le bouton. Blanc, ce n'est pas un bon choix de couleur. En blanc, ses mains ont l'air d'avoir été transplantées à partir d'une souris géante de dessin animé.

« Ensuite, j'ai pensé, un changement de sexe, dit-elle, une opération chirurgicale de réaffectation sexuelle. Les Rhea, dit-elle, elles croient qu'elles se servent de moi, mais, en réalité, c'est moi qui me sers d'elles, de leur argent, de leur conviction de m'avoir sous leur emprise entière et d'avoir accouché de toute l'idée. »

Brandy soulève le pied et regarde le talon cassé, et elle soupire. Ensuite elle tend la main pour ôter la seconde chaussure.

« Rien de tout cela n'est le résultat de la pression mise par les sœurs Rhea. En aucun cas. C'était juste la plus grosse erreur que je pouvais faire. Le plus gros défi que je pouvais me donner à moi-même. »

Brandy casse le talon de sa bonne chaussure, ce qui lui laisse les pieds dans deux horribles chaussures plates.

Elle dit : « Il faut sauter dans le désastre à pieds joints. »

Elle jette les talons cassés dans le bazar de la salle de bains.

« Je ne suis pas hétéro, et je ne suis pas gay, dit-elle. Je ne suis pas bisexuelle. Je veux me sortir des étiquettes. Je ne veux pas voir ma vie entassée sous un seul petit mot unique. Une histoire. Je veux découvrir autre chose, d'inconnaissable, quelque endroit où me situer qui ne se trouve pas sur une carte. Une véritable aventure. »

Un sphinx. Un mystère. Un blanc. Inconnu. Indéfini. Inconnaissable. Indéfinissable. Ce sont là les mots que Brandy a utilisés pour me décrire sous mes voiles. Pas simplement une histoire qui avance, et ensuite, et après, et puis, et alors jusqu'à votre mort.

« Quand je t'ai rencontrée, dit-elle, je t'ai enviée. J'ai convoité ton visage. J'ai pensé que ce visage que tu as demandera plus de tripes que n'importe quelle opération de changement de sexe. Il t'offrira de plus grandes découvertes. Il te rendra plus forte que je pourrais jamais l'être. »

Je commence à descendre l'escalier. Brandy dans ses nouveaux chaussons, moi en totale confusion, nous arrivons au hall de l'entrée et, à travers les portes du salon de réception, on entend la longue voix grave de M. Parker rotant à satiété : « C'est ça. C'est bien, comme ça. »

Brandy et moi, nous restons devant les portes un moment. Nous nous nettoyons l'une l'autre des peluches et des morceaux de papier hygiénique, et je redonne du gonflant à l'arrière de la chevelure raplatie de Brandy. Brandy remonte un peu son collant et renfonce le devant de sa veste.

Carte postale et livre fourrés à l'intérieur de la veste, queue rengoncée dans le collant, impossible de deviner l'un ou l'autre.

Nous ouvrons brutalement les doubles portes du salon de réception et voilà M. Parker et Ellis. M. Parker a le pantalon aux genoux, le cul nu et poilu en l'air. Le reste de sa nudité est collé à la figure d'Ellis. Ellis Island, anciennement Agent Indépendant Sous Contrat Aux Mœurs Manus Kelley.

« Oh oui, comme ça. C'est si bon. »

Ellis est en train de se gagner un A pour l'excellence de ses résultats dans l'exercice de ses fonctions, les deux mains en coupe autour des petits pains fessus tout nus et récurés tout propres du boursier-footballeur M. Parker, en train de tirer à lui tout ce qu'il peut engloutir dans sa belle petite gueule juvénile digne d'une affiche de nazi aux mâchoires carrées. Ellis grognant, le cœur aux lèvres, en train de faire son retour après une retraite forcée.

CHAPITRE 27

L'homme à la poste restante qui a demandé à voir ma pièce d'identité a pratiquement dû me croire sur parole. La photo de mon permis de conduire pourrait tout aussi bien être celle de Brandy. Ce qui signifie des paquets d'écriture sur des bouts de papier pour que j'explique à quoi je ressemble maintenant. Et tout ce temps que je me trouve dans la poste, je jette des regards en coin pour voir si je ne fais pas le modèle-couverture sur le panneau d'affichage du FBI des criminels les plus recherchés.

Presque un demi-million de dollars, ça fait environ dix kilos en billets de dix et vingt dollars dans une boîte. Plus, à l'intérieur, avec l'argent, un petit mot sur carte rose d'Evie me disant, bla-bla-bla, je vais te tuer si jamais je te revois. Plus heureuse que moi, c'était pas possible.

Avant que Brandy puisse voir à qui c'est adressé, je déchiquette l'étiquette à coups de griffe.

Pour une part, le fait d'être mannequin, c'est que mon numéro de téléphone est sur la liste rouge, de sorte que je n'étais dans aucune ville pour que

Brandy me trouve. J'étais nulle part. Et maintenant, nous retournons chez Evie. Vers le destin de Brandy. Et sur tout le trajet de retour, moi et Ellis, nous rédigeons des cartes postales de l'avenir pour les glisser par les vitres de la voiture tandis que nous avançons sur l'Inter-États 5 plein sud à deux kilomètres cinq cents la minute. Cinq kilomètres toutes les deux minutes à nous rapprocher d'Evie et de sa carabine.

Ellis écrit : *Votre naissance est une erreur que vous passerez votre vie entière à essayer de corriger.*

La vitre électrique de la Lincoln Town Car bourdonne sur un centimètre, et Ellis laisse tomber la carte dans le flux d'air de la I-5.

J'écris : *Vous passez votre vie entière à devenir Dieu et ensuite vous mourez.*

Ellis écrit : *Lorsque vous ne partagez pas vos problèmes, l'écoute des problèmes des autres vous agace.*

J'écris : *Tout ce que Dieu fait, c'est de nous surveiller et de nous tuer quand nous devenons ennuyeux. Nous ne devons jamais, au grand jamais, être ennuyeux.*

Saut à suivre jusqu'à nous en train de lire la page annonces immobilières du journal, à la recherche de grosses maisons à visiter. C'est toujours ce que nous faisons dans une nouvelle ville. Nous nous asseyons à un joli café en terrasse, à boire du cappucino et sa poudre de chocolat, et nous lisons le journal, ensuite Brandy appelle tous les agents immobiliers pour trouver quelles maisons à visiter sont toujours occupées par leurs propriétaires. Ellis établit une liste des maisons à se faire le lendemain.

Nous prenons une chambre dans un bel hôtel, et nous faisons un petit somme. Après minuit, Brandy me réveille d'un baiser. Elle et Ellis sortent pour revendre le stock que nous avons ramassé à Seattle. Probable qu'ils baisent. Je m'en fiche.

« Et non, dit Brandy, Mlle Alexander ne va pas appeler les sœurs Rhea pendant son séjour en ville. C'est terminé, car elle est déterminée, le seul vagin qu'il vaille la peine d'avoir est de ceux que l'on s'achète soi-même. »

Ellis est debout dans l'embrasure de la porte ouverte sur le couloir de l'hôtel, l'allure tellement super-héros que je veux me réfugier dans le lit et être sauvée. Néanmoins, depuis Seattle, il est mon frère. Et vous ne pouvez pas être amoureuse de votre frère.

Brandy dit : « Tu veux la télécommande de la télé ? » Brandy allume la télévision, et voilà qu'apparaît Evie effrayée et désespérée avec sa grosse chevelure arc-en-ciel toute gonflée dans toutes les nuances de blond. Evelyn Cottrell, Inc., la déduction d'impôts préférée de tout le monde, est en train de chanceler au milieu du public de studio dans sa robe à paillettes en suppliant les gens de manger ses sous-produits à la viande.

Brandy change de chaîne.

Brandy change de chaîne.

Brandy change de chaîne.

Evie est partout après minuit, offrant ce qu'elle a sur un plateau d'argent. Les membres du public du studio l'ignorent, occupés qu'il sont à se regarder dans le moniteur, pris au piège du circuit fermé de réalité où ils se regardent en train de se regarder eux-mêmes, en essayant, comme tout un chacun chaque fois qu'il se voit dans son miroir, de déterminer exactement qui est cette personne.

Ce circuit en boucle sans fin qui ne finit jamais. Evie et moi, nous avons fait cette pub commerciale. Comment ai-je pu être aussi stupide ? Nous sommes tellement pris au piège de nous-mêmes.

La caméra reste sur Evie, et ce que je peux presque entendre Evie dire, c'est : Aimez-moi.

Aimez-moi, aimez-moi, aimez-moi, aimez-moi, aimez-moi, aimez-moi, aimez-moi, je serai celui ou celle, n'importe, que vous voulez que je sois. Utilisez-moi. Changez-moi. Je peux être mince avec de gros seins et plein de cheveux. Mettez-moi en morceaux. Transformez-moi en n'importe quoi, mais juste aimez-moi.

Saut à suivre jusqu'à une fois, Evie et moi, nous faisions cette séance de photos de mode dans une casse de voitures, dans un abattoir, dans un dépôt mortuaire. Nous allions n'importe où rien que pour paraître bien par comparaison, et ce que je comprends maintenant, c'est que, pour l'essentiel, ce que je déteste en Evie, c'est le fait qu'elle est si vaine, si stupide, si tellement en demande. Mais ce que je déteste le plus, c'est à quel point elle est exactement comme moi. Ce que je déteste vraiment, c'est moi, et donc je déteste pratiquement tout le monde.

Saut à suivre jusqu'au lendemain du jour où nous nous sommes fait quelques maisons, une résidence, deux palais, un château plein de médicaments. Vers les quinze heures, nous retrouvons un agent immobilier dans la salle à manger seigneuriale d'un manoir de West Hills. Tout autour de nous il y a des traiteurs et des fleuristes. La table de la salle à manger est mise, sur laquelle s'entassent argenterie et cristaux, services à thé, samovars, candélabres, verrerie. Une femme en tailleur tweed mal fagotée de secrétaire aux relations sociales est occupée à déballer ces cadeaux d'argent et de cristal en prenant des notes dans un minuscule calepin rouge.

Un flot constant de fleurs qui arrivent tourbillonne autour de nous, seaux d'iris et de roses et de giroflées. Le manoir est plein de l'odeur doucereuse des fleurs et des riches senteurs de petits fours soufflés et de champignons farcis.

Pas notre style. Brandy me regarde. Bien trop de monde aux alentours.

Mais l'agente immobilière est déjà là, tout sourires. D'un accent traînant aussi plat ct étiré que l'horizon texan, l'agente immobilière se présente comme étant Mme Leonard Cottrell. Et elle est si heureuse de faire notre connaissance.

Cette femme Cottrell prend Brandy par le coude et la dirige sur le parquet seigneurial pendant que je me tâte de savoir, fuir ou me battre ?

Faites-moi ça terreur. Vous l'avez.

Éclair du flash.

Faites-moi ça panique. Vous l'avez.

Éclair du flash.

Ça doit être la mère d'Evie, oh, vous savez que si. Et ça doit être la nouvelle maison d'Evie. Et je me demande comment il se fait que nous ayons atterri ici. Pourquoi aujourd'hui ? Quelles sont les probabilités ?

L'agente immobilière Cottrell nous fait passer à côté de la secrétaire aux relations sociales en tweed et tous les cadeaux de mariage. « Ceci est la maison de ma fille. Mais elle passe pratiquement toutes ses journées au rayon mobilier de chez Brumbach, au centre-ville. Jusqu'à présent, nous avons satisfait ses petites obsessions, mais assez, c'est assez, et donc aujourd'hui nous allons la marier à un quelconque connard. »

Elle se penche plus près. « Ç'a été plus difficile que vous ne l'imagineriez jamais, d'essayer de la caser. Vous savez, elle a incendié la dernière maison que nous lui avions achetée. »

À côté de la secrétaire aux relations sociales, il y a une pile d'invitations de mariage gravées à la dorure. Il y a les regrets. Désolés, mais nous ne pouvons pas.

Il semble y avoir bien beaucoup de regrets. Belles invitations, cependant, gravées à la dorure, bords déchirés naturels, carte à trois plis avec violette séchée à l'intérieur. Je vole un des regrets, et je rattrape l'agente immobilière Cottrell, Brandy et Ellis.

« Non, est en train de dire Brandy, il y a simplement trop de monde. Nous ne pourrions pas bien voir la maison dans ces conditions.

— De vous à moi, dit l'immobilière Cottrell. Le plus grand mariage du monde vaut le prix qu'il coûte si nous pouvons refiler Evie à quelque pauvre homme. »

Brandy dit : « Nous voulons pas vous tenir plus longtemps.

— Mais, aussi, dit la femme Cottrell, il y a ce sous-groupe d'"hommes" qui aiment que leurs "femmes" soient comme Evie aujourd'hui. »

Brandy dit : « Il faut vraiment que nous partions. »

Et Ellis dit : « Des hommes qui aiment des femmes folles à lier ?

— Mais, vous savez, ça nous a littéralement brisé le cœur le jour où Evan est venue nous voir. Seize ans, et il dit : "Man-man, Papa, je veux être une fille" », nous lâche Mme Cottrell.

« Mais nous avons payé pour la chose, dit-elle. Une déduction des impôts, c'est une déduction. Evie voulait être un mannequin de mode, une célébrité mondiale, nous a-t-il dit. Il a commencé à se faire appeler Evie, et j'ai annulé mon abonnement à *Vogue* le lendemain. J'avais le sentiment que la revue avait fait suffisamment de dégâts comme cela à ma famille. »

Brandy dit : « Eh bien, mes félicitations », et elle se met à me tirer vers la porte d'entrée.

Et Ellis dit : « *Evie était un homme ?* »

Evie était un homme. Et il faut que je m'asseye. Evie était un homme. Et j'ai vu ses cicatrices d'implants mammaires. Evie était un homme. Et je l'ai vue nue dans les salons d'essayage.

Faites-moi une révision complète sinon tardive de ma vie d'adulte.

Éclair du flash.

Faites-moi n'importe quoi dans tout ce foutu putain de monde qui soit exactement ce qu'il paraît être !

Éclair du flash !

La mère d'Evie jette un regard dur à Brandy.

« Avez-vous jamais fait des présentations de mode ? dit-elle. Vous ressemblez tellement à une amie de mon fils.

— De votre fille », dit Brandy.

Et je tripote l'invitation que j'ai volée. Le mariage, l'union de Mlle Evie Cottrell et de M. Allen Skinner, a lieu demain. À onze heures ante meridiem, onze heures du matin, quoi, selon la gravure dorée. Pour être suivi par une réception au domicile de la mariée.

Pour être suivi par l'incendie de la maison.

Pour être suivi par un meurtre.

Habit exigé.

CHAPITRE 28

La robe dans laquelle je trimballe mon cul au milieu de la noce d'Evie est plus moulante qu'un moulage sur la peau. On pourrait appeler ça un moulage à même les os. C'est cette copie de l'imprimé du Linceul de Turin, marron et blanc pour l'essentiel, drapée et taillée de manière que les boutons rouge brillant boutonnent tous au travers des emplacements des stigmates. Ensuite je porte des mètres et des mètres de gants en soie noire tout retroussés en plis sur mes bras. Mes talons sont hauts à coller un saignement de nez. J'enveloppe le demi-kilomètre de tulle noir de Brandy clouté de strass à l'entour de mes tissus cicatriciels, sur la tourte aux cerises luisante de ce qui était jadis mon visage, enveloppé serré, jusqu'à ce que seuls mes yeux soient visibles. C'est un look qui est sinistre et morbide. Le sentiment général, c'est toute maîtrise disparue, nous avons un peu perdu les commandes.

Cela demande plus d'effort de haïr Evie que par le passé. Mon existence tout entière s'éloigne de plus en plus à distance de toute raison de la haïr. Elle s'éloigne de plus en plus à distance de toute raison à proprement parler. Il suffit d'une tasse de café et d'une gélule de Dexédrine pour se sentir même vaguement en rogne contre n'importe quoi.

Brandy, elle porte son tailleur, une copie bonne occase de Bob Mackie avec la petite jupe péplum et le grand, je ne sais pas quoi, et le mince et étroit je ne pourrais m'en fiche plus complètement. Elle a un chapeau, puisque, après tout, c'est un mariage. L'a des chaussures aux pieds faites de peau d'un animal quelconque. Des accessoires, y compris des bijoux, vous savez, ces pierres qu'on extrait de la terre, polies et taillées afin de refléter la lumière, enchâssées dans des alliages d'or et de cuivre, poids atomique, fondus et battus aux marteaux, et tout cela tellement exigeant en main-d'œuvre. Signifiant, dans son intégralité, Brandy Alexander.

Ellis, il porte un croisé je sais pas quoi, un complet, fente simple dans le dos, noir. Il a l'allure qu'on s'imaginerait avoir mort dans un cercueil si on est un mec, pour moi, c'est pas un problème, dans la mesure où le rôle d'Ellis a fait son temps dans mon existence.

Ellis trottine de partout maintenant qu'il a prouvé qu'il est capable de séduire quelque chose dans chaque catégorie. Non que le fait d'avoir taillé une pipe à M. Parker fasse de lui le Roi de Pédale-Ville, mais maintenant il s'est mis Evie dans la poche, et peut-être bien qu'il s'est écoulé suffisamment de temps, et qu'Ellis peut retourner là où le devoir l'appelle et reprendre sa bonne vieille ronde dans les buissons de Washington Park.

Donc nous prenons l'invitation au mariage gravée or que j'ai volée, Brandy et Ellis prennent chacun un Percodan, et nous nous rendons à ce grand moment qu'est la réception de mariage d'Evie.

Saut à suivre jusqu'à onze heures du matin au manoir seigneurial de West Hills d'Evie la dingue, Evie la folle de la gâchette, la nouvellement unie Mme Evelyn Cottrell Skinner, comme si j'en avais quelque chose à faire à ce stade. Et. Oh tout cela est oh un tel éblouissement. Evie, c'est elle qui pourrait être le gâteau de mariage, avec ses étages et ses étages de larges ceintures à nœuds et de fleurs s'empilant à l'entour de sa grande robe à cerceaux, et qui montent et remontent jusqu'à sa taille corsetée, avant ses gros seins texans qui ressortent des balconnets d'une guêpière sans bretelles. Il y en a tellement d'elle à décorer, c'est pareil que Noël dans un centre commercial. Des fleurs en soie bouffent sur un côté de la taille. Des fleurs de soie au-dessus des deux oreilles servent d'ancrage à un voile jeté sur les hauteurs de sa chevelure laquée blonde sur blonde. Dans cette jupe à cerceaux et ces pamplemousses texans remontés au plus haut, la fille se balade chevauchant son propre char de parade.

Pleine d'interactions champagne-Percodan, Brandy me regarde.

316

Et je suis stupéfaite de ne m'en être jamais aperçue auparavant, à quel point Evie est un homme. Une grande blonde, toute pareille à celle qu'elle est ici, mais avec un de ces, vous savez, scrotums, tout laids et tout ridés.

Ellis se cache d'Evie, laquelle essaie de repérer si son nouvel époux n'est pas en train de rajouter une entaille à sa crosse, un petit élément de plus à son CV d'agent spécial sous contrat aux mœurs. Ellis, la façon dont toute cette histoire apparaît de son point de vue, c'est qu'il est toujours grand appât sportif preuve vivante s'il en est qu'il est capable d'alpaguer n'importe quel homme après la longue et dure bataille. Tous ceux qu'il y a ici pensent que toute l'histoire ne les concerne qu'eux. Incontestablement, c'est vrai pour tous ceux qui vivent sur cette terre.

Oh, et c'en est arrivé bien au-delà de toutes les excuses, désolée, M'man, désolée Seigneur. À ce stade, je ne suis plus désolée pour rien. Ni personne.

Non, vraiment, tous ceux qu'il y a ici sont juste tellement impatients de se faire incinérer.

Saut à suivre jusqu'au premier. Dans la chambre à coucher de maître, le trousseau d'Evie est étalé, prêt à être mis en valise. J'ai apporté mes propres allumettes cette fois, et j'allume le bord déchiré-naturel de l'invitation gravée or, et je transporte l'invitation du dessus-de-lit au trousseau aux rideaux. C'est le plus doux des moments quand le feu prend le dessus, et qu'on n'est plus responsable de rien.

Je prends un gros flacon de Chanel Numéro Cinq dans la salle de bains d'Evie et un gros flacon de Joy et un gros flacon de White Shoulders, et je répands l'odeur d'un million de fleurs sur chars de parade à travers toute la chambre à coucher.

Le feu, l'enfer des épousailles d'Evie, trouve la piste des fleurs dans l'alcool et me chasse jusque dans le couloir. C'est ça que j'aime dans le feu, le fait qu'il me tuerait aussi vite que n'importe qui. Cette manière qu'il a de ne pas pouvoir savoir que sa mère, c'est moi. C'est tellement beau, tellement puissant, au-delà de toute sensation de n'importe quoi pour n'importe qui, c'est ça que j'aime passionnément dans le feu.

Il est impossible d'arrêter quoi que ce soit. Impossible de maîtriser quoi que ce soit. Le feu dans les vêtements d'Evie est juste plus et plus encore à chaque seconde, et maintenant l'intrigue avance sans qu'on ait rien à y faire.

Ensuite je descends. Step-pause-step. La girl invisible. Pour une fois, ce qui se passe est exactement ce que je veux. Et même mieux que ce que je veux. Personne n'a rien remarqué.

Notre monde avance, en accéléré, droit devant, direction l'avenir. Fleurs et champignons farcis, invités et quatuor à cordes de la noce, c'est là que nous allons tous ensemble sur la planète Brandy Alexander. Dans le hall de l'entrée, il y a la Princesse Princesse qui croit qu'elle maîtrise, qu'elle est toujours aux commandes.

Le sentiment, c'est celui d'une maîtrise suprême

et absolue sur tout. Saut à suivre jusqu'au jour où nous serons tous morts et rien de tout cela n'aura d'importance. Saut à suivre jusqu'au jour où une autre maison se tiendra à cette même place avec les gens y habitant qui ne sauront pas que nous sommes jamais advenus.

« Où es-tu allée ? » demande Brandy.

Dans l'avenir immédiat, j'ai envie de lui répondre.

CHAPITRE 29

Saut à suivre jusqu'à Brandy et moi, et impossible de trouver Ellis nulle part. Evie et tous les Cottrell du Texas ne parviennent pas à trouver leur garçon d'honneur, non plus, et tout le monde rit ses petits rires nerveux. Quelle fille d'honneur s'est enfuie avec lui, voilà ce que tout le monde veut savoir. Ha, ha.

Je tire Brandy vers la porte, mais elle me fait chut. Ellis et le garçon d'honneur qui manquent tous les deux à l'appel... une centaine de Texans buvant sec... cette ridicule mariée dans son énorme robe de mariage drag-queen... tout ça est tout bonnement trop beau et trop drôle pour que Brandy parte maintenant.

Saut à suivre jusqu'à Evie chevauchant son énorme char de parade au sortir de l'office du maître d'hôtel, les mains serrées en poings, son voile et ses cheveux volant à l'horizontale derrière elle. Evie est en train de crier à la cantonade comme quoi elle a effectivement découvert son nouveau mari, suçoteur de troufignon et cul de pédale s'il en est, le nez dans le carrelage en train de se faire mettre par l'ancien petit ami de tout un chacun à l'office.

Oh, Ellis.

Je me souviens de toutes ses revues porno, et tous les détails de sexe anal, oral, feuille de rose, fist-fucking, felching. On pourrait s'expédier à l'hôpital tout seul en essayant de s'autosucer.

Oh, que tout cela est éblouissant.

Naturellement, la réponse d'Evie à tout et rien est de ramasser sa jupe à cerceaux et de courir au premier chercher une carabine sauf que, à ce stade, la majeure partie de sa chambre n'est plus qu'un mur de flammes parfumées au Chanel Numéro Cinq qu'Evie est obligée de franchir en chevauchant son char de parade. Tout le monde portabilise les urgences pour les secours. Personne n'est assez intéressé pour se rendre à l'office et vérifier un peu ce qui s'y passe. Les gens ne veulent pas savoir ce qui serait susceptible de se dérouler là-bas.

Allez comprendre, mais les Texans semblent beaucoup plus à l'aise avec un désastre incendiaire dans les parages qu'avec du sexe anal à proximité.

Je me souviens de mes vieux. Scato et uranisme. Sado et masochisme.

Attendant qu'Evie se consume à mort, tout le monde se reprend un verre et va se poster dans le hall de l'entrée au pied des escaliers. On entend une fessée sonore en provenance de l'office. La variété douloureuse, quand on se crache dans la main d'abord.

Brandy, en chose socialement inadaptée qu'elle est, Brandy se met à rire.

« Ça va être un joli foutoir sacrément rigolo », me dit Brandy du coin de ses lèvres Plumbago. « J'ai collé de l'évacuateur intestinal Bilax dans le dernier verre d'Evie. »

Oh, Ellis.

Avec tout ce qui est en train de se passer, Brandy aurait pu se sauver si elle ne s'était pas mise à rire.

Vous comprenez, depuis exactement cet instant, Evie sort de ce mur de flammes au sommet des escaliers. Une carabine à la main, sa robe de mariée brûlée, réduite aux cerceaux en acier, les fleurs en soie dans ses cheveux brûlées, réduites à leurs squelettes de fil de fer, toute sa chevelure blonde brûlée, réduite à plus rien, Evie y va de son step-pause-step et descend l'escalier avec une carabine pointée droit sur Brandy Alexander.

Avec tout le monde qui relève la tête vers les escaliers sur Evie ne portant plus rien que des cendres et du fil de fer, sueur et suie barbouillant toute la surface du sablier opulent de son body transsexuel, tous nous regardons Evelyn Cottrell dans son grand moment de société personne unique cotée en Bourse, et Evie hurle : « Toi ! »

Elle hurle sur Brandy Alexander en ligne de mire de sa carabine : « Tu me l'as refait encore une fois. Un nouvel incendie ! »

Step-pause-step.

« Je croyais que nous étions deux meilleures amies, dit-elle. Bien sûr, oui, j'ai couché avec ton petit copain, mais qui *n'a pas fait ça ?* » dit Evie, avec l'arme et tout.

Step-pause-step.

« Ça ne te suffit donc pas d'être la meilleure et la plus belle, dit Evie. La plupart des gens, s'ils avaient aussi belle allure que toi, ils marcheraient sur les eaux pour le restant de leurs jours. »

Step-pause-step.

« Mais non, dit Evie, ici il faut que tu détruises toutes les autres. »

L'incendie du premier étage descend petit à petit le papier peint de l'entrée, et la mêlée des invités de la noce se précipite, qui vers son manteau, qui vers son sac, tous direction les portes de sortie avec les cadeaux de mariage, l'argenterie et le cristal.

On entend les claquements de la fessée cul nu en provenance de l'office du maître d'hôtel.

« Vos gueules là-dedans ! » hurle Evie. Puis, s'adressant de nouveau à Brandy, Evie dit : « Alors peut-être que je vais passer quelques années en prison, mais tu auras une grosse tête d'avance sur moi en enfer ! »

On entend le chien de la carabine s'armer.

Le feu descend les murs petit à petit.

« Oh, mon Dieu, oui, Seigneur Jésus, hurle Ellis. Oh mon Dieu, je jouis ! »

Brandy s'arrête de rire. Plus grande et plus jolie que jamais, l'allure royale et ennuyée et abusée comme si tout cela n'était qu'une grosse plaisanterie, Brandy lève une main géante et consulte sa montre.

Et je suis sur le point de devenir enfant unique.

Et je pourrais tout arrêter à cet instant. Je pourrais jeter mes voiles, dire la vérité, sauver des vies. Je suis moi. Brandy est innocente. Voici ma deuxième chance. J'aurais pu ouvrir ma fenêtre de chambre il y a des années de cela, et laisser entrer Shane. J'aurais pu ne pas appeler la police à toutes ces reprises pour suggérer que l'accident de Shane n'en était pas un. Ce qui m'arrête, c'est l'histoire de Shane comme quoi il a brûlé mes vêtements. Comment le fait d'être mutilé a fait de Shane le centre de l'attention. Et, si je jette mon voile maintenant, je serai juste un monstre, une victime mutilée rien moins que parfaite. Je ne serai que ce que je parais être. Uniquement la vérité, toute la vérité, mais rien que la vérité. L'honnêteté étant la chose la plus ennuyeuse de toutes sur la planète Brandy Alexander.

Et Evie vise.

« Oui ! » hurle Ellis depuis l'office. « Oui, vas-y, mon grand ! Donne-moi tout ! Allez, crache ! »

Evie plisse un œil le long du canon.

« Maintenant ! » Ellis est en train de hurler. « Crache-le-moi dans la bouche ! »

Brandy sourit.

Et je ne fais rien.

Et Evie tire une balle en plein dans le cœur de Brandy Alexander.

CHAPITRE 30

« Ma vie, dit Brandy. Je suis en train de mourir, et je suis censée revoir toute ma vie. »

Il n'y a personne en train de mourir ici. Faites-moi ça déni absolu.

Evie a lâché son pruneau, laissé tomber la carabine, et elle est sortie.

La police et les infirmiers sont en route, et le reste des invités de la noce sont dehors à se chamailler pour les cadeaux du mariage, qui a donné quoi et qui a maintenant le droit de le reprendre. Tout ça, c'est un bon foutoir rigolade.

La sang est pratiquement partout sur toute la personne de Brandy Alexander, et elle dit : « Je veux revoir ma vie. »

De quelque pièce dans le fond, Ellis dit : « Vous avez le droit de garder le silence. »

Saut à suivre jusqu'à moi, je lâche la main de Brandy que je tenais, ma main chaude de sang plein d'agents pathogènes nés dans le sang, j'écris sur le papier peint qui brûle.

Tu T'Appelles Shane McFarland.
Tu Es Née Il Y A Vingt-Quatre Ans.

Tu As Une Sœur, Plus jeune D'Un An.

Le feu est déjà en train de dévorer ma ligne supérieure.

Tu As Attrapé La Gonorrhée Par Un Agent Spécial Sous Contrat Aux Mœurs Et Ta Famille T'A Jeté Dehors.

Tu As Rencontré Trois Drag-Queens Qui Ont Payé Pour Démarrer Un Changement de Sexe Parce Que Tu Ne Pouvais Rien Trouver Que Tu Désires Moins.

Le feu est déjà en train de dévorer ma deuxième ligne.

Tu M'As Rencontrée.

Je Suis Ta Sœur, Shannon McFarland.

Moi écrivant en lettres de sang à quelques minutes du feu qui va les dévorer.

Tu M'As Aimée Parce Que Même Si Tu Ne M'As Pas Reconnue, Tu As Su Que J'Étais Ta Sœur. À Un Certain Niveau, Tu As Su Tout De Suite De Sorte Que Tu M'As Aimée.

Nous avons voyagé dans tout l'Ouest et grandi ensemble à nouveau.

Je t'ai haï aussi loin que je me souvienne.

Et Tu Ne Vas Pas Mourir.

J'aurais pu te sauver.

Et tu ne vas pas mourir.

Le feu et mes écrits sont maintenant collés-serrés.

Saut à suivre jusqu'à Brandy à moitié vidée de son sang par terre, la majeure partie de son sang essuyée par moi pour me permettre d'écrire avec, Brandy plisse les yeux pour lire tandis que le feu dévore toute l'histoire de notre famille, ligne après ligne. La ligne *Tu Ne Vas Pas Mourir* est presque au niveau du sol, presque dans la figure de Brandy.

« Chérie, dit Brandy, Shannon, ma douce, tout ça, je le savais. Grâce aux œuvres d'Evie. Elle m'a dit que tu étais à l'hôpital. Elle m'a parlé de ton accident. »

Je suis déjà un tel mannequin-main. Et une telle péquenaude.

« Maintenant, dit Brandy. Raconte-moi tout. »

J'écris : *Il Y A Huit Mois Que Je Nourris Ellis Island Aux Hormones Femelles*.

Et Brandy rit du sang : « Moi aussi », dit-elle.

Comment puis-je ne pas rire ?

J'écris : *Tout Le Monde T'A Juste Aimé Encore Plus Après L'Accident De La Bombe De Laque*.

Et :

Et Je N'Ai Pas Fait Exploser Cette Bombe De Laque.

Brandy dit : « Je le sais. C'est moi qui ai fait ça. J'étais tellement malheureux d'être un enfant moyen normal. Je voulais que quelque chose me sauve. Je voulais le contraire d'un miracle. »

De quelque autre pièce, Ellis dit : « Tout ce que vous direz pourra et sera utilisé contre vous devant une cour de justice. » Et, sur la plinthe, j'écris :

« *La Vérité est Que Je Me Suis Tiré Une Balle Dans La Figure.* »

Il n'y a plus de place pour écrire, plus de sang avec lequel écrire, et il ne reste rien à ajouter, et Brandy dit : « Tu as fait sauter ton propre visage d'une balle ? »

J'acquiesce.

« Ça, dit Brandy, ça, je ne le savais pas. »

CHAPITRE 31

Saut à suivre jusqu'à une fois, nulle part de spécial, rien que Brandy presque morte sur le sol et moi agenouillée au-dessus d'elle avec mes mains couvertes de son sang de Princesse princesse de fête.

Brandy hurle : « Evie ! »

Et la tête toute brûlée d'Evie repasse l'entrée. « Brandy, chérie, dit Evie. Ç'a bien été le meilleur désastre que tu aies jamais monté ! »

Jusqu'à moi, Evie court et elle m'embrasse avec son rouge méchamment fondu en disant : « Shannon, je ne peux pas te remercier assez pour avoir ainsi pimenté ma bonne vieille vie domestique si ennuyeuse.

— Mademoiselle Evie, dit Brandy, tu es vraiment capable de tout et de n'importe quoi, mais, jeune fille, tu as tout bonnement totalement raté la partie pare-balles de mon gilet. »

Saut à suivre jusqu'à la vérité. C'est moi, l'idiote.

Saut à suivre jusqu'à la vérité. J'ai laissé Evie croire que c'était Manus et Manus croire que c'était Evie. Probable que c'est les soupçons qu'ils avaient l'un à l'égard de l'autre qui les ont conduits à se séparer. Ils ont conduit Evie à garder une carabine chargée à portée de main au cas où Manus viendrait s'en prendre à elle. La même peur a conduit Manus à porter un couteau de boucher la nuit où il est venu pour la confronter.

La vérité est que personne ici n'est aussi stupide ou malfaisant que je l'ai laissé entendre. Moi exceptée. La vérité, c'est que j'ai quitté la ville en voiture le jour de l'accident. Avec ma vitre côté conducteur à moitié remontée, je suis sortie et j'ai tiré à travers le verre. Sur le trajet de retour en ville, sur l'autoroute, j'ai pris la bretelle de sortie pour Growden Avenue, la sortie pour le Memorial Hospital La Paloma.

La vérité, c'est que j'étais accro à ma propre beauté, et il ne s'agit pas là d'une chose à laquelle on se contente de simplement tourner le dos. Étant accro à toute cette attention, il fallait que je laisse tomber, brutalement, régime sec. J'aurais pu me raser les cheveux, mais les cheveux, ça repousse. Même chauve, j'aurais peut-être encore pu apparaître trop bien. Chauve, j'aurais peut-être même pu recevoir encore plus d'attention. Il y avait l'option de grossir ou de boire au-delà de toutes les limites raisonnables et détruire ainsi ma beauté, mais je voulais être laide et je voulais préserver ma santé. Les rides et la vieillesse paraissaient bien loin. Il devait exister un moyen de devenir laide en un éclair. Il fallait que je m'occupe de ma belle gueule de manière rapide et permanente, sinon je serais tentée de revenir en arrière.

Vous connaissez tous cette manière dont on regarde les filles laides et bossues, et elles ont tellement de chance. Personne ne les pousse à sortir le soir en les empêchant ainsi de terminer la rédaction de leur thèse de doctorat. Elles ne se font pas hurler dessus par les photographes de mode si elles ont des poils incarnés au niveau du bikini. On regarde des victimes de brûlures et on ne peut s'empêcher de penser à tout le temps qu'elles gagnent en n'étant plus obligées de consulter leur miroir pour vérifier les éventuels dégâts que le soleil aura causés à leur peau.

Je voulais être rassurée au quotidien par mon état de mutilée. À cette même manière dont une fille défigurée difforme estropiée avec défauts de naissance peut conduire sa voiture vitres ouvertes et ne pas se soucier de l'aspect que prendra sa chevelure sous le vent, c'était ça, le genre de liberté que je recherchais.

J'étais fatiguée de demeurer une forme de vie inférieure uniquement à cause de ma belle gueule et de ma belle allure. À en faire commerce. À tricher. À ne jamais aboutir à rien de véritablement accompli, mais en obtenant néanmoins attention et reconnaissance. Prise au piège d'un ghetto beauté, voilà comment je me sentais. Stéréotypée. Privée de toute motivation comme si on me l'avait volée.

Sous cet angle-là, Shane, nous sommes très frère et sœur. C'est là la plus grosse erreur qui me soit venue à l'esprit avec la conviction qu'elle me sauverait. Je voulais abandonner l'idée que j'avais la moindre maîtrise sur tout et rien. Secouer un peu tout ça. Être sauvée par le chaos. Voir si j'allais pouvoir me débrouiller, je voulais m'obliger à regrandir. Faire exploser ma zone de confort.

J'ai ralenti pour la sortie et je me suis rangée sur l'accotement, ce qu'ils appellent la voie de secours. Je me rappelle avoir pensé, comme c'est à propos[1]. Je me rappelle avoir pensé, tout ceci va être tellement excitant. Mon remodelage intégral. Ma vie était là, juste sur le point de recommencer à zéro. Je pourrais être un grand chirurgien cette fois-ci. Ou je pourrais être une artiste. Personne ne se soucierait de ce à quoi je ressemblerais. Les gens ne verraient que mon art, ce que je faisais au lieu de tout simplement ce à quoi je ressemblais, et les gens m'aimeraient.

Ce que j'ai pensé en tout dernier a été, enfin je vais regrandir, subir une mutation, m'adapter, évoluer. Je serai physiquement mise au défi.

Je n'ai pas pu attendre. J'ai sorti l'arme de la boîte à gants. Je portais un gant pour me protéger des brûlures de poudre, et j'ai pointé l'arme sur moi tenue à bout de mon bras sorti par la vitre brisée. On pouvait même pas appeler ça viser avec l'arme à, quoi, seulement soixante centimètres. J'aurais peut-être bien pu me tuer de cette

1. En français dans le texte.

façon, mais à ce stade l'idée ne me paraissait pas très tragique.

Mon remodelage à moi ferait que piercings, tatouages et brûlures au fer allaient sembler tellement mesquins, toutes ces petites révoltes de mode tellement sans danger que, à elles seules, elles deviennent une mode. Toutes ces petites tentatives tigres en papier à vouloir rejeter belle gueule et belle allure qui finissent au bout du compte par renforcer les deux.

Le coup de feu, ç'a été comme de se prendre un coup violent, c'est ce que je me rappelle. La balle. Il m'a fallu une minute pour y voir clair à nouveau, mais il y avait là, sur le siège passager, mon sang et ma morve, ma bave et mes dents. Il a fallu que j'ouvre la portière pour récupérer l'arme à l'endroit où je l'avais laissée tomber. Le fait d'être en état de choc a aidé à l'affaire. L'arme et le gant, ils sont dans un égout pluvial du parc de stationnement de l'hôpital, là où je les ai balancés, au cas où il vous faut des preuves.

Ensuite, la morphine en intraveineuse, les minuscules ciseaux-manucure de salle d'opération qui me découpent la robe du corps, le petit string à carré de tissu, les photos de police. Des oiseaux m'ont dévoré le visage. Personne n'a jamais soupçonné la vérité.

La vérité, c'est que j'ai un peu paniqué après ça. J'ai laissé tout le monde croire ce qu'il ne fallait pas. L'avenir, c'est pas le bon endroit pour se remettre à mentir et à tricher comme avant. Rien de tout cela n'est la faute de quiconque, moi exceptée. J'ai couru parce que le simple fait de me faire reconstruire une mâchoire était une bien trop grande tentation de revenir à ce qui avait été, de jouer ce jeu, le jeu belle gueule et belle allure. Maintenant mon nouvel avenir tout entier est toujours là à m'attendre.

La vérité, c'est que le fait d'être laide n'est pas le grand frisson qu'on pourrait croire, mais cela peut être l'occasion de quelque chose de bien meilleur que tout ce que j'aie jamais imaginé.

La vérité, c'est que je regrette.

CHAPITRE 32

Saut à suivre jusqu'à la salle des urgences de La Paloma. La morphine en intraveineuse. Les minuscules ciseaux-manucure de salle d'opération découpent le tailleur du corps de Brandy. Le pénis malheureux de mon frère, là, bleu et froid, que le monde entier le voie. Les photos de police, et Sœur Katherine qui hurle : « Prenez vos photos ! Prenez vos photos maintenant ! Il continue à perdre son sang ! »

Saut à suivre jusqu'en chirurgie. Saut à suivre jusqu'en post-op. Saut à suivre jusqu'à moi prenant Sœur Katherine à part, la petite Sœur Katherine me serrant si fort contre elle au niveau des genoux que je manque me ramasser par terre. Elle me regarde, l'une et l'autre tachées que nous sommes par le sang, et je lui demande par écrit :

s'il vous plaît faites ce petit truc tout spécial pour moi. s'il vous plaît, si vous voulez vraiment me rendre heureuse.

Saut à suivre jusqu'à Evie installée style talk-show sous les rails d'éclairage brûlants, au centre-ville, chez Brumbach, en train de papoter avec sa mère et Manus et son nouveau mari en train de raconter comme quoi elle avait rencontré Brandy des années avant tout le reste d'entre nous, dans un quelconque groupe de soutien pour transsexuels potentiels. Comme quoi tout le monde a besoin d'un gros désastre de temps à autre.

Saut à suivre jusqu'à un jour sur la route quand Manus aura ses seins.

Saut à suivre jusqu'à moi à côté du lit d'hôpital de mon frère. La peau de Shane, on ne sait pas où la robe d'hôpital bleu passé s'arrête et où commence Shane, il est si pâle. Voici mon frère, mince et pâle avec les bras frêles de Shane et sa poitrine bombée. Les cheveux châtains tout raplatis sur son front, voici celui avec lequel je me souviens d'avoir grandi. Assemblé à partir de baguettes et de petits os de piaf. Le Shane que j'avais oublié. Le Shane d'avant l'accident de la bombe de laque. Je ne sais pas pourquoi j'avais oublié, mais Shane avait toujours eu l'air si malheureux.

Saut à suivre jusqu'à nos vieux à la maison le soir, en train de montrer des films d'amateur sur le mur pignon de leur maison. Les fenêtres d'il y a vingt ans parfaitement alignées sur les fenêtres de maintenant. L'herbe alignée sur l'herbe. Les fantômes de Shane et de moi en marmots en train de courir partout, heureux d'être l'un avec l'autre.

Saut à suivre jusqu'aux sœurs Rhea entassées autour du lit d'hôpital. Des filets à cheveux tirés sur leurs perruques. Elles ont revêtu ces combinaisons de nettoyage vert passé, et les Rhea arborent des broches modèle costumier à la duchesse de Windsor épinglées à leur combin' : des léopards qui miroitent d'éclats de diamant et de topaze. Des colibris au corps en pavé d'émeraude.

Moi, je veux juste que Shane soit heureux. Je suis fatigué d'être moi, ce moi haïssable.

Faites-moi ça libération. Je n'en peux plus.

Je suis fatiguée de ce monde d'apparences. De ces cochons qui ont seulement l'air d'être gras. De ces familles qui ont l'air heureuses.

Faites-moi ça délivrance. Je n'en peux plus.

De tout ce qui n'est générosité qu'en apparence seulement. Ce qui n'est amour qu'en apparence seulement.

Éclair du flash.

Je ne veux plus être moi plus longtemps. Je veux être heureuse, et je veux que Brandy Alexander revienne. Voilà le premier véritable cul-de-sac de mon existence. Il n'y a nulle part où aller, plus maintenant, plus telle que je suis en cet instant. Voilà mon premier véritable commencement.

Tandis que Shane dort, les sœurs Rhea sont toujours entassées à son entour, en train de le décorer de petits cadeaux. Elles embrument Shane avec L'Air du Temps comme s'il était une fougère de Boston.

De nouvelles boucles d'oreilles. Un nouveau foulard Hermès autour de sa tête.

Des produits de beauté s'étalent en rangées parfaites sur un plateau chirurgical qui plane tout à côté du lit, et Sofonda dit : « Crème hydratante, et elle tend la main, paume en l'air.

— Crème hydratante », dit Kitty Litter en claquant le tube dans la paume de Sofonda.

Sofonda tend la main et dit : « Crème masquante ! »

Et Vivienne claque un autre tube dans sa paume en disant : « Crème masquante. »

Shane, je sais que tu ne peux pas m'entendre, mais ce n'est pas un problème, puisque je ne peux pas parler.

À petites caresses courtes et légères, Sofonda utilise une petite éponge pour étaler la crème masquante sur les sombres poches sous les yeux de Shane. Vivienne épingle une fibule en diamant sur la robe d'hôpital de Shane.

Miss Rona t'a sauvé la vie, Shane. Le livre dans ta poche de veste, il a ralenti suffisamment la balle pour que seules tes doudounes aient explosé. Ce n'est qu'une blessure superficielle, chair et silicone.

Des fleuristes entrent avec des nuages vaporeux d'iris, de roses, de giroflées.

Ton silicone a craqué, Shane. La balle a fait

sauter ton silicone de sorte qu'ils ont été obligés de l'ôter. Maintenant tu peux avoir les seins de la taille que tu veux. C'est ce qu'ont dit les Rhea.

« Fond de teint ! » dit Sofonda, en train d'estomper le fond de teint à la naissance des cheveux de Shane.

Elle dit : « Crayon à sourcils ! », le front emperlé de sueur.

Kitty tend le crayon, en disant : « Crayon à sourcils.

— Épongez-moi ! » dit Sofonda.

Sofonda dit : « Mascara ! IMMÉDIATEMENT ! »

Et il faut que je parte, Shane, pendant que tu dors encore. Mais je veux te donner quelque chose. Je veux te donner la vie. Ceci est ma troisième chance, et je ne veux pas la foirer. J'aurais pu ouvrir ma fenêtre de chambre. J'aurais pu empêcher Evie de te tirer dessus. La vérité est que je n'en ai rien fait, aussi je te donne *ma* vie parce que je n'en veux plus.

Je mets mon sac-pochette sous la grosse main emperlée de bagues de Shane. Voyez-vous, la taille des mains d'un homme est la seule et unique chose qu'un chirurgien ne peut changer. La seule et unique chose qui trahira toujours une fille comme Brandy Alexander. Il n'y a tout bonnement aucun moyen de les cacher, ces mains.

Voilà tous mes papiers d'identité, mon acte de naissance, mon tout au complet. Tu peux être Shannon McFarland à partir de maintenant. Ma carrière. L'attention modèle quarante degrés à l'ombre. Tout ça est à toi. Absolument tout. Absolument tous. J'espère que pour toi, ce sera suffisant. C'est tout ce que j'ai abandonné.

« Base colorée ! » dit Sofonda, et Vivienne lui tend la nuance la plus claire d'ombre à paupières Aubergine Dreams.

« Fard à paupières ! » dit Sofonda, et Kitty lui tend l'ombre à paupières suivante.

« Couleur contour ! » dit Sofonda, et Kitty lui tend la nuance la plus foncée.

Shane, tu reprends ma carrière. Tu laisses Sofonda t'arranger un contrat classe, pas une merde pour piste de studio entre podium et public digne d'une vente de charité. Tu es Shannon putain de McFarland maintenant. Et tu montes jusqu'au sommet. À un an d'ici, je veux pouvoir allumer la télé et te voir boire du Coca allégé nue au ralenti. Laisse Sofonda te trouver de gros contrats à l'échelle nationale.

Sois célèbre. Sois une grande expérience de société dans l'art d'obtenir ce que tu ne veux pas. Trouve de la valeur à ce qu'on t'a enseigné comme étant sans valeur aucune. Trouve le bien à ce que le monde dit être le mal. Je te donne ma vie parce que je veux que le monde entier te connaisse. Je souhaite que le monde entier embrasse à pleins bras ce qu'il déteste.

Trouve ce que tu crains le plus et va y vivre.

« Fer à cils ! » dit Sofonda, et elle met les cils endormis de Shane en forme.

« Mascara ! » dit-elle, peignant le mascara dans les cils.

« Exquis ! » dit Kitty.

Et Sofonda dit : « Nous ne sommes pas encore sorties de l'auberge. »

Shane, je te donne ma vie, mon permis de conduire, mes anciens bulletins de classe, parce que tu ressembles à moi plus que je me souvienne de m'être jamais vue. Parce que je suis fatiguée de haïr et de me pomponner et de me raconter d'anciennes histoires qui n'ont jamais été vraies pour commencer. Je suis fatiguée d'être moi, moi, moi toujours en premier.

Miroir, miroir, dis-moi.

Et s'il te plaît ne cherche pas à me retrouver. Sois le nouveau centre d'attention. Sois un grand succès, sois belle et aimée et tout ce que j'ai voulu être. J'ai maintenant dépassé ce stade. Je veux juste être invisible. Peut-être deviendrai-je danseuse du ventre sous mes voiles. Ou nonne dans une colonie de lépreux où personne ne sera complet. Je serai une mignonne gardienne de hockey et je porterai un masque. Tous ces grands parcs d'attractions ne désirent engager que des femmes pour porter ces énormes déguisements de dessin animé, dans la mesure où les gens ne veulent pas risquer qu'un mec, quelque inconnu violeur d'enfant, vienne câliner leur petit. Peut-être serai-je une grosse souris de dessin animé. Ou un chien. Ou un canard. Je ne sais pas, mais il est sûr que je vais trouver. Il n'y a pas moyen d'échapper au destin, il continue simplement à avancer. Jour et nuit, l'avenir ne fait que venir à toi, sans jamais s'arrêter.

Je caresse la main pâle de Shane.

Je te donne ma vie pour me prouver à moi-même que j'en suis capable, que je suis réellement capable d'aimer quelqu'un. Même quand je ne suis pas payée, je peux donner amour et bonheur et charme. Tu vois, je suis capable d'encaisser la nourriture pour bébé, l'incapacité à parler, l'absence de foyer, l'invisibilité, mais il faut que je sache que je suis capable d'aimer quelqu'un. Complètement, totalement, de façon permanente et sans espoir de récompense, rien que par acte de volonté, je vais aimer quelqu'un.

Je me penche plus près, comme si je pouvais embrasser le visage de mon frère.

Je laisse mon sac, et toute idée de qui je suis, glissé sous la main de Shane. Et je laisse derrière moi cette histoire que j'ai jamais été aussi belle, que je pouvais entrer dans une pièce frite à cœur dans une robe moulante et tout le monde allait se retourner pour me regarder. Un million de journalistes allaient prendre ma photo. Et je laisse derrière moi l'idée que cette attention-là valait ce que j'ai fait pour l'obtenir.

Ce dont j'ai besoin, c'est d'une nouvelle histoire.

Ce que les sœurs Rhea ont fait pour Brandy.

Ce que Brandy n'a cessé de faire pour moi.

Ce que j'ai besoin d'apprendre à faire pour moi-même. Pour écrire ma propre histoire.

Que mon frère soit Shannon McFarland.

Je n'ai pas besoin de ce genre d'attention. Plus maintenant.

« Crayon à lèvres ! » dit Sofonda.

« Brillant à lèvres ! » dit-elle.

Elle dit : « Nous avons un débordement ! »

Et Vivienne se penche avec un mouchoir en papier pour éponger le surplus de Plumbago du menton de Shane.

Sœur Katherine m'apporte ce que j'ai demandé, s'il vous plaît, et ce sont les clichés, les photos brillantes format vingt/trente de moi dans mon drap blanc. Elles ne sont ni bonnes ni mauvaises, ni laides ni belles. Elles sont juste celle que je suis. La vérité. Mon avenir. Juste une réalité bien normale. Et j'ôte mes voiles, les motifs en crevés, la mousseline, la dentelle, et je les laisse, que Shane les retrouve à ses pieds.

Je n'en ai pas besoin en cet instant, ou le suivant, ou le suivant, à jamais.

Sofonda fixe le maquillage à la poudre, et alors plus de Shane. Mon frère, mince et pâle, baguettes, os de piaf et malheureux, a disparu.

Les sœurs Rhea lentement font glisser leur masque de chirurgie.

« Brandy Alexander », dit Kitty, reine suprême.

« La fille qualité totale », dit Vivienne.

« À jamais et pour toujours, dit Sofonda, et c'est suffisant. »

Complètement et totalement, de façon permanente et sans espoir, pour toujours et à jamais, j'aime Brandy Alexander. Et c'est suffisant.

DU MÊME AUTEUR

COLLECTION FOLIO POLICIER

*Composition Nord Compo
Impression Novoprint
le 2 mars 2007
Dépôt légal : mars 2007*

ISBN 978-2-07-034393-5/Imprimé en Espagne.